隐居者 YINJU ZHE

时代出版传媒股份有限公司
安徽文艺出版社

作者介绍：

　　赵美萍，曾为知音传媒集团资深编辑，专注于情怀写作，著有自传《我的苦难，我的大学》《谁的奋斗不带伤》，长篇爱情小说《转角遇见爱情》。《我的苦难，我的大学》获得"腾讯·作家杯"纪实大奖和最感人作品奖。《谁的奋斗不带伤》获得"2013风云图书奖""2013全行业优秀畅销书奖""2013年度中国影响力图书奖""江苏省南通市五个一工程奖"等。现定居美国休斯敦，专职写作。

YINJU ZHE

隐居者

赵美萍 著

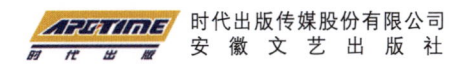

时代出版传媒股份有限公司
安徽文艺出版社

图书在版编目（CIP）数据

隐居者/赵美萍著. --合肥：安徽文艺出版社,2022.4
ISBN 978-7-5396-7173-4

Ⅰ.①隐… Ⅱ.①赵… Ⅲ.①纪实文学－中国－当代 Ⅳ.①I25

中国版本图书馆CIP数据核字(2021)第035395号

出 版 人：姚 巍
责任编辑：姚 衎　　　　　　装帧设计：徐 睿

出版发行：时代出版传媒股份有限公司　www.press-mart.com
　　　　　安徽文艺出版社　　www.awpub.com
地　　址：合肥市翡翠路1118号　邮政编码：230071
营 销 部：(0551)63533889
印　　制：安徽新华印刷股份有限公司　(0551)65859551

开本：710×1010　1/16　印张：16.5　字数：250千字
版次：2022年4月第1版
印次：2022年4月第1次印刷
定价：55.00元

（如发现印装质量问题，影响阅读，请与出版社联系调换）
版权所有，侵权必究

建于上世纪七十年代的江苏省如皋市江滨麻风病院

曾经,这里是被人遗忘的角落……

如今的江苏省如皋市麻风病康复者养老新院区

走访大凉山的麻风病康复者

走进大凉山麻风村

大凉山麻风村虽然与世隔绝,却也风景秀丽

翻山越岭走访大凉山麻风村

致谢

本书在撰写过程中,得到了中国医学科学院皮肤病研究所、中国疾控中心麻风病控制中心、中国麻风研究中心、江苏省麻风防治协会、南通市委宣传部、如皋市委宣传部、南通市文联、如皋市文联、如皋市作家协会、如皋市江滨医院、安徽省归国华侨联合会、芜湖市委宣传部、芜湖市归国华侨联合会、四川大凉山麻风病综合治疗项目办等单位的大力支持,在此表示衷心感谢!

序

我所认识的赵美萍 陈瑞琳(美国)

第一次见到赵美萍的时候,就觉得她的脸上带着一种光,一种温暖别人的光。

每一个见到赵美萍的人都会情不自禁地喜欢她,不光因为她端庄秀丽,还因为她脸上自带的那种光。这光发自她的内心,从身体里投射出来,散发着朴素的暖意和善意,无论天上有没有阳光,看见她的人都会被她所照亮。

其实,这世上的作家有两种:一种意在改变人的灵魂,间接地影响这个世界;另一种志在改变眼前的现实,直接地参与影响这个世界。美萍则是两者兼得。她的写作,一条是生命之路,另一条是慈善之路。

每当人们看见赵美萍那水汪汪的美丽的眼睛的时候,我却总是想起她头痛欲裂的情景。偏头痛的折磨时不时地向她袭来,每次发作的时候,已经不仅仅是生理上的痛,在我看来,那是她多年来殚精竭虑思考的痛苦,还有她从童年开始压在心底里的痛。一个幼嫩的小女孩,在生命最脆弱的时候,却过早地承受了超乎寻常的苦难。年仅9岁的赵美萍突然失去了慈爱的父亲,13岁的她竟然成为少年的"采石女"！残酷的命运让她蹚过了多少血泪之河，才听到了"花开的声音"。那些生命里曾经的苦难不仅没有摧毁她人生的梦想，而且成就了她跨入文学的殿堂。所谓文学，其本质的意义就是超越苦难，而赵美萍正是把苦难变成了生命成长的财富。

2005年，赵美萍的首部长篇纪实文学《我的苦难，我的大学》由作家出版社出版，首印五万册售罄，一举获得"最感人作品奖"和"纪实文学特别大奖"。2013年她将此书扩展为《谁的奋斗不带伤》，由安徽文艺出版社出版，热销八万册，当年即荣获"2013年度中国影响力图书奖"。她的书一经出版，总是立刻打动无数读者的心，成为读者手中温暖炙热的"爱的宝典"。

《隐居者》这部书，是赵美萍最新的纪实文学力作，可谓字字呕心，句句沥血。她一旦动笔，字里行间都是蘸着生命的血肉。早年的书写的是她自己的生命，如今的这本书写的是她父辈们在与世隔绝的角落里所经历的那些不为人知的生命故事。我一直在殷殷地期盼着她的这部神秘之书，她也因为这部书的格外沉重而写得很慢，她要去面对那些艰难岁月，跟着他们一起受难。

《隐居者》，首先是一个关于爱的故事，作者的笔是从寻找父亲开始的。在每一个女儿的心中，父亲都是山一样的存在。父爱如山，但是有一种爱，是女儿的爱如海，这爱比山更柔软，更宽广深远，这个女儿就是赵美萍。

在赵美萍的童年里，她永远忘不了的就是关于亲生父亲的记忆，虽然那段幸福如此短暂，但一直是支撑着她走过苦难岁月的情感力量。岁月虽然远去，但是她怀念父亲的心却愈加强烈，她要去寻找当年死于麻风病院的父亲。因为深爱着父亲，她也爱上了那一群像父亲一样的麻风病患者，她要为那些尽管不幸但如此可爱的人写下一部书。

一个作家为底层写作并不难，但是为麻风病患者写作难上加难，因为他们是底层中的更底层，是被社会隔离与躲避的人群。在赵美萍的心中，这样的写作显然需

序
我所认识的赵美萍

要更大的勇气,但她的心里装着像山一样的爱,因为艰难,也更加珍贵。

读《隐居者》里面的那些故事,常常让人掩卷长泣。作者的了不起,是她总能在苦难的深渊中写出最灿烂的花朵,在血色黄昏中写出人性最美的东西。

印象特别深的是那篇"欠你三生承诺"的故事,里面的人物叫岑百坤,是赵美萍父亲最好的病友,当年在医院里,曾与她的父亲搭档承包果园,也是他眼睁睁看着作者的父亲被打错针药去世。赵美萍在电话里采访他:"您长得帅,还有文化,为什么一直单身至今?为何没有在女病友中相处一个呢?"书中写道:"他哈哈大笑,笑过之后,他终于开口,说出了他与一个女病友之间,延续四十多年的相互守望……"

对于岑百坤来说,爱情是什么?爱情就是一生的三次拥抱和数十双手工布鞋的深情守望!在麻风病院里,那一年,33岁的岑百坤遇到了他生命中唯一爱过的女人——顾国美。但是顾国美有自己的家庭,他们只是像亲姐弟一样互相照顾。作者在书中有这样感人肺腑的文字:"岑百坤所有的破衣烂衫都有幸被顾国美的手指宠幸过,然后神奇地脱胎换骨获得新生,他觉得自己也是如此。顾国美不仅缝补了他的衣衫,还缝补了他的生活。""一番飞针走线,不一会儿,破损的衣领就变成了一块平整温暖的良田。他多想自己变成那件衬衫,安静地待在她的手里,任由她揉搓、缝补、温暖。"

最后的故事尤其让人肝肠寸断,已经痊愈回家的顾国美还是每年骑着车子来看岑百坤,给他送来自己做的鞋子,还把他接到自己的家里过年。但是,无情的癌症却先夺去了顾国美的生命,最后一次是顾国美的女儿来给岑百坤送鞋子:"我妈要我转告你,她再也不能给你做鞋子了,你现在要省着点穿了,天气好的时候,要经常拿出来晒晒太阳,不要再让鞋子上霉了……"下面的文字已经不是感天动地,而是心如刀绞:"岑百坤拎着几双鞋子跟跟跄跄地走在圩埂上,江风迎面吹来,像她多情的抚摸。无知的风吹散了他的喃喃自语:给我做鞋子的那个人,永远走了……"

隐居者
YINJU ZHE

作为一个"以人为本"的现实主义作家,赵美萍的心中蕴藏着无限的爱,她爱自己的家乡、爱自己的亲人、爱自己的祖国。但是,当她面对现实生活真相的时候,她并没有回避和粉饰,而是用最准确、最真切的笔法,写出了生活本身的残酷性,也因此为我们留下了那个时代最难看到的一面镜子。

经历了十年浩劫,中国广大的乡村一直是缺医少药,物资的匮乏导致了各种疾病的爆发,也导致了种种医疗悲剧的发生。如作者的小叔叔原本患淋巴癌,却被误诊为麻风病,最后悲惨地死在哥哥的怀中。更无法让人平复的痛苦是在1978年的夏天,作者的父亲再有半个月的疗程就可以回家了,这是多么大的喜讯啊!但谁会想到,就是在好日子将要来临的时候,作者的父亲却因为被误打了一针青霉素而失去了生命。

冥冥之中,父亲离去之前,留给了赵美萍和父亲在麻风病院最后相处的美好日子,也让她幼小的心灵见证了失去亲人的椎心之痛,从此带给她一生都无法愈合的伤痕。

令人欣慰的是,这部书写到了改革开放,写到了一个百废待兴的国家开始让生活在乡村的百姓重新站起来,尤其是让那些隐蔽在角落深处的麻风病患者活出"人"的尊严。看到麻风病院的搬迁,看到父亲病友的医疗条件被大大地改善,赵美萍的心就如同看见了父亲一样欢欣和喜悦。

一生都在思念父亲的美萍虽然身在大洋彼岸,但她总是找机会回到家乡,她不再执着地在麻风病院里寻找着父亲的影子,而是把她对父亲的深深思念化成了大爱。她不仅努力地帮助着那些病友,后来还来到了四川地区的大凉山,去看望那里的麻风病患者们⋯⋯

在《隐居者》这部书中,作者还写到了当年的美国人海深德来到中国救助麻风病患者的历史故事,从1923年到1938年,海深德来到江苏的如皋,前后工作了大约14年,从42岁来到中国,到56岁离开,他把自己一生中最美好的光阴都奉献给

序
我所认识的赵美萍

了中国的麻风病患者。

美萍在书中这样写自己:"如皋于我,如同一块有毒的圣地。每次以朝圣的心情接近它,却又在心里无端地产生悲凉。"

这是一部奇书,必将带给读者最难忘的阅读体验。在无法抑制的眼泪里,我的灵魂得到了洗礼。

陈瑞琳

2019 年 1 月 14 日于休斯敦

陈瑞琳简介:美国著名华文作家,评论家。曾任国际新移民华文作家笔会会长,现任北美中文作家协会副会长,兼任国内多所大学特聘教授。出版多部散文集及评论专著,多次荣获海内外文学创作及评论界大奖,被誉为当代海外新移民华文文学研究的开拓者。

自序

我心中永远的痛

那一年冬天的腊月二十七,还有两天就是除夕,我决定去一个地方。

因为心底有个秘密,困扰我多年,亟待解开。

那时我在上海一家中日合资服装企业做技术员,年底放了假,还发了一小笔奖金。

在还没有高铁和动车的年代,我一大清早从上海长途汽车站上车,到常熟过轮渡,再坐车,最后换上载客摩托车,一路辗转六七个小时之后,我终于抵达目的地,时近傍晚。

四周皆荒野。摩托车师傅一再向我确认:"你真的要在这里下车吗?要不要去别的地方?"

我说:"是的,就在这里下车。"

我跨下摩托车,给了师傅10元路费。他迟疑地掉转车头,慢慢地开走。摩托车后轮带起的烂泥巴,在他身后扬起一片黑色的暴雨。

自序
我心中永远的痛

连续几天雨雪,蛇形泥巴路上泥泞难行,我背了满兜从上海带来的糕点、糖果,一步一滑地走进童年记忆中的魔幻之地。

天色阴沉,另一场雨雪正在酝酿之中。凛冽的北风卷着几株无家可归的枯草,在野地里旋转,同时刮得我血凉肌冰;小河里的冰块闪着不怀好意的、冷酷彻骨的光;苦楝树上有一只乌鸦在呀呀惨叫;路边一间间平房的玻璃窗支离破碎,里面没有灯也没有人,呼呼的北风吹得满屋怪吼,如惊悚悬疑剧的外景地。

难道,这里真的成了一座孤岛?我打了一个寒战。唯一显示生机的景象,是地里的小油菜,它们瑟缩着,卑怯地被雪压着,露出小片深绿的叶子,显示生命的坚韧不屈。

就在我犹疑不决,不知何去何从时,忽然,我看到最前面的一栋平房屋顶上有一缕缕青烟冒起,不由得大喜过望,狂奔而去。这栋平房的窗户也是破的,不过有塑料膜遮盖着,看不清里面的景象,却闻到了曾经熟悉的味道。

破旧的大门半掩着,我怯怯地推开它,里面的景象让我惊呆了。屋内人影幢幢,热气腾腾,一团团白雾中,刚出笼的白面馒头和包子堆满竹席,壮观如白花花的海洋,这是他们过年前的狂欢。

我这个不速之客让里面的所有人都感到惊异,我自报家门,并说出父亲的名字,然后所有人都呼啦一下围过来,眼里的热情比炉火还要旺盛。

"你就是赵夕贵的丫头啊?都这么大了。"

"我记得你父亲,我们在一个组种过桃树。"

"我也记得他,他死的时候,是我骑车去你家,接你妈妈来的医院。"

……

他们七嘴八舌地围着我说话,我冻僵的耳朵嗡嗡地响着回声,似有无数个父亲站在我面前,隔着十多年的岁月与我重逢寒暄。

那是我时隔十六年之后,凭借记忆重返父亲生前最后三年生活过的地方——

江苏如皋的江滨麻风病院,我此行是为了寻找父亲和小叔之死的原因。

这次探秘,我如愿以偿,我将会在本书中,用一个章节,如实写下父亲和小叔之死的真相。

这次探访,也让我与这座孤岛有了更多的联系和牵挂。这里的每一个人身上,都有父亲的影像。

如果不是因为我是一个麻风病患者的女儿,或许我根本没有兴趣或勇气去接近他们,也没有那一份牵肠挂肚的痛。但命运赐予了我无法选择的宿命,父亲把他的遗愿和责任,通过他的血脉延续到我的身上,我不知道是否能够胜任父亲的期望,但我必须尝试,便再无悔。

从20世纪90年代中期开始,我便时常来到如皋江滨医院,每次看到父亲病友们的笑脸,握着他们残缺的手指,抚摸着他们的残肢,我仿佛看到了父亲活着的影子。我坚信,父亲在用这种方式与我相见。

最近几年,随着老人们一个个离开这个世界,我萌发了为他们写书的愿望。这个念头日日夜夜折磨着我,令我寝食难安。或许再过十年二十年(也许根本不用那么久),"麻风"这个古老的病种将会从这个世界上彻底绝迹。几个世纪之后,麻风病或许只剩下一个"麻风女邱丽玉"的神奇传说,就像它从未出现过一样。而在他们从历史的长河中永远消失之前,总该留下一些什么。而且我坚信,在他们隐秘的内心深处,一定有着我们难以触及的悲欢。而无论是悲伤还是欢喜,都比我们经历过的更有分量,重若千钧。

我曾看到过的关于麻风病康复者的报道中,展现了太多发炎的伤口、溃烂的肌肤、残缺的躯体、可怖的外表,充斥了太多的苦难、残酷、沉重、悲凉,甚至绝望。这固然是一种真实的存在,但远非真实的全部。而在这神秘黑纱的背后,这群特殊的人同样拥有快乐、温情与美好,甚至比我们更懂得什么是爱,什么是满足,什么是活着。

自序
我心中永远的痛

每一次和他们见面,我都会被他们脸上洋溢的真诚笑容所打动,尽管有些人的笑容比哭还难看,但一定是最由衷、最纯净的笑容。他们一生坎坷,半世隐居,对人世没有谄媚,也没有惧怕,命运的深渊,成就了他们内心宠辱不惊的圣地。他们除了和命运抗争之外,与天地万物都能友好相处。谦卑,是命运赐予他们的生活智慧。

这个特殊的群体,是我心中永远的痛,这不仅仅是因为我的父亲死于麻风病,更是因为无数的麻风病患者曾经穿越过绝望而黑暗的荒原,才得以抵达今日的新时代。我之所以撰写这部书,就是想借助文字以止痛、以慰藉,给麻风病患者以关怀、以温情。

也正因为如此,我在写作的过程中,不忍撕开麻风病患者疼痛的伤口和他们亲历的苦难,我尽可能以云淡风轻的文字,写他们如何努力让伤口开出美丽的花;写他们如何与病魔握手言和、和平相处;写他们在艰难的生活里,如何深情地相亲相爱;写他们在麻风时代经历的凄美而又温婉的爱情……从而展示他们真实的内心和情感世界。

他们中的许多人,都是在生命的悬崖边临渊起舞,并且活出了松树的姿态,迎风招展。

他们中的许多人,虽然肢体溃疡,经年不愈,却让生命绽放出永不放弃、顽强生存的品质。

他们中的许多人,只能跪走甚至爬行,却比我们站着还要高大。

他们中的许多人,面对厄运,却直面人生,春风满怀,灵魂圣洁而宁静。

事实上,他们每个人的一生,都是一部书写不尽的生命史。

相比麻风病患者所经历的生命之重,我觉得自己的文字尚显轻飘、肤浅,然而我的情感是真挚的,我期盼这是一缕穿透云层的阳光,照进这个曾被世人忽略、遗忘或者有意视而不见的角落,展示麻风病患者最真实的存在,抵达他们的内心世界。我愿把这本书当作一面映照我们隐秘内心的镜子,在我们抱怨甚至诅咒命运的不公、生活的不顺时,让我们有一个自省和惭愧的机会。而我最期待的是,有更多的人能够尽己所能,在这个后麻风时代,给予麻风病患者最后的温暖和尊重。

  本书内容主要来源于我采访的江苏省如皋市江滨医院、大凉山喜德县和普格县麻风村的康复者及其亲属们的亲身经历。所有的故事,都有人物原型,只是在写作过程中,进行了必要的文学艺术加工。为尊重被采访者的隐私,部分人名采用了化名。在此,我对每一位受访者深表谢意,并深深地祝福他们!

目录

序：我所认识的赵美萍　　　　　　　　　　001
自序：我心中永远的痛　　　　　　　　　　006

引子：麻风女邱丽玉传奇　　　　　　　　　001

第一章　　祝友全：福兮祸所伏　　　　　　010
第二章　　薛怀明与美儿：天赐良缘　　　　024
第三章　　李凤玲：新疆大漠，爱与哀愁　　038
第四章　　夏国华：幸存者殇　　　　　　　073
第五章　　黄秋成与毛凤华：拥抱取暖　　　081
第六章　　岑百坤：欠你三生承诺　　　　　090
第七章　　周维新：一纸难写一生　　　　　107
第八章　　朱静安：成败不由人　　　　　　116
第九章　　赵氏兄弟：向死而生　　　　　　122
第十章　　麻风病区：假如生活有慈悲　　　143
第十一章　医护情深：虽无血缘，也浓于水　157
第十二章　走进大凉山：山高水长，爱亦可及　180

后记
漫长的麻风抗争史　　　　　　　　　　　　232
努力创造一个没有麻风的世界　　　　　　　240

引子

麻风女邱丽玉传奇

【在正文开始之前,我想借用清朝小说家宣鼎的小说集《夜雨秋灯录》里面的一则明代传奇故事《麻疯女邱丽玉》作为开篇,以此借文抒怀——一切看起来可怕而丑陋的事物,也有令人想象不到的美好而温暖的情怀。 在有些时代,患病的不是人的肉体,而是人的心灵。】

原文为文言文,简译成白话文如下:

从前,在如今的安徽淮南一带,有座禹迹山,传说曾有神龙在此盘桓。此地林壑深幽,人迹罕至,直至明朝方有人居住,渐渐形成一个村落。有个男孩生在此村,名叫陈绮,自幼聪颖过人。不幸的是,在陈绮十五六岁时,母亲病逝,父亲再娶,后妈却将陈绮视为眼中钉、肉中刺,常趁陈父外出之际虐待陈绮,陈绮不堪忍受,离家出走,前往广东投奔舅舅黄海客。待他风餐露宿,到达舅舅定居之地时,却发现舅舅早已因病去世,年轻貌美的舅妈伙同情人卷走了所有钱财,逃之夭夭。最后还是朋友们凑钱,将黄海客草草安葬在郊外。

孤苦伶仃的陈绮经人指点,来到郊外找到了舅舅的孤坟,趴在坟前大哭一场。附近尼姑庵的老尼姑见他可怜,给他一碗粥充饥,并告诉他:"你舅舅有个朋友叫司空浑,他与你舅舅交情极深,你去求求他,或许可以帮你。"

隐居者
YINJU ZHE

第二天,陈绮来到司空浑家叩门求见,恳求他帮助自己,将舅舅的遗骸带回家乡安葬。司空浑闻言有些犯难,因他家也并不宽裕。过了几日,司空浑来找陈绮,替他说了一门亲事:邻村有一姓邱的巨富,是我的好友,邱翁家有两儿一女,女儿名叫丽玉,年纪与你相仿,因为相貌出众,因此择偶条件较高,至今待字闺中。你长得一表人才,又饱读诗书,此地无人能比,我特意为你俩做媒,去做他家的上门女婿如何?以后你有任何难处,想必邱翁不会坐视不管。

陈绮觉得此事有些唐突,但自己眼下走投无路,只好硬着头皮前往邱府。来到邱府门前,眼前的一切令他目瞪口呆,只见邱府雕梁画栋,气派非凡,仆役成群,可见家道十分殷实。邱翁见他带着司空浑的推荐信求见,如贵客临门,立即设宴款待,邱夫人对他也是百般满意,直夸司空浑好眼力。邱翁对陈绮频频劝酒,酒至半酣时,对陈绮说:"小女丽玉,我十分钟爱,不舍得让她远嫁他乡,但此地又难觅像你这样才貌俱佳的公子,因此婚姻延误至今,如今公子大驾光临,你俩真是有缘千里一线牵,我今日便做主将小女许配给你。"

陈绮慌忙离席行礼,恳切地说:"谢谢您的厚爱,小的感激不尽!但实不相瞒,我来此地,并非为了与贵千金成亲,而是想得到您的帮助,带我舅舅的遗骨返回故乡安葬。"他以为邱翁听到这话,一定会不悦。谁知,邱翁不但不恼,反而十分赞赏:"公子的一片孝心,可敬可佩!只要你与我女儿成亲,我允你三日后返乡,并另赠五百银两给你做路费。如何?"

人家话说到这份上,陈绮再也无法推辞,只得叩谢允婚。邱翁大喜,立即吩咐家人布置洞房:"既然你心急返家,事不宜迟,一切从简,尽快成亲,你也好快去快回!"

那时候,男女授受不亲,新郎新娘只有到新婚之夜才能见第一面。当夜,陈绮在仆从的牵引下入了洞房,心中依旧忐忑不已,不知邱女是何等模样。待到仆从离去,洞房安静,他斗胆撩开新娘的盖头,不禁大感意外。只见邱丽玉长得如花似玉,

引 子
麻风女邱丽玉传奇

娇羞可人。陈绮顿生爱慕之心,反而后悔不该说出几日后便要返家的话来。陈绮与邱丽玉默默对视,越看越喜欢,渐渐脉脉含情起来。谁知,邱丽玉却眼含凄然之色,楚楚可怜。

陈绮走上前,想要劝她宽衣解带就寝,丽玉却将他推开,掩面而泣。陈绮不知何故,手足无措。丽玉站起身,推门看看屋外无人,遂紧闭门窗,转身对陈绮悄声说:"陈郎,你知道自己死期已近了吗?"一听此话,陈绮大惊,忙问何故。丽玉反问他:"你从何而来,又要去哪里?请将实情告诉我!"陈绮觉得她问得蹊跷,不敢怠慢,将自己的身世与流落此地的情况一一和盘托出。丽玉越听越伤心,泪流不止,待她哭够了,才告诉陈绮一个可怕的秘密:"实不相瞒,陈郎,我是个麻风女,本地地处粤西边境,麻风病患者很多,奇怪的是,都是女子发病,此病一般都从娘胎中带来,到十五六岁便要发作,很多人家等到女儿长到十五六岁,便设计诱惑一个外乡人与之成亲,过疾到女婿身上,然后再将不知情的女婿送走,过几年女婿便会病发而亡,但女儿从此病愈,可另觅婚配。如果错过年龄找不到替病的外乡人,麻风女子便会发病,全身肌肤溃烂,直至衰竭而亡。"

陈绮一听,如雷轰顶,难怪自己一进邱府,便受到如此隆重款待,原来自己不过是个替死鬼!

"那我现在该怎么办?"陈绮急得团团转,六神无主,欲哭无泪。丽玉叹口气说:"我们这里很难找到一个外乡男子,陈郎,你是自投罗网。此时此刻,我爹已在院子四周布满家丁,手持棍棒守卫,你想逃也逃不掉。你与我圆房后,不过三四天便会染病,脖子上会出现红色印记,不见此印记,我爹是不会放你回家的。"

"既是如此,你为何告诉我这个秘密?"陈绮虽然痛苦,仍然不失理智地问丽玉。

邱丽玉说:"我虽然是个女子,但自幼便痛恨本地乡民愚昧无情,使得女子骗婚害夫,不贞不义,我早就发誓宁死也不害人。我有个好办法,陈郎,你与我和衣而眠三天,三天后,你就携带银两,带着你舅舅的遗骨回乡去吧!反正我已临近病发之

隐居者
YINJU ZHE

际,将不久于人世。我唯一的心愿,就是陈郎返乡之后,为我立个牌位,认我为原配妻子,我就死也瞑目了。"

丽玉如此有情有义,陈绮感动不已,他悲愤地说:"完婚是我死,否则是你亡,不如我俩一起自尽,九泉下再续夫妻缘吧!"丽玉慌忙说:"陈郎万万不可,你还有携带舅舅遗骨回乡安葬的重任,切不可意气用事。"

是夜,两人和衣而眠。孤男寡女共眠一榻,陈绮屡次不能自持,宁愿以死相报,均被丽玉阻止,两人唯有抱头痛哭。

天明时起身,陈绮发现邱翁夫妇对他不再以礼相待,冷冰冰如同陌路,始信丽玉所言不假。随后两夜,陈绮与丽玉依旧相敬如宾,和衣而眠。第四日早上,丽玉说:"陈郎,你今天可以回家了。"说罢,便在陈绮脖颈上吻出三四道红印,冒充病发痕迹,并要陈绮写下他老家住址,缝在自己衣中,称自己死后,可循着地址去他的家乡看望他。丽玉如此痴情,令陈绮感动不已,两人抱头痛哭一番,洒泪而别。

果然,邱翁早上起来,一见陈绮脖子上的红印,心中暗喜,面上却不动声色,立即差人拿出五百两银子交给陈绮,催促他快快回乡。陈绮又来到城东,请附近两名村民一起帮忙,掘出舅舅的棺木,然后带着舅舅的棺木,雇了一艘船,从水路返家,一路悲泣不已。他倒不是哀怜舅舅客死异乡,更多的是思念丽玉,痛其红颜薄命。

待他回到家乡,方知继母已经去世,父亲没再续弦,见独子归来,陈父不由得老怀大慰。陈绮告诉父亲,他从舅舅处继承了一笔遗产,陈父也不怀疑,父子俩用这笔钱厚葬了黄海客,又用余钱开了一间小酒馆,聊以度日。

陈绮回来后,每天少言寡语,埋头苦读,不久便考中了秀才,令陈父倍感欣喜。

话说邱家见陈绮"带病"离去,以为女儿过疾成功,病根消除,一块心头大石落下,又开始张罗着为邱丽玉重觅佳婿。就在这时,丽玉一病不起,竟是麻风病发。家人不得其解,询问之下,丽玉终于承认自己与陈绮虽同房三日,却并未有夫妻之实。邱翁夫妇气得破口大骂女儿吃里爬外,为一个男人不要自己的性命,实在该

引 子
麻风女邱丽玉传奇

死!为避免传染,邱家只好忍痛将女儿送到当地官府所办的麻风所,从此不相往来,任其自生自灭。

在麻风所等死的邱丽玉心如死灰,数次自杀,却都被一个麻脸老翁所救。老翁劝她:"姑娘你命大福大,千万不可轻生。老夫姓黄,老家在淮南,姑娘你是不是认识一个叫陈绮的淮南人?他是我一个相识的同乡,我听他提起过你,我眼下正要回乡,不如带你一起去吧!"丽玉一听可以再见到陈绮,立即精神倍增,跟着老翁逃出了麻风所。

一路上,邱丽玉对老翁以父相称,黄翁吹洞箫,丽玉唱曲,两人以歌艺乞讨为生。丽玉十分聪慧,将自己的身世编成一首歌,一路演唱。

女贞木,枝苍苍。前世不修为女娘,更生古粤之遐荒。生为麻风种,长即麻风疮。衔冤有精卫,补恨无娲皇。画烛盈盈照合卺,侬自掩泪窥陈郎。翩翩陈郎好容止,弹烛窥侬心自喜。妾是麻风娘,郎岂麻风子?妾虽麻风得郎生,郎转麻风为妾死。郎为妾死郎不知,洞房绣阁衔金卮。孔雀亦莫舞,杜鹃亦莫啼,鹦鹉无言愿飞去,郎坠罗网妾心悲。郎不见,骏马不跨双鞍子,烈女愿为一姓死。郎行依旧貌如仙,妾命可怜薄如纸。肤为燥,肌为皴,云鬟拳曲黄且髡。掩面走入麻风局,不欲传染伤所亲。昔作掌上珍,今作俎上肉;昔居绮罗丛,今入郎当屋。月落空梁悬素罗,一缕香魂断复续。妾虽生,妾不愿,守故居;妾既生,妾自当,寻我夫。可怜虽生亦犹死,不死不生终何如?女贞木,枝扶疏,上宿飞鸟,下荫游鱼。鸟比翼者鹣鹣,鱼比目者鲽鲽。生同衾,死同穴,衾穴即不同,妾心若明月。月照桃花红欲然,李代桃僵被虫啮。女贞木,红枝叶,悉是麻风女之眼中血。

一字字,一句句,泣血带泪,箫声凄楚,歌声悲凉,听者无不潸然泪下,待之以

隐居者
YINJU ZHE

礼,送食相报。数月后,两人终于来到淮南禹迹山,走到村口,黄翁指着陈家酒馆,对丽玉说:"那边向南的一家就是陈绮家了,你自己去吧,我们就此告别,若见到陈家父子,就说黄海客向他们道谢啦!"说罢转身离去了。

邱丽玉半惊半喜地来到陈家酒馆,见一个与陈绮眉目相似的老翁坐在炉子边,于是便唱起歌来。陈翁见她一副病容,又唱得可怜,便拿出一枚铜钱给她。邱丽玉不肯收钱,哭着说:"贤郎陈绮,在粤西欠了我一笔钱,至今未还,如今我千里迢迢找过来投奔他,怎是一个铜板就能补偿的?"

陈父大惊,细问缘由,丽玉一一道来,陈父听后将信将疑,说:"陈绮确实是我的儿子,但你所说之事太过离奇,况且现在他去南京应考举人了,过段时日才会回来,待他回来,当面问过才行。我先将你送到附近尼姑庵住下养息,另派仆妇照顾你可好?"

丽玉向陈父行了儿媳之礼,接着随陈父去了尼姑庵。但陈家仆妇见邱丽玉身染麻风,相貌丑陋,个个惊恐害怕,吐着口水纷纷逃离。只有一个老尼姑见她可怜,将她收下照料。邱丽玉一心只盼陈绮早日归来,临死之前见他一面,也算了却一桩心愿。

大约一个月后,陈绮考完归来,父亲问他:"可认识一个叫邱丽玉的女子?"陈绮不再隐瞒,将自己在粤西的遭遇如实告诉了父亲。父亲叹道:"既然如此,我们也不能亏负于她,虽然你不能娶她为妻,但也要将她养老送终。"

陈绮随即来到尼姑庵寻找丽玉,两人相见,泪水如瀑,邱丽玉哭着说:"陈郎,我远道而来,不为别的,只想见你最后一面,由你将我亲自埋葬,我也就瞑目了。"陈绮好言相慰,又问她如何能独自寻到此地。邱丽玉告诉她,是一位叫黄海客的老翁助她逃出麻风所,又带她一路乞讨来到此地。陈绮一听,惊讶极了:黄海客就是我的舅舅啊,他已死去多年,难道他得道成仙了不成?

陈绮不顾丽玉重病在身,执意将她带回了家,陈家上下见邱丽玉如见灾星,避

引 子
麻风女邱丽玉传奇

之不及。陈绮无奈,只得在酒库一角铺了一张床给丽玉安身,又找了一个不懂事的小丫头甘蔗料理她的私密琐事,丽玉的所有饮食,则由陈绮亲手操持。为了照顾方便,他后来也在酒库里打了个地铺,和甘蔗日夜轮流照顾丽玉。说来奇怪,陈绮和甘蔗虽然与丽玉如此近距离频繁接触,却没有染上麻风病。

秋后发榜时,好消息传来,陈绮高中举人,顿时名扬四乡,主动上门提亲者络绎不绝,可都被陈绮一一谢绝。陈父劝儿子不必固执,不孝有三,无后为大。陈绮含泪跪求父亲:"我尚年轻,丽玉又将不久于人世,何苦在她病重时徒增悲伤?等我尽心送她最后一程,再考虑婚姻也不迟啊!"见儿子如此重情重义,陈父只得作罢。

冬去春来,又到了各地举人赴京考试之时,陈绮担心自己离家后,丽玉无人照顾,干脆向老师请假告病,不去考进士了。邱丽玉听闻此事,不愿耽误陈绮前程,便要自尽,幸亏甘蔗发现及时。丽玉哭道:"我活着不能让陈郎享受家室之乐,又耽误他求取功名,我真是活着不如死了的好。"可陈绮和甘蔗从此对她严加守护,令邱丽玉再无机会自尽。

一天晚上,陈绮去一个亲戚家赴宴,夜遇大雨,未能及时返家。是夜,邱丽玉躺在床上,听着沥沥雨声,感怀身世,夜不能眠。忽然,她听到屋顶上传来沙沙之声,挑灯一看,只见一条手臂粗细的黑色大蛇从屋梁上垂空降下,邱丽玉先是惧怕,后而暗喜,心想:我不是一心求死不成吗?干脆让大蛇咬死算了,也算成全了我。于是,她也不惊慌呼救,任由黑蛇在屋里盘旋。

不一会儿,黑蛇游到一只酒缸边,用脑袋顶开酒缸的木盖,探头饮酒,啧啧有声,肚子越喝越鼓,喝了一会儿,黑蛇喝够了,准备盘上房梁离开时,没想到酒劲发作,从屋梁上一头栽下来掉进了酒缸,翻腾一番之后一动不动了。

邱丽玉大着胆子掌灯走近一看,发现蛇已经死在了酒缸中。她想,这缸中之酒只怕也已沾了蛇毒,这毒酒应该也可以毙命吧。于是她用手掬酒,喝了好几口,没想到越喝越觉得滋味甘美。刚好全身奇痒袭来,她便蘸了一点酒擦拭身体,没想到

隐居者
YINJU ZHE

立即止痒,全身清凉。她暗暗觉得奇怪,于是每天悄悄地饮蛇酒、擦蛇酒。没想到,一段时间过去,不仅全身不再瘙痒,原先溃烂的肌肤也开始长出新肉,几乎掉光头发的头上又重新长出新发,手足皲裂的地方也慢慢愈合。陈绮和甘蕉见此奇迹,惊喜不已。一问之下,才知道是蛇酒的奇效。

陈绮立即请来乡里一位老中医验看,老中医细细一瞧,惊呼道:"这不是传说中的禹迹山乌凤蛇蛇王吗?我小时候就听说过这条蛇王了,你们看,它遍体方形黑花,头顶殷红肉角,过去曾有人出高价寻此蛇鳞甲治疗皮肤病,但遍寻不见,谁知竟在你家出现,可见它是专为陈氏夫妇所来,你们有福报啊!"

不久,邱丽玉病愈,稍作梳妆打扮,如天女下凡,见者无不惊艳。陈父择日为儿子与丽玉完婚。陈绮与邱丽玉的传奇故事,早已在当地流传开来,以至于在他们结婚之日,附近方圆百里的乡亲都来道贺,更以见到新郎新娘的真面目为荣。

结婚一年后,邱丽玉生下一子。第二年春天,陈绮赴京考试,获金榜题名。陈绮为官后,感念当初自己沿途乞讨的境遇,广为赡养流浪者和贫苦百姓,获得广泛好评。几年之后,陈绮升为两广制军,携妻儿返回粤西故里。他有心作弄一下恶岳父,故意派人前往邱家索要"长官嫡妻丽玉"。邱翁对来人装可怜假哭道:"我女儿红颜薄命,早就患病去世了,请长官不必惦记了吧。"

陈绮得到回复,又派人去讨要丽玉的骸骨归葬。邱翁吓得够呛,亲自备了重礼送到制军府,请陈绮别再追究此事。陈绮见他一头冷汗、不敢抬头的样子,暗自好笑,于是又问起当初的媒人司空浑现在何处。邱翁说:"司空浑听说长官就任,吓得坠崖身亡了。"陈绮说:"你们如此惧怕本官,不是把本官当小人看了吗?我可不是你们想象的那样小肚鸡肠。"遂命婢女请夫人来见。

只见丽玉身穿一品命妇服,从后面款款而来。邱翁远远看到,吓得就要跪拜,丽玉不计前嫌,上前扶起父亲,流泪问安。邱翁这才发现,自己原以为患麻风病死去多年的女儿,如今不仅活着,而且活得如此漂亮。想起当初自己对陈绮和女儿的

引 子
麻风女邱丽玉传奇

无情无义,不禁又羞又悔,无地自容。

此后,邱丽玉时常回到粤西看望家人,并且开了不少酒局,广制蛇酒,专门义治粤西地区的麻风病患者,救人无数。直至清末,禹迹山蛇酒仍驰名于世。

陈绮在50岁知天命之年,上表皇帝,退隐乡里。返乡后,陈绮为舅舅重修了墓园,为老尼建了新庵,又为岳母建了邱夫人碑。他与邱丽玉的爱情传奇和知恩图报的故事,成为一时美谈。

【麻风病是一种人身免疫系统的破坏,麻风病菌潜伏期超过十年。麻风病专家指出,我们人人身上都有麻风病菌,只是每个人的免疫力不同而已。现在婴儿出生后即打麻风病疫苗,从根本上切断了麻风病源。如今我们看到的麻风病患者,基本上都是1975年之前患病的。彼时治疗麻风病的主要药物是B663(也称氨苯砜),正是B663的出现,彻底遏制了麻风病菌,拯救了麻风病患者。其中病情较轻者,治疗三五年即可痊愈。所以在20世纪80年代初期,不少麻风病患者被治愈后回家,过上了正常人的生活。也有一部分病重者,继续留院治疗。有些病人被治愈后,由于各种原因,没有回归社会,而是留在了病区,社会称病区为"麻风院、村"。】

隐居者
YINJU ZHE

第一章　祝友全:福兮祸所伏

长日尽处
我站在你的面前
你将看到我的疤痕
知道我曾经受伤
也曾经痊愈

——印度诗人拉宾德拉纳特·泰戈尔《飞鸟集》

【采访手记：2012年秋天，我又一次回到了如皋。一天下午，时任如皋市副市长的老友杜永红，陪我去位于如皋市石庄镇永兴居江滨桥的江滨医院（原江滨麻风病医院）走了走。驱车来到医院门前的大坝上，面对熟悉而又破落不堪的院区景象，想起这是父亲生前最后待过的地方，我不禁黯然神伤。

杜副市长告诉我："为了改善病人的生活，病区即将搬迁到长青沙岛，政府拨款在那里建了几幢四层的宿舍楼，供病人居住，那里有电梯、自来水、电视机、健身房、游乐场……设施齐全，环境与这里简直天壤之别。你下次过来，新病区就会建好了，届时，我再带你去参观。"

我们边走边聊，不知不觉走到病区的一条小河边，在河边的一间小屋门口，见到一位中年大叔，他梳着大背头，戴着茶色眼镜，右手插在裤兜里，很斯文的

第一章
祝友全:福兮祸所伏

样子。我主动和他打招呼:"叔叔,您是住在这里吗?"

"是啊,你们是?"他笑着反问。

我没有说出杜副市长的身份,只是自报家门,说了我的名字,并说我的父亲曾在这里住过一段时间,我对这里有旧情,所以特意来看看。

"哦,你就是赵夕贵的女儿?我知道你,你以前也来过是吧?"这位叔叔居然记得我,让我大为惊讶和感动。

"你们现在的生活还好吗?"我问他。

"现在啊?现在我们的条件很不错。就说我吧,每个月有3000多块钱收入,花都花不完。"这位叔叔的言语之间不无骄傲。

每月收入3000多元?我和杜副市长交换了一个惊讶的眼神。在我们的印象中,麻风病患者不是社会弱势群体吗?他们哪里来的收入?还如此之高?

我们离开时,礼节性地和他握手,他的右手没有从裤兜里伸出来,而是用左手和我们握了握,我印象深刻。

2016年10月,我再次来到江滨医院,并在这里住了一周,目的是采访麻风病康复者们。此时,医院已经搬迁至新址长青沙岛。新江滨医院一半为麻风病区,一半为精神病区。数栋四层小楼掩映于绿树鲜花丛中,人工湖畔,垂柳依依。假山石上,刻录着警句名言,环境优美,是个颐养天年的好地方。

病区主任于洪春和现任院长刘朱建不约而同地为我介绍了第一位采访对象,一见面,他便向我伸出左手。我瞬间恍然大悟:他就是几年前我和杜副市长在老病区的小河边见到的那位叔叔——祝友全。他既是建院元老,也是康复者中为数不多的有文化的中层干部之一。他很善谈,出口成章,条理清晰。我用了整整一个下午,陪着他追溯滔滔往事。

采访到最后,祝友全郑重其事地对我说:"赵老师,我有一个请求,请不要在报道中用我和我妻子的真名和照片,因为我们唯一的儿子在大城市开公司,媳妇也有一份体面的工作，孙子如今正在读高中，即将考大学。大侄子是公务员，二侄子现任某某公司副总裁，二侄媳妇是大学老师，他们都很优秀，都是社会精英，我们不愿意给他们带来任何负面影响和麻烦，请你理解。"

我当然理解并尊重他。对他来说，人生中的风雨早已是过眼云烟，除了那只藏在裤兜里的残缺右手，从他身上看不到一丝麻风病的痕迹。他能如此平静而乐观地回忆过去，已经表明了他超然的心态和无畏的勇气。只是，作为一个家长，他依然要为子女守护一方不被污染的天空，这是他的底线。】

一

两个同病相怜的"小麻风"，在世界上最冰冷的地方抱团取暖。

万事不由人计较，一生都是命安排。

祝友全略通文墨，开口便是两句七律名言，令我颇感惊讶。这两句七律，似乎道尽他的一生。

祝友全，1947年出生，如皋县人。1964年患病，时年17岁，正读高中，学习不错，是个班干部，梦想也很光荣——长大后穿军装，为保卫国家做贡献。那个年代，当兵无上光荣，比现在出国留学还时髦。

然而，命运的魔杖在祝友全的身上不痛不痒地戳了一下，给他下了一个咒语。有一天，他忽然发现右手中指上长了一个疔疮，溃疡，手指麻木，皮肤无触感。家人带他去找了一个当地有名的老中医，老中医看了看他患病的手指，诊断这只是一个普通的疔疮，给他配了不少中药，让他坚持每天喝药、敷药，把药当饭吃，一年后，就会药到病除。

第一章
祝友全：福兮祸所伏

那些中药里有许多让人看了就心惊胆战的毒物,如毒蛇和蜈蚣等。当母亲把一碗熬得浓稠墨黑的中药汤端到祝友全面前时,他心有余悸,不敢下口,好像毒蛇和蜈蚣就潜伏在药水下面,等着钻进他的五脏六腑。母亲只得连哄带骗,把中药灌进他的嘴里,接着往他嘴里塞上一粒薄荷糖作为奖励。祝友全皱着眉头喝完苦药,他摸摸嘴巴,看看手指,希望神奇的药水瞬间就会发挥作用,把他手指上的毒疮飞快地吸走。

谁知,他休学喝了一年多的中药,不但病没治好,反而身体越发孱弱,四肢知觉不灵,舌头色如抹布,手指上的溃疡依然如故。

1966年10月,如皋县在陆家庄成立了麻风病防治所,从各乡镇医院抽调数十名医生,在全县范围内排查麻风病,祝友全也被家人带去检查,结果晴天霹雳——他被确诊为麻风病。

祝家人目瞪口呆!祝家兄弟姐妹6个,祝友全排行第三,唯他一人患病,其他人皆很健康。

有泪无泪都是哭。祝友全百思不解,不知麻风病这个魔鬼为何非要纠缠于他?

不管祝友全愿还是不愿,他终究被家人送进陆家庄麻风病防治所。他原以为只有自己最为不幸,谁知到了防治所,才发现与他一样不幸者不计其数,有甚者比他更为凄惨。多数人比他年长,有家有口,有人哭着离婚,有人哭着寻死,院区里处处是愁云惨雾,死气沉沉。祝友全虽年纪轻轻,但受病友们情绪感染,也倍感凄凉,他觉得当时的麻风病防治所是世界上最冰冷的地方。

一天,祝友全去诊所看病,进入病区,一个小姑娘风风火火地从他身边掠过,还伴随着一阵笑声,这在阳光都照不进的麻风病院里实在难得。

又有一次,他去药房拿药时,碰到了那个小姑娘,她的手里拿着一沓药单。他有些好奇,难不成她一个人需要用这么多药?但看她也不像身患重病的样子。难道是她的亲人在住院?但在当时,即便亲人住院,在这个"谈麻色变"的地方,一般也无家人陪同。

"哎……你怎么会有这么多单子?"祝友全终于忍不住搭讪。

那小姑娘转头看看他,调皮地笑了:"学雷锋呗!"

祝友全也笑了。两人便闲聊起来。她叫黄小英,当年16岁,也是麻风病患者,不过病情较轻,她每天帮着其他重病患者拿药、发药、换药,几乎成了半个小护士。

"谁都对这个瘟病恨得要死,整天愁眉苦脸,你怎么还这么乐呵呵的?"祝友全严肃而奇怪地盯着她,好像她的笑容出现在这里,是一种罪过。

黄小英同样奇怪地盯着他,嗔怪道:"好像你一哭二闹三上吊,这病就怕了你,就拍拍翅膀飞了不成?"

祝友全被她驳得哑口无言,想想也不无道理。

"我妈说,好死不如赖活着,死了就什么都看不到、享受不到了,我还小,我相信将来一定有好日子等着我,我还没活够呢,我一定要活到自然死亡为止。"

一个16岁的小姑娘,说起生死,一副无所谓的表情,祝友全完全被惊到了。

祝友全和黄小英正值青春,同病相怜,又都读过书,越冷的地方,越容易抱团取暖。一来二去,两人渐渐互有好感。

一日,祝友全问黄小英:"你若是治好了病,有何打算?"

"当然是嫁人了。"黄小英答。

"我们得了这瘟病,谁还会与我们结婚?"祝友全有点泄气。

"没人嫁你,不代表没人娶我。"黄小英颇为傲气,实际是为了激他。

祝友全沉默了。是的,黄小英长相甜美可人,病情又轻,用不了太久就会治愈,只要要求不太高,找个人嫁是极为容易的事情。可他哪里甘心——若她真要嫁人,不如嫁给我!此后便有了心,处处跟她示好,关心体贴温柔以对。黄小英不傻,哪里看不出祝友全的心思?她对他也是有好感的,自然不会拒绝。久而久之,两人就有了朦胧爱意。

第一章
祝友全：福兮祸所伏

当时陆家庄麻风病防治所条件十分简陋，又正值如皋县麻风病患者高发期，由于病人众多，大部分患者只能白天去医院治疗，晚上回家居住。这对于病人、家人乃至社会来说，都十分不便和不妥，祝友全也是每天早晚"走医"，对此十分不满。他想改变现状，入院治疗，因为黄小英是住院的，但是他多次向防治所提出要求住院均被驳回，理由是他年轻体壮，"走医"治疗对他来说并不困难。

祝友全虽然身有疾患，思想却很有见地。年轻气盛的他头脑一热，拿起笔就给卫生部写信，信中写了他本人作为一名麻风病患者的亲身经历和感受，并在信中如实反映：如皋县陆家庄麻风病防治所的医疗条件差、药物研究不到位、资产阶级思想作怪、没有客观认识到麻风病患者的疾苦、没有特效药、病人不能住院治疗等等。这封信一鼓作气，一气呵成，写完后立马挂号寄到了卫生部。

没想到，他这封信受到时任卫生部官员的高度重视，卫生部部长亲自在信上做了批示，并把这封信转到了江苏省卫生厅，省厅批示后又转到了如皋县卫生局，局里批示后再转到如皋县陆家庄麻风病防治所，防治所的书记看到这份从中央层层批示下来的信之后，不敢怠慢，立即亲笔给祝友全写了一封信，盖了公章，让他带着这封信去如皋县陆家庄麻风病防治所办理入院治疗手续。

祝友全当年的这一大胆举动轰动一时，不仅为他能够及时治病赢得了先机，还为他以后的"干部之路"打下了基础。入院两个月后，领导就安排祝友全进食堂做会计。

令祝友全心花怒放的是，他距离黄小英更近了。虽然两人被分隔在男女两个病区进行治疗，但毕竟在同一个医院，看病拿药、食堂吃饭都能碰到，眼底眉梢传递出的含情脉脉，令这痛苦的治病生涯也变得云淡风轻了许多。

两三年的治疗之后，黄小英痊愈了，并无任何外疾，两人的感情也随之遭受严峻考验。黄小英是家里长女，父母认为，既然病已治愈，当务之急是给女儿找个健全人结婚生子，开始正常人的生活。谁知，黄小英却铁了心非祝友全不嫁！

隐居者
YINJU ZHE

黄家人不管女儿的反对,强迫她去和一个远房亲戚介绍的男人相亲,并一再告诫黄小英:千万不可说出自己患病实情!黄小英表面应允,却自有主见。

过去相亲和如今相亲大同小异,媒人、双方家长、男女当事人围坐一圈,喝茶、抽烟、闲聊,眼角余光不断打量对方当事人,心算评估双方家世是否般配、男女当事人是否有夫妻相等等。媒人自然是舌灿莲花,把男女双方夸得天上人间绝无仅有。眼看男方一家人面露喜色,就要点头应允,黄小英噌地站起来,脆生生地说道:"我得过麻风病,你们要是不怕的话,就娶我回家吧!"

别看黄小英当年20岁不到,倒是敢作敢为。

在场所有人大惊失色,相亲对象一家夺路而逃。那年月,听了"麻风病"三个字都浑身颤抖,唯恐避之不及,谁还敢跟她结婚?万一传染、遗传或者不能生育怎么办?

黄家老少气得七窍生烟,黄父恨不能拿一把扫帚将女儿扫出门去。扫地出门,是当地人对不肖女最绝情的惩罚。

黄家不死心,后来又安排了一次相亲。黄小英如法炮制,甚至当场告诉人家:"我这个病,说不定什么时候还会犯,我是不能生孩子的,万一遗传,我是不会负责任的,你们考虑好了再说。"

如此折腾了两次,黄小英家人绝望了,对这个忤逆女儿不再关心。黄小英于是从家中逃跑,回到了陆家庄麻风病防治所,坚决要跟祝友全在一起。那一年,祝友全22岁,黄小英19岁。

黄家人见他俩如胶似漆,棒打不散,又见祝友全还算有才有貌,病情也不重,经过治疗恢复得也不错,除了右手中指略有残疾外,其他身体外观并无影响,黄家这才无奈同意他们的亲事。于是,祝友全家按照当地传统,托媒人上门说媒、订婚、送彩礼、结婚,一个环节都不少,两个执着相爱的年轻麻风病患者,总算有了一个完满的结局。

第一章
祝友全:福兮祸所伏

1970年,随着江苏省的麻风病患者越来越多,如皋县陆家庄麻风病防治所再也容不下更多的病人,江苏省政府和江苏省卫生厅的领导们经过研究决定,在省内建立一个专门的麻风病医院。经过多次调研,政府最后决定,在位于如皋县南部的长江边,建立一所麻风病医院。那里一面向江,三面荒滩,位置偏僻,比较适合隔离麻风病患者。为了给麻风病医院腾地方,政府下令,将居住在那里的长江公社居民全部迁移至别处。于是,1974年底之前,长江公社二大队的十一队、十二队和五七农场(前身是如皋县劳改农场),全部搬迁完毕。

二

他们虽然被命运逼到了世界的角落里,甚至被社会遗忘,
但他们从没有放弃对生活的希望,也没有抱怨和沉沦,
而是积极地寻求生路,在那片芦花飞扬的荒滩上,开辟出了新的希望。

一片荒滩,百废待兴。

虽然已经过去了四十多年,祝友全至今仍然清晰地记得,1974年12月24日,时任如皋县陆家庄麻风病防治所的书记孙文青、副书记薛振中、总账会计朱建华这三位领导一起找他谈话,让他带领一部分手脚健全的麻风病患者,参与新麻风病医院的建设。

"在现在的病人中,有文化的很少,我们看中你年轻,有文化,有思想,所以想请你带头协助我们一起建好医院,这将是你们未来治病和生活的地方,也是你们的家,医院建好了,也有你们的一份功劳……"领导们语重心长地对祝友全说。祝友全感到一股被信任的力量在胸中燃烧,他激动地拍着胸脯表态:"请领导放心,我一

隐居者
YINJU ZHE

定以身作则,排除万难,争取胜利。"

出口成章,这也是祝友全经常组织政治学习的好处。

建院初期,条件异常艰苦。祝友全带着几名年轻力壮的麻风病患者,每天骑着咔咔作响的自行车,顶着江风,歪歪斜斜、颠颠簸簸地去几十里外的江边测量现场。冬天江风呼啸,曲折小路高低不平,他们的耳朵和手指几乎都被冻僵。如遇雨雪天,更是泥泞难行,但为了自己和病人们的未来,他们咬牙坚持。他们分工明确,有人拿着棍子负责丈量,有人用石灰撒上记号,有人在本子上做笔记。一切有条不紊。

医院正式开工了,由政府拨款采购的砖瓦、水泥、木头和油毛毡等建筑材料一批批运来了,泥瓦工和木工也来了,这片江边荒地开始人声鼎沸起来。不久,十多幢整齐划一、青砖红瓦的平房便矗立在了这片江边荒地上,格局类似以前的农场。这将是祝友全他们一辈子生活的地方。

病区建好了,但除了十几幢病房,其余什么都没有,政府拨款也有限,病人们必须自己养活自己。这时,祝友全就要起带头作用了。他带领34名手脚健全的麻风病患者,第一时间组建了炊事班、养殖组、种植组等生产小组(我父亲当时就是一个生产小组的组长)。

医院紧邻江堤,当时的江堤只有5.5米高,为了防止夏季洪水倒灌淹没病区,病人们又将江堤加高到6.6米高。被挖土的地方,刚好可以建鱼塘,一举两得。他们在每一幢宿舍的房前屋后栽种了果树和蔬菜,开启了自耕自种、自给自足的创业模式。宿舍周围,是政府划拨给他们的八百亩可耕地和二百亩芦苇荡,只要有足够的毅力和恒心,他们将是这里的主人。

创业初期,条件极其艰苦。病人们没有筷子,就用芦苇做筷子;没有秤,就用手量;没有柴火,就去砍芦苇和枯树;没有井,就用水缸放在屋檐下接雨水。这是一个特殊的群体,他们没有血缘关系,却比亲人更团结。他们身患重疾,却没有自暴自

第一章
祝友全:福兮祸所伏

弃。他们被隔离于这个荒僻的江边潮湿之地,淡然接受命运的安排,勇敢自救。他们刨开坚实的土地,撒下一颗颗希望的种子。他们根据季节不同,先后种植棉花、水稻、玉米、油菜、红薯、芋头和花生等等。除了农业发展,他们也搞副业,养了鸡、鸭、鹅、鱼、猪、羊、蚕和长毛兔等等,什么能卖钱就养什么。还有那两百亩的芦苇荡,也被他们因地制宜,他们将芦苇收割晒干,编织成篮子和猫窝儿(一种冬天穿的保暖鞋),去集市上换钱。

虽然是一群特殊的病人,但他们的生产管理制度与当时的公社和生产队一样,采取计分制,多劳多得。20世纪80年代中期,他们还发展到开窑厂,烧砖卖钱,那是挣大钱的活计,每人每年多的可挣七八千元,少则两三千元。但那是苦力活儿,只有手脚健全、年轻力壮的病人才能做。当然,卖砖的钱属于集体所有,不能上工的重病员也会得到部分补助。

当时,病人们的生活和医疗费来自三方面,简称"三结合"政策——每人每月国家出三块钱,当地民政部门出三块钱,病人家属出三块钱。由于重病员不能上工,医院便将民政拨款的津贴也让重病员享受,另外再从集体收入中提取一部分"公益金",根据病人贡献大小,进行分配。所以,当时的麻风病患者不仅没有给社会添一点负担,反而给社会减轻了压力,这也是他们的可贵可敬之处。

新医院建成后,更名为"江滨麻风病医院",从1975年开始大量收治麻风病患者,我的父亲就是于1976年夏天被收院治疗的。最高峰时,医院有2000多名病人。可是,病人越来越多,医生却越来越少。因为麻风病的特殊性,愿意来这里做医生的人寥寥无几。即使一开始有些医生响应国家号召,来到江滨麻风病医院,但是工作不久,简陋的医疗条件、艰苦的生活环境、繁重的工作压力,令很多医生找到各种借口、理由和关系,最后都纷纷调走或逃离。刚开始建院时还有30多位医护人员,但没过几年,只剩下了五六位。

于是,政府只好在病人中找有一定文化知识和手脚相对健全的来协助管理和帮助身体残疾者。再从这些病人中，挑选佼佼者做医院的中层管理干部，这在当时，也是一个特色。管理人员也分两个小组，一个小组抓生产，一个小组管生活。生产和生活两条线，各司其职，井井有条。

祝友全由于会算账，一直担任着食堂会计的职务，后来又做了医院的总账会计。他的儿子出生后，妻子黄小英曾带着儿子回老家住了几年。1977年，黄小英将儿子托付给外公外婆照顾，她又来到医院，帮病人们缝缝衣服、补补被子，闲暇时也下地干一些农活，还能挣到一些工分，两人夫唱妇随，令其他病友羡慕不已。

"你的父亲赵夕贵当时是第八生产小组的组长，专管记工分。我们的农业和副业的收入都要汇总到总账处，再进行分配。"祝友全说。

再后来，医院管理人员看到社会上搞起了生产承包责任制，便也在病区开始试行小组承包责任制。于是，有的小组承包鱼塘，有的小组承包果林，有的小组承包养蚕，有的小组承包养长毛兔，还有的小组承包了当时最火的砖窑厂……那时病人们都很年轻，平均年龄都在30岁左右，都能吃苦耐劳。他们虽然被命运逼到了世界的角落里，甚至被社会遗忘，但他们从没有放弃对生活的希望，也没有抱怨和沉沦，而是积极地寻求生路，在那片芦花飞扬的荒滩上，开辟出了新的希望。

三

我这一生，既是痛苦的一生，也是幸福的一生。

20世纪80年代初期，医院划改，大批被治愈的麻风病患者选择了回家，空出来的宿舍，很快被另外一批特殊的病人——精神病人——填补。而"江滨麻风病医院"的牌子也被换成了"如皋江滨医院"，这里也分成了两个病区——麻风病病区

第一章
祝友全:福兮祸所伏

和精神病病区。

到了20世纪90年代初,麻风病病区大约还有200人,医护人员只剩下屈指可数的五六个人,并且还有长期请病假不来上班的。在留院的病人中,除了一些从病人中提拔上来的管理干部,大都是生活不能自理的重残型的病人,他们需要有专人照顾。可是,政府的拨款很有限,医院的财政捉襟见肘,医院又不能对病人弃置不顾,不得已,医院只好进行了改革,出台了一个寄养政策:病人治好后,如果有家人的,尽量劝他们回家安享晚年。如果病人不愿回家或无家可归的,也可寄养在医院,但其家属(没有家属则由病人所属的村委会)必须和医院签订一份《寄养合同》,每年支付给医院一定的生活费和抚养费。

在一份于洪春医生(他于1990年入院工作至今,是目前在病区工作时间最长的医护人员)提供的和病人家属签署的《寄养合同》中显示:1994年,病人每人每月60元生活费、3元护理费、6元洗衣和洗被子费,特殊情况者再酌情由甲方增加费用。甲方是病人家属或病人所属村委会,乙方是医院。每年一共828元。后来,随着生活水平的提高,病人的生活费也略有增加。

20世纪80年代初期,改革开放之风吹遍四海,那些勇敢回归社会的病人靠着勤劳的双手发家致富,成了令人羡慕的"劳动致富型"的病人组合家庭。提到这些致富病友,记忆力超人的祝友全如数家珍,一一向我娓娓道来。

有一位叫冯广玉的病人,在老家时就会开拖拉机,20多岁时被查出患有麻风病,他入院之后,成了医院里的劳动一把手,耕种运输,非他莫属。他痊愈回家后,顺利地结了婚,婚后生了一儿一女。儿子现在是部队的连级干部,女儿也嫁了人,生了孩子,女儿做服装生意,女婿是焊接工,小日子过得和和美美。他的儿子结婚时,他还来医院请院领导去参加婚礼。

"冯广玉和其他病人不一样,他很自信,从不隐瞒自己曾经患过麻风病。人的命运是可以改变的,就看你是否有勇气面对,他的故事,也算是病人中的正能量典

隐居者
YINJU ZHE

型。"祝友全说。

还有一对病人夫妻,男人叫朱静安,原先在医院做卫生员,女人叫谢晓玲,在食堂做饭,两人生有一子,朱静安后来成了医院的编制人员,一直工作到2000年左右退休,每月都有两三千元的退休工资。如今,做泥瓦匠的儿子也已经结婚,一家人勤劳致富,生活富裕。

王岳强和许加梅也是一对病人夫妻,在病区时,王岳强是饲养组组长,许加梅做裁缝。他俩痊愈回家后,生了一儿一女,如今孙子都已读初中。王岳强回家后靠养猪致富,建立了母猪配种站,收入颇丰。

瞿秀莲和席桂平夫妇也是一对致富典型,他们在医院里就是种果树的能手,病愈回家后,他们承包了村里的葡萄园,不仅自己富裕了,还带动了村里的乡亲们发家致富。

"病人们自愿接受隔离治疗,就是对社会带着一种奉献精神,就是对生活怀有感恩之心。如果病人不自立、自爱、自强,社会怎么会对你产生尊重呢?那些出院回家后,在社会上立足、家庭幸福美满的病人,都是心怀感恩、对生活充满信心的人。我很敬重他们,我为有这样的病友感到骄傲!"祝友全说,"如今,社会上对我们麻风病患者也十分关心,我们搬进了新居,有了太阳能热水器、落地扇和空调,这些都是好心人捐赠的。每年重阳节时,还有人送戏上门,我们很感动,感到很温暖,从心里感谢党和政府……"

当年,从病人中提拔上来的干部共有5人加入了医院编制,祝友全是其中之一,他从1971年算工龄,到2006年退休,现在每月可拿3900元的退休金,比社会上普通退休工人拿得还多,他十分知足。

我这一生,既是痛苦的一生,也是幸福的一生。 痛苦的一生,是这种可怕的病,让我失去了作为正常人生活的机会,也没有得到学习深造的机会。 幸福

第一章
祝友全：福兮祸所伏

的一生，是感谢共产党和政府，在医院里给了我发挥作用的机会。

——摘自祝友全日记

第二章　薛怀明与美儿:天赐良缘

我梦见——

我们死了

我们平躺,目光安详

在洁白的棺材里

两具洁白的棺木

停靠在一起

我们是否说过"够了"这个词

是否过了很久

可那又是什么意思

多么奇怪——没有悲伤

也没有痛哭

情感是如此软弱又如此怪异

思想是如此冷滞又如此清醒

我不再期待你的双唇

虽然她们永远那么迷人

终于结束了,我们双双死去

第二章
薛怀明与美儿：天赐良缘

> 我们平躺,目光安详
> 在洁白的棺木里
> 两具洁白的棺木
> 停靠在一起
> ——俄国诗人尼古拉·斯捷潘诺维奇·古米廖夫《我梦见》

【采访手记：1997年冬天,我第二次访问江滨医院时看到了薛怀明,当时他和他的美儿幸福地生活在一起。他的一只眼睛已被白内障完全覆盖,另一只眼睛也像是被磨损的玻璃弹珠,但他满脸笑意。听说我要给他们拍照,他急忙从屋里叫出美儿,帮她扶正帽子,两人肩并肩,端端正正地坐在门前的长凳上,笑嘻嘻地面对我的镜头,拍下了他俩今生今世唯一的合影。他们的身后,映衬着宿舍斑驳的红砖墙,尽管已经褪色,却坚硬如旧,一如他们饱受摧残却坚韧温暖的生命。

如今,薛怀明和美儿已经远去,但他们的凄美故事,依然在病友们中间口口相传。大家都说,薛怀明是病区生活最苦的人,也是最幸福的人,因为他爱过,付出过,也享受过。他俩一位是麻风病患者,一位是精神病患者。他们在苦寒的岁月里拥抱取暖,把苦难人生过成了一部美丽的传奇。苦加苦,等于甜。死生契阔,与子成说。执子之手,与子偕老。薛怀明和美儿,请你们安息！】

一

那年薛怀明50多岁,美儿40多岁。

隐居者
YINJU ZHE

　　单身半辈子的薛怀明，被窝里终于有了女人的气息。

　　那个钻风漏雨的鱼塘小窝棚，成了薛怀明和美儿的蜜月圣殿。

　　很遗憾，我最后没能亲自和薛怀明对话，他于2013年8月去世，享年73岁。但他和美儿的故事，是病区的一个传奇。

　　是人，就会有感情。麻风病患者，也有七情六欲。20世纪60年代患病时，病人们大都很年轻，有些是未婚前发病，治愈后回归社会，结婚成家，生儿育女，生活平静；有些是婚后发病，如果治疗及时，痊愈回家后还可以夫妻团圆，继续新生活。但也有的病人不幸被爱人或亲人抛弃，他们或有家难回，或无家可归，最后选择了滞留医院，与异性病友之间产生了感情，同病相怜，相依为命几十年，类似情况不在少数。在20世纪80年代末期，医院还剩下200多名病人，其中就有20多对病人"夫妻"。

　　薛怀明失明前，曾是病区里一个劳动小组的组长，负责看护鱼塘和庄稼。由于受病情影响，直到50多岁，他仍然是光棍。他常常和病友们说："我这辈子最遗憾的，是没有一个老婆。"病友们一起苦笑："何止你没老婆？我们都没有老婆呢！"

　　也许天可怜见，20世纪80年代末的一个冬天，天降奇缘。

　　那是一个大雪纷飞的夜晚，守鱼塘的薛怀明透过鱼塘小窝棚的柴门，似乎看到鱼塘边跌跌撞撞走来一个人。好哇！又来个不要命的偷鱼贼！他一把抓起铁叉，打开柴门，声色俱厉地大吼一声："大胆小偷，从哪儿来滚哪儿去，不然我不客气了！"

　　话音刚落，他就听到有女人的哭声随着风声凄厉地传过来……

　　薛怀明蒙了，不是偷鱼的？还是个女人？他返回窝棚内，提起煤油罩子灯，走到那人跟前，见那人瘫坐在塘埂上，头也不抬，只是呜呜地哭，声音又尖又细。她连头带尾地裹在一条大麻袋里，一路上大概摔了不少跤，像个泥猴。雪花悄无声息地

第二章
薛怀明与美儿：天赐良缘

落到麻袋上，又悄无声息地消失在麻袋上。

"你是谁？从哪里来？"薛怀明问道。

回答他的只有哭声，她坐在地上，此时哭声闷闷的。

无奈，薛怀明只得又回到窝棚里，外面风雪太大了，他的身体可架不住冻。他虽回到了窝棚，还是透过柴门看着外面的那只"泥猴"，她一直趴在那里，一阵阵地哭，哭了一会儿，不再哭了，就像睡着了一样，趴在那里一动不动，若不细看，只当那是个隆起的小土堆而已，看不出是个有生命的物体。她要这样趴一夜，不冻死才怪。薛怀明心里敲着鼓，到底要不要出去把她拉进窝棚来躲躲风雪呢？她到底是个什么人？这么冷的风雪天，跑到这荒郊野外来做什么？

内心挣扎了许久，还是本着"救人一命，胜造七级浮屠"的信念，薛怀明再次打开柴门，走进风雪中。正是他迈出的这一步，使他走向了一个奇遇。

薛怀明把她拖进窝棚时，她已经被冻得没有了意识。薛怀明打开冷冰冰、沉甸甸、脏兮兮的麻袋时，不由得惊呆了，从她蓬乱的发型、呆滞的面相和混乱的衣着，极易判断出，这是个疯女人。

薛怀明赶紧生火烧水，直到那女人一双冰冷似铁的脚在热腾腾的水里泡得温软，直到灌进她喉咙的热水将她铁青的嘴唇暖成了温热的粉色，薛怀明这才松了口气。总算救活了一个人。

可是，活过来的疯女人来历不明，表情呆滞，神志不清。她像个跟屁虫，薛怀明到哪，她就到哪，两人形影不离，如同连体婴。即使上厕所，她也要跟着，一个在蹲坑，一个在外面对着花草哼哼唱唱。她就像某种小动物，把出生时睁开眼看到的第一个动物当成自己的妈妈，就像小鸭子看到人类，小狗看到虎妈，都能跨类视为亲人，她把救她于风雪夜的薛怀明当成了至亲。

薛怀明给她起了一个美丽的名字——美儿。

"美儿美儿，你从哪里来？"

隐居者
YINJU ZHE

"美儿美儿,你家在哪里?"

"美儿美儿,你今年多大了?"

"美儿美儿,你知道我是谁?"

"美儿美儿,你会不会嫌弃我?"

"美儿美儿……"

每当薛怀明唤她美儿,美儿就转过头,咧嘴笑一下,她承认了这个名字,也承认了薛怀明。

那年薛怀明50多岁,美儿40多岁。单身半辈子的薛怀明,被窝里终于有了女人的气息。那个钻风漏雨的鱼塘小窝棚,成了薛怀明和美儿的蜜月圣殿。

80年代末期,随着一些病人的去世和一些治愈病人的回家,留在麻风村上的病人越来越少,空地越来越多,管理也越来越松散,病人们可以自耕自种自收,自己养鸡养鸭养鹅,自己做饭自己吃,各居一室,相安无事。薛怀明和美儿同居,也无人打扰,倒也自在。

多一个人,多一张嘴,为了养活美儿,薛怀明在鱼塘边开垦了新的土地,种上蔬菜,养上鸡鸭,和美儿过起了惬意的小日子。他把好吃的留给美儿吃,美儿吃剩下的他才吃。

一想到美儿神志不清,不知从哪里来,也不知往哪里去,只会到处流浪,沿路乞讨,这一路不知睡过多少草垛,被多少恶狗追咬过,被多少无知孩童抛掷过石头,吃过多少苦,受过多少罪,才终于流浪到他这里,他心里就会一阵阵绞痛。美儿美儿,可怜的女人,从此以后,我会保护你,我要把五十多年来没能散发的温暖,全都给你。

三个月过去,美儿就被薛怀明养得珠圆玉润。她虽然不懂得和他眉目传情,谈情说爱,但她会嘿嘿傻笑,只要看到薛怀明,她就咧开嘴,笑得花枝乱颤。在薛怀明眼里,美儿嘿嘿傻笑的样子,是天底下女人最美的样子。

第二章
薛怀明与美儿：天赐良缘

薛怀明家人的生活条件不错,大哥经常会来麻风村看看他,物质上给他一些接济。美儿来后不久,薛怀明在大哥的接济下,买了一辆二手三轮车,为的是可以带着美儿去任何地方看风景。

春天如期而至,鱼塘边的桃树上繁花点点,像披上了一件粉色的斗篷;四叶草为塘埂两边裸露的泥土覆上了绿色的地毯;油菜花在三月的阳光下闪着碎金的光芒,甜香遍野。蜜蜂们唱着甜蜜的歌儿,美儿在四叶草地毯上打滚,在油菜花海里奔跑,身上头上都是草叶和花瓣。薛怀明折下几根油菜花,笨手笨脚地绕成一个花环,戴到美儿头上,美儿摇身一变,成了一位戴着金冠的皇后,在花海里冲他嘿嘿傻笑,薛怀明特别心满意足。命运虽然对他残酷,却给了他如此厚重的馈赠!他该感恩、该知足了。

病友们经常可以看到这样一幅令他们眼热的画面:薛怀明推着三轮车,美儿坐在车上,他们一路嘻嘻哈哈,不知道在笑什么。他们一起去地里开荒种地,种花生、毛豆、油菜等。薛怀明刨地,美儿就施肥;薛怀明挑水,美儿就浇菜。他们的日子就像董永和七仙女一样,煞是令人眼热。

虽然如此,薛怀明也不是没有担忧,自己纵然再喜欢美儿,也不能让她永远背井离乡,与亲人永不相见啊!

于是,薛怀明开始到处打听美儿从哪里来。尽管有些违心,却又不能不做。薛怀明偶尔会去镇上卖掉一些自己吃不掉的鸡蛋或蔬菜,顺便打听美儿家的情况。他骑上三轮车,美儿坐在后面。他在前面躬身驼背屈膝使劲蹬,美儿在后面手舞足蹈哼着不成曲的调调。

"美儿,你记得你家门口有什么吗?"薛怀明转头问美儿。

美儿:"我记不得,记不得……"

到了镇上,他蹲在地上卖蔬菜也不忘打听:"老乡,你看到过这个女子吗?知不知道她家在哪里?她是我捡到的,我想把她送回家……"

老乡们看看美儿,大都摇摇头,这样一个疯女人,谁会在意呢?

某一天,薛怀明又带美儿来镇上,一个年长的男人来买他的鸡蛋。薛怀明向他打听,是否认识美儿,是否知道她家在哪里。那老男人上下打量了几下美儿,马上笃定地对薛怀明说:"哦,这不是我家东边的柳家媳妇吗?她跑出去很长时间了,家里人为找她都急疯了……"

"真的?"薛怀明喜出望外,"那你带我们去她家吧!我把美儿还给她家人。"

"你不用去了,我直接带她回去就好了,我们是邻居,很方便的。"那人说罢,就动手去拉美儿,"走吧,柳家媳妇,我带你回家。"

"嗷——"美儿号叫一声,张口就把那男人的手咬了一口,然后转身就扑到薛怀明怀里,惊魂未定,瑟瑟发抖。那男人气急败坏:"你这个疯婆娘,还咬老子!看我不揍你!"骂完抬手就打。

薛怀明虽然身有残疾,却不是孬种,他把美儿往后一拨,那男人一拳打在了他的左眼上,剧痛令他立马捂住眼睛蹲在了地上。美儿吓坏了,呜呜哭着扑到他身边。

薛怀明的眼睛本来就视线模糊,那男人的一拳,加速了他的失明。而事后的事实证明,那老男人根本不认识美儿,他想要带美儿走,企图不言自明。

这次经历,让薛怀明不再徒劳地打听美儿的来历。他宁愿相信,这是老天赐给他的奇遇,他该珍惜!

可是,当薛怀明放弃帮美儿寻找家人的时候,她的家人却辗转听到风声,找到了麻风村。来人是美儿的儿子和女儿,已经20多岁的姐弟看到失踪已久的疯疯癫癫的妈妈,不由得抱头大哭。美儿却挣脱儿女的怀抱,扑到薛怀明怀里,紧紧抱住他,惊魂未定地看着来人。

薛怀明要看他们的证件,他们掏出了美儿一家的户口本和身份证,证实美儿确实是他们的母亲。美儿在身份证和户口本上的名字叫黄二毛。

第二章
薛怀明与美儿:天赐良缘

美儿(黄二毛)被她的儿子和女儿强行带走了,她尖细的哭喊声从塘埂上渐渐远去,也勾走了薛怀明的魂。

二

二十年的相濡以沫,二十年的相依为命,
二十年的患难与共,在这天夜里,全部戛然而止。

薛怀明大病一场。病好之后,他发现自己看不见这个世界了——他彻底失明了。

"美儿美儿,你在哪里?"

"美儿美儿,你快回来!"

失明后的薛怀明不能再看守鱼塘,换了别的病友看守,他待在自己的小屋里,下雨听雨声,晴天听风声。他想念美儿,想得撕心裂肺,夜里常常泪湿枕巾。

"美儿美儿,你在哪里?"

"美儿美儿,你快回来!"

虽然他曾看过美儿的户口本和身份证,依稀还记得她家的地址,那是上百里路以外的地方。可是,知道又有什么用?自己是一个有着麻风病后遗症的残疾人,如果贸然找上门去,后果不堪设想。上天可怜我,把美儿送到我身边;上天又惩罚我,把美儿带走了。得而复失,老天啊,你为何如此捉弄我?

度日如年。

不知过了多久,十天、二十天,还是八十天、一百天?雨声没了,风声大了。风开始有了冰冷尖锐的质感,手抚在门框上,指尖感觉到了凉意,晚上上床前,腿脚也是瑟瑟缩缩的，被子很冷，被窝里再也没有了美儿的温度。

这一天，一阵啪嗒啪嗒的脚步声朝着薛怀明的小屋传来，他下意识地竖起耳朵。这阵脚步声很特别，不像有气无力的病友们那样踢踢踏踏、慢吞吞的，却像抓小偷一样风风火火地跑过来的，还没到门前，声音已经响起来："老薛老薛，你在家吗？"

他听出来了，喊他的人是看鱼塘的老刘。难道鱼塘出了什么事？薛怀明从凳子上站起来，摸着门框站定："什么事啊，老刘？"

"呜呜呜……"熟悉的又尖又细的哭声传来。

美儿！美儿！美儿！是美儿回来了！

一个人扑进他怀里。没错，是美儿，他熟悉她身上的味道！是沿路乞讨、风餐露宿特有的腥臭味道。

没有人知道美儿是怎么找回来的，她的身上还是那么脏，脚上只有一只鞋子，脸上看不出肤色，头发打成结。据老刘说，她径直跑到了鱼塘小窝棚，叽里呱啦一通狂叫。老刘吓坏了，也惊呆了，这个疯女人竟然找回来了！

"我的美儿，我想死你了！呜呜呜……"薛怀明抱住美儿，呜呜大哭，"我已经看不见你了，美儿，让我摸摸你是瘦了还是胖了……"

薛怀明的手代替了他的眼睛，他把美儿从头发摸到脚趾，一边摸一边哭："美儿，你走的时候脸蛋儿肥得像小猪，现在咋瘦得皮包骨头啦？美儿，你这一路吃了多少苦啊……我苦命的美儿……呜呜呜……"

在一旁的老刘也忍不住老泪纵横。一个连自己的子女都不认识的疯子，却能跑上百里路，回到这个荒郊野外，来找这个只相处了三四个月的老麻风！是老天给了她暗示吗？

谁都不知道美儿回去后经历了什么，不知道她凭什么样的记忆又找了回来。即使薛怀明问她，她也是一问三不知，要么一脸茫然，要么左顾右盼不作声。

第二章
薛怀明与美儿：天赐良缘

"回来了就好，回来了就好！"薛怀明抱着失而复得的美儿，喜极而泣！

薛怀明的魂又回来了，薛怀明的生活又开始热气腾腾。美儿蒸了红薯，会把红薯皮一片片剥掉，再把剥了皮的红薯喂到薛怀明嘴巴里。美儿把薛怀明的脚抱在怀里，帮他修剪脚指甲。美儿耐心地帮他洗头，细心地为他掏耳朵、剪头发，虽然剪得像狗啃的，偶尔还会用剪刀戳破他的头皮，可他还是很开心。美儿帮他洗澡，从头搓到脚。美儿帮他缝衣服，虽然她常常把两层都缝到一起，但她会拆了再缝。美儿扫地，常常从家家户户门口扫过去，像环卫工人一样。病友们都喜欢上了美儿，大家都"美儿美儿"地叫，美儿不会应答，但是会嘿嘿傻笑。美儿的傻笑，就是她的应答。

美儿的儿子和女儿后来又找来了，但这次他们没有把美儿强行带回家。他们告诉薛怀明："我们的妈妈从来没有享受过一天好日子，从来没有人看得起她，请你善待她，反正我们的爸爸很早就抛弃母亲成家另过，就让妈妈和你在一起吧。"他们留下两大包美儿的衣物，放心地走了。

薛怀明也放心了。

从此，美儿是麻风村唯一一个不是麻风病患者的编外人员。

过年了，薛怀明托病友去镇上给美儿买来新棉袄、新罩裤；春天了，托人给美儿买单鞋；夏天了，给美儿买的确良衬衫；秋天了，给美儿买毛线衣。他把用鸡蛋、鸭蛋、蚕茧换来的钱，都用在美儿身上，自己一年到头换不了一件外衣。

病友们还经常看到这幅景象：美儿推着三轮车，车里装着各种蔬菜，推到十多里外的镇上去卖。美儿在前面控制车头，薛怀明在后面推车，两人边走边喊号子："哎呀号啦、哎呀号啦、哎呀号啦……"整齐划一。他们一起下地挖红薯，一起下河洗衣服。有时候，美儿一手提着篮子，一手搀着薛怀明，或者薛怀明一手搭着她的肩膀，此时的美儿就像个正常女人一样，一路走一路絮叨个不停，告诉薛怀明她看到了什么。她成了薛怀明的眼睛和拐杖。

隐居者
YINJU ZHE

一次，美儿下河洗衣服时，不小心被河水冲走了一件衣服，她急得一头扑进河里去捞衣服。薛怀明虽然看不见，却听见扑通一声水响，伸手已经摸不着美儿，他急得双手乱挥，大喊"美儿美儿"。美儿在水里手脚并用，噗噗打水，时沉时浮。薛怀明情急之下，也一头扎进水里，到处去摸美儿。好在河岸边水位不深，两人挣扎摸索了好一阵儿，终于从水里爬上岸，都呛了好几口水，像水猴子。薛怀明惊魂未定，抱着美儿说："美儿，你要是淹死了，我也在河里不上来了，你死我也死。"再后来，每次下河洗衣服，薛怀明就用一根绳子把自己和美儿拴在一起，两人像蚂蚱一样一前一后，牵着扯着走过田野，走过河流，走过岁月。

病友们都说，薛怀明是前辈子修来的福气，才遇到了美儿。薛怀明也点头赞同。他不敢想象，如果有一天没有了美儿，他的日子会怎么样。

美儿有一次患了重感冒，发烧咳嗽浑身痛。薛怀明吓得魂飞魄散，立即找医生开了药，给美儿服下，生怕美儿有个三长两短，晚上则彻夜不眠，隔上一二十分钟就摸索着给美儿喂点水。早上生炉子给美儿熬粥喝，烫得满手是泡。好在美儿是从风里雨里沿途乞讨、摸爬滚打过来的，体质好，感冒几天就好了。可也把薛怀明吓得够呛，他心里想着，无论如何，也要给美儿攒点钱，万一以后美儿有个大病小灾，没钱就是等死啊！

时间的年轮一圈圈地滚过，长江里的涛声从未停息，虽然看不见岁月枯荣，薛怀明还是能感受到，随着年纪越来越大，两人的身体状况越来越差，老得三轮车都蹬不动了，两人只能推着走。有时候走得快了一些，他能清晰地听到美儿像风箱一样呼呼地喘气。

薛怀明常常很担心，如果将来自己先走一步，留下美儿一个人怎么办？他总以为，自己比美儿大十多岁，要死也是自己先死。

他把自己的担心告诉病友们，病友们劝他："咸吃萝卜淡操心，美儿不是还有儿女吗？把她送回去不就行了？"十多年的相守，说送回去就能送得回去吗？

第二章
薛怀明与美儿：天赐良缘

"美儿，如果我死在你前头，你怎么办？"有一天他问美儿。

美儿还是没心没肺地傻笑，薛怀明摸着她的脸，心里说不出地难受。她是个傻子，哪里懂得生死的含义？

即使我先死，我也要给美儿留下养老钱。

薛怀明攒钱不容易，他把卖鸡蛋、鸭蛋、蔬菜、油菜籽的钱一分一分地攒起来，想着等自己死后，把美儿送到养老院养老。他都打听好了，如皋城里有养老院，只要有钱，就能进去。但他没想到，造化往往会弄人。

转眼到了2009年夏天，一天夜里，美儿晚饭后吃了一片西瓜，帮薛怀明洗了澡，因为天热，电扇开了一夜。

第二天清晨，公鸡打鸣了，薛怀明像往常一样摸索着起了床，先关了电扇，美儿没有动静。他喊了声："美儿，起来了，鸡叫三遍了。"美儿还是没吭声。以往，美儿即使不吭声，也会伸个懒腰，翻个身，或是没头没脑地嘟囔两声，总之要搞点什么动静出来。今天美儿是怎么了？

"美儿，起床啦，我们去地里挑青菜，等太阳升起来，就太热了……"

可是，美儿再也不能应答他了——美儿静悄悄地走了。他摸摸她，她已经没有了温度，美儿无疾而终。

二十年的相濡以沫，二十年的相依为命，二十年的患难与共，在这天夜里，全部戛然而止。薛怀明一直以为自己比美儿大很多岁，应该会比美儿先走，他万万没想到，美儿会先离他而去。上帝送了一个宝贝给他，他还没有爱够，又从他手里夺走了。

抱着美儿冰冷的身体，薛怀明大放悲声。美儿，你怎么会先我而去呢？你做了我将近二十年的眼睛和拐杖，从这一天开始，我再次变回一无所有。

病区管理员得知消息后，马上联系了殡仪馆来拉美儿的遗体。殡仪馆的车来了，薛怀明却把门窗紧闭，谁也喊不开。他在屋里扯着嗓子大骂外面的人："你们都

隐居者
YINJU ZHE

滚！给我滚！你们要是抢走美儿，我跟你们拼命！我真的跟你们拼命，我手里有菜刀……"

为了不刺激极度悲伤、神志癫狂的薛怀明，大家只好作罢。可是，这么热的天，遗体放在屋里怎么行？医生只好隔窗安抚薛怀明："老薛啊，你放心，我们不拉走美儿，但是天这么热，美儿的身体会腐坏的……要不你向殡仪馆租个冰棺，把美儿放进去，这样能放久一些……"

薛怀明一听有道理，当场就要殡仪馆送个冰棺来。殡仪馆的人告诉他，租一天冰棺80块钱。

"80块就80块，我先给你们800块。"薛怀明说。他不在乎这些钱了，这些钱原本是准备留着送美儿进养老院用的，现在用在美儿身上也值得。

冰棺送来了，薛怀明亲手把美儿擦洗得干干净净，换上了美儿生前最喜欢的一身衣裳，白色的上衣、蓝色的裤子、黑色的布鞋，头发也梳得一丝不苟。

美儿进了冰棺。薛怀明再次反锁门窗，每天陪着冰棺里的美儿说话，病友们隔窗劝他想开点，人死不能复生……

他答道："你们吵什么吵？我在跟美儿说话，她又没死，就是睡着了……"

整整十天，薛怀明没出过门，也不知他有没有吃喝。最后，病友和医生都怕他出意外，狠狠心砸开窗户，破窗而入。

薛怀明像个疯子，已经瘦得脱了形，睁着一双空洞的盲眼，手里拿着一根棍子狂挥乱舞，他要保护美儿不被抢走。但他毕竟是个盲人，又是个老人，哪里敌得过一拥而上的人？美儿还是被殡仪馆的车拉走了。

薛怀明翻地打滚，号啕大哭，捶胸顿足，肝肠寸断。医院怕出什么意外，派了一个病人，日夜陪他陪了好几天。

美儿火化后，医院将美儿的骨灰盒交给了他，他每天抱着骨灰盒睡觉。美儿的子女得知此事，赶来医院，想要把妈妈的骨灰盒带回家，薛怀明不肯，死死抱着骨灰

第二章
薛怀明与美儿：天赐良缘

盒不肯放手。

"美儿是我的，我死也要跟她在一起。"他翻来覆去就这一句话。

美儿的女儿看得动容，柔声劝他："叔，我们把妈妈带回去，不是要从你身边抢走她，是想帮她做一场法事，超度她的灵魂早点升天，这是我们小辈尽孝应该做的事情，你看呢？"

"做法事？这是好事情，我要跟你们一起回去做，钱我来出。"薛怀明抹一把鼻涕眼泪，同意了。

在当地，人死之后都要做一场法事，为死者超度，这是一种风俗。这个风俗薛怀明懂的。

薛怀明抱着美儿的骨灰盒，跟着美儿的子女去了美儿的老家。他拿出了一千多块钱，请来和尚，在美儿家念了三天经，给美儿做了一场风风光光的法事。做完法事后，薛怀明一个人回来了。美儿的儿女给美儿买了一块墓地，美儿入土为安了。美儿的子女向薛怀明承诺：等他百年归西之后，一定将他和美儿合葬。正是有了这句承诺，薛怀明才甘心将美儿留在了她老家的墓穴里。

美儿，你等着我，我不久之后，就会来陪你，永不分离！

没有美儿的日子里，薛怀明成了行尸走肉，身体状况也每况愈下。医院派了个病友照顾他，但他把病友赶走了，他说："在瞎子的世界里，我什么都看得见。"这句话成了薛怀明这辈子的座右铭。

美儿去世后的第四年，2013 年 8 月 13 日，薛怀明也无疾而终，他没有等到搬迁新病区。薛怀明去世后，人们在他的床下找到三四千块钱。他曾跟很多人说过，他要攒钱给美儿养老，但谁也没想到，他会攒下这么多钱。大家都唏嘘不已。

薛怀明去世后，他的侄子和美儿的儿女都来到医院，将他送到殡仪馆火化，火化后，也给他做了一场风风光光的法事。美儿的子女遵守了诺言，将他与美儿合葬。墓碑上刻着"薛怀明、美儿之墓"。

第三章　李凤玲：新疆大漠，爱与哀愁

爱是陪伴。
我不知道是否还能独自上路，
因为我已不能一个人行走。
唯有思想能够让我到达更远的地方。
我能看到的也越来越少，
或许这样能看得更加深入吧。
她不在我身旁时，
是她对我的另一种陪伴。
我对她的爱太满，
以致竟不知如何去爱她。
在见不着她时，我就用想象凝视她，
我的坚强有如高大之树木。
但只要她在，我立刻颤抖，
抛弃她不在时的一切想法。
我拥有的就是我舍弃的。
所有的事物看向我，如一株向日葵，
用它突兀的圆脸。

——葡萄牙诗人费尔南多·佩索阿《爱是陪伴》

第三章
李凤玲：新疆大漠，爱与哀愁

【采访手记：我在病区采访时，李凤玲几次走过我采访的窗前，不时向屋内张望。我知道她大概有话想对我说，于是我请她进来。她也不客气，开门见山对我说："姑娘，你想听我的故事吗？我的故事三天三夜也讲不完。"她的声音略显粗哑，苍白的嘴唇不时微微颤抖。这颤抖也许来自心情，也许来自病情。之后两天，我都在听李凤玲讲故事，那两天，我从21世纪初期穿越回到了20世纪中期，陪着李凤玲的记忆翻山越岭，回访她失落在新疆大漠里的爱与哀愁……】

一

在那个每天每人只能吃两个窝窝头的饥饿状态里，
范志明和李凤玲这对新婚小夫妇，
晚上还是很有激情地做着夫妻间的把戏，
这是他们在那艰苦的支边岁月里唯一的慰藉。

少女时代的李凤玲，宛如一株长在江南水乡的芦苇，葱郁、青春、坚韧。

李凤玲家就在长江边上的一个小村庄，兄弟姐妹六人，她是家中老四。在那个全民皆贫的年代里，父母尚且无暇自顾，六个次第降临的儿女更让他们顾此失彼。每次开饭前，六个孩子每个人捧着一只空碗，一字排开站在灶台前，眼巴巴地看着锅里咕嘟嘟冒热气的红薯汤，母亲愁眉苦脸地给他们每人碗里舀上一碗。当然，儿子的碗里总是会多几块红薯，女儿们碗里的汤水总是更清亮一些。

隐居者
YINJU ZHE

排行居中的李凤玲既没有得到读书的机会,也没有享受到过多的父爱和母爱,更多时候,她甚至充当起了年幼弟妹的"小妈妈"。每到芦苇花飘扬的季节,凤玲就会去芦苇荡里摘来最饱满最柔软的芦苇花,给哥哥姐姐弟弟妹妹们编织过冬的"毛窝儿",那是一种只有苏北农村的农民们才会穿的"棉鞋",式样粗笨、丑陋,像一只只长着大嘴的毛茸茸的癞蛤蟆。即使穿上它,脚后跟也会长冻疮。但不穿它,双脚便过不了冬。

待到十八九岁时,亭亭玉立的凤玲便成了乡村媒婆的聚焦点。凤玲没什么选择,也没什么期待,21岁那年,便成了一个家庭成分不好的男人的妻子。这个男人叫范志明。

范志明娶李凤玲,不是因为喜欢,是为了以结婚换取家里同意他去新疆支边。那时毛主席刚刚发出"青年人去边疆接受教育"的伟大号召,他的小伙伴们都报名了,他不甘心落后,尤其他的祖父还曾是大地主。去新疆,既光荣,又能与成分不好的家庭保持一定距离,范志明觉得这是他改变个人命运的好机会,所以紧紧抓住不愿错过。

范志明家有兄弟姐妹四个,他是男孩中的老大,还有个弟弟是老四,才9岁。按照农村的传统,他的身上承担着家族传宗接代的大使命,不能让他一走了之,万一他一去不回,或者去了却娶不到老婆,家里的香火就难以旺盛了。所以他想要去四五千公里外的新疆扎根,家里做出的让步就是他要在走之前娶上老婆,再带着老婆一起去新疆。支边、成家两不误。

"那里有吃不完的牛肉羊肉、喝不完的牛奶羊奶、吃不完的葡萄哈密瓜,那里的男人女人都能歌善舞,那里有山有水,山高得要捅破天,湖水蓝得像丝绸,不像我们这里一马平川,连个土坡都没有。你不去,这辈子都遗憾。还有啊,我们去了新疆,每个人就能领到一床新棉被、一套新棉袄、一双新棉鞋、一顶新帽子,还有一个月的全国通用粮票。我俩加一起,就是双份啊!你看我们在家里,天天吃不饱、穿不暖,

第三章
李凤玲：新疆大漠，爱与哀愁

到了新疆简直就是到了天堂啊！"

范志明绘声绘色地向李凤玲描述新疆。说这番话时，范志明的眼睛在煤油灯下一闪一闪。自从结了婚，丈夫范志明就成了李凤玲的偶像，他读到了高中，能说会写，懂那么多大道理。她很庆幸自己嫁对了人。丈夫的描述让李凤玲着了迷，她比丈夫更积极地想要去新疆。在自己的父母和兄弟姐妹们忧心忡忡地劝她三思而后行时，她反而借用丈夫不屑的语气回复亲人们："你们都是没见过世面的井底之蛙，只有到了广阔的草原，才知道自己多么渺小，世界多么伟大。"

1957年秋天，当李凤玲怀里揣着户口本，穿着军装，戴着军帽，第一次坐上绿皮火车，从无锡火车站咣当咣当地一路向西时，她的心飞得比火车还要快，她迫不及待地想要看看传说中的天堂。满火车都是披红挂彩的支边男女青年，有些是从始发站上海上车的，有些是从南京、无锡等地上来的。

那一次支边，仅如皋就去了两百多人，加上无锡、南京、上海等地的，共有一千多人，那是一次庞大的西进迁徙，也是我国历史上，一千八百万知青大潮中的一朵浪花。李凤玲，这株江南水乡的芦苇，就这样被连根拔起，被蜿蜒的铁轨输送到了数千里外的大漠戈壁。

当他们从乌鲁木齐下了火车，再坐上农场派来的卡车，颠簸四天三夜到达目的地——北疆某建设兵团——时，所有人都不说话了。是的，这里有山，但山是灰黄色的，这里有草原，是苍白无力地贴着地面的枯草。一阵疾风吹来，沙尘便顺着风向，钻进了他们的脖子、头发、眼睛、嘴巴。人人都呸呸地吐着嘴里的沙，唾液都吐干了，嘴唇不知从何时起，已经裂开一道道小口子，一说话，嘴里首先弥漫起一股血腥味。

同来的小伙伴里已经有人后悔了，蹲在地上哭，喊爹喊妈的都有。李凤玲没哭，因为她有丈夫范志明。她紧紧抱着丈夫的胳膊，像抱着一根定"心"神针，完全一副听"夫"由命的架势。

隐居者
YINJU ZHE

来迎接他们的某建设兵团团长给他们开现场会,鼓舞大家:"同志们,艰苦是暂时的,幸福是要靠双手创造的。只有我们用双手创造出来的幸福,我们才会倍加珍惜!你们是新时代最可爱的人,相信你们会在新疆这片广阔的天地里,创造出伟大的奇迹,这是党和人民对你们的考验……"

对于这些革命大道理,李凤玲似懂非懂。她不知道奇迹是什么,不知道怎样去创造奇迹。她只知道,自己必须剪掉一头垂到腰际的长发了,带着长发在这里生活是累赘。喝不完的牛奶和吃不完的牛肉,是挂在嘴巴上说说、画在纸上看看的。但她唯一感到欣慰的是,至少还有丈夫范志明和她在一起。

刚刚进入秋季,江南的初秋正是秋高气爽的宜人季节,北疆的夜晚已经冷得像寒冬腊月。甚至连住的地方都没有,只能钻地窝子。所谓地窝子,就是就着一个斜坡,向里挖掘出的一个十来米深的洞。洞上头搭上木头,铺上骆驼刺和草,就是屋顶;地下铺上草,草上铺上从家里带来的棉絮和床单,就是床。那时,单身汉们十来个人住一个大地窝子,晚上一个个钻进去,早上一个个钻出来,成群结队,像一窝地老鼠。

而结了婚的夫妻,自然不能跟那些单身汉混住在一起。经兵团允许,李凤玲和范志明自己动手挖了一个可以栖身的小地窝子,这也是唯一让她感到满意和幸福的地方。地窝子没有门,李凤玲捡来一些树枝,搓几根草绳,七绕八缠,一扇简陋但可稍稍遮挡隐私的门就成了。晚上睡觉时,用一根结实的木棍撑一下即可。

农村出来的孩子,最大的特点就是不怕吃苦。开荒挖地,砍骆驼刺,垒墙建屋,日出而作,日落而息,白开水就窝窝头,几个月不洗头不洗澡……连男人都抱怨受不了,可李凤玲从不抱怨,因为有范志明在身边。嫁鸡随鸡嫁狗随狗,嫁给扁担挑着走,范志明的世界,就是她李凤玲的世界。

就在那个连直立都困难的小地窝子里,在白天干活累得直不起腰的日子里,在那个每天每人只能吃两个窝窝头的饥饿状态里,范志明和李凤玲这对新婚小夫妇,

第三章
李凤玲:新疆大漠,爱与哀愁

晚上还是很有激情地做着夫妻间的把戏,这是他们在那艰苦的支边岁月里唯一的慰藉。三年后,他们有了第一个孩子,是个女儿。女儿是在冬天生的,范志明心不在焉地给她起名范小冬。

二

北疆的冬天,是李凤玲的克星。

生不逢时,命运多舛。

范小冬生于自然灾害闹饥荒的1961年,李凤玲要给孩子喂奶,又没什么奶水。那时候他们一个月只有13斤粮食,根本不够吃,只能去抠树皮、摘树叶和挖草根,可树皮、树叶和草根也带不来多少奶水,女儿只要一叼住母亲的奶头,就狠命地吸,一直吸到李凤玲喊痛,奶头里吸出血来,她才把女儿的嘴巴从奶头上扯下来,没吃饱的女儿就哇哇地哭。怕女儿没奶水活活饿死,范志明放工后,就去地里抓草原鼠,回来扒了皮,炖一小碗汤给老婆喝。李凤玲就是靠这些老鼠汤化成的奶水,把第一个女儿养活了下来。

二女儿依然生于冬天,那是两年后的1963年。北疆的冬天很漫长,最低零下二三十摄氏度。从十月下旬就开始下雪,直到来年三月方从严冬中挣扎出来。整个冬天,是这群来自江南水乡的知青最难熬的季节。尽管天寒地冻,知青们照样要上工干活,而且是几乎半饿着肚子干活。他们一般只吃两顿,早上出门时,口袋里揣一个窝窝头当干粮。到了中午,窝窝头已经硬得像石头,牙齿根本啃不动,只能用干活用的锄头使劲砸,砸成一小块一小块,填进嘴里,用唾液软化一下,再咀嚼,要不就放在搪瓷缸里,用雪水泡一会儿,再和着雪水吞下去。

隐居者
YINJU ZHE

刚生下女儿的李凤玲,不仅要上工,还要天天在雪水里给女儿洗尿片,一下水,手指就冻成了冰棍。久而久之,手上脚上和耳朵上都长满了冻疮。夜里钻进被子,被焐暖的冻疮奇痒难忍;白天挨了冻,又奇痛无比。这时的凤玲真是无比怀念自己的家乡,尽管家乡的冬天也滴水成冰,却不会像新疆这样会冻死人啊!

凤玲曾亲眼见过一个小知青患了感冒,晚上躺进地窝子,第二天早上到了上工还没起床,同伴们去叫他,不见应声,就去掀他的被子,发现他早就冻成了一个人肉冰棍,嘴巴和眼睛都大张着。那小知青才19岁。

李凤玲的第二个女儿,终究没能熬过这个冬天。某天早上他们一觉醒来,发现滚出被子的小婴儿已经成了一根紫红的小冰棍。小婴儿夭折后很长时间,李凤玲都没缓过劲来。她恨北疆的冬天。但她那时还没想到,北疆的冬天对她的残酷,远不止这些。

丈夫对小婴儿之死并没有太悲痛,反正是个丫头,还少了许多麻烦。他一心想要个儿子,在生下儿子之前,生多少个丫头都只是过程。那是20世纪60年代初,计划生育尚未开始,生孩子只是自己的能力问题。于是在新疆的九年时间里,凤玲总共生了四个孩子,活了三个。1966年出生的还是个女儿。直到1969年,她总算生了个儿子,范志明大大松了口气,心满意足地给儿子起了个响亮的名字——范鹏飞。

北疆的冬天,是李凤玲的克星。

有一天晚上,凤玲从地里回来,脚站肿了,靴子怎么也脱不下来。她让丈夫帮她拽靴子,丈夫一使劲,凤玲啊地惨叫一声——左脚上的靴子脱下来了,袜子也脱下来了,袜子上连着一块皮!是脚后跟的冻疮破了,冻疮粘在袜子上,又连着袜子被扯了下来。

悲剧的种子从这时就种下了。

那时条件艰苦,加上"大干快上、多快好省"的精神激励,知青们干活时断个手

第三章
李凤玲：新疆大漠，爱与哀愁

指头、折个腿什么的，都不用请假休息的。脚后跟撕脱一块皮，更不算个事，就算为新疆建设做了一点小小的贡献吧。李凤玲从连队医务室拿来消炎粉和绷带，自己给自己上药缠绷带，第二天一瘸一拐继续上工。几个孩子生下来，几个冬天的衣服、棉被、尿布洗下来，在冰天雪地里攥着锄头把子抡下来，她的手指已经不像手指，而是一根根又粗又壮、伤痕累累的木棍子。有时给儿子喂奶时，托着乳房的手指上，道道裂口渗出点点血珠，被儿子和着奶一起吮吸了。那时她还不知道，这手指上小小的裂口，怎样分割了她的命运。

不知是艰苦的环境所致，还是长期的营养不良，在生下儿子后，凤玲的前胸和后背出现了一片片苔藓一样的红斑，臀部有一块皮肤也麻木无知觉。她的脚伤和手伤也迟迟不愈。她以为过了冬天伤口就会愈合，可是春天过了，夏天来了，伤口却变本加厉地扩大，并散发出异味。无论撒多少消炎粉，脚后跟铜钱大的伤口总是红红的，像一只合不上眼皮的红眼睛。手指上的裂口则像一张张脏兮兮的小嘴巴，无论怎么洗都洗不干净，她自己看了都嫌烦，更别说范志明了。偶尔，范志明看她用那双血迹斑斑的手给孩子做饭，就会嫌恶地瞪她："你手那么脏，不能洗干净了做饭？"

要是能洗干净，我愿意这么脏吗？我自己都恶心自己。她在心里说。

晚上躺在床上，听着孩子和丈夫发出的阵阵熟睡的呼吸声和鼾声，她毫无睡意。她睁着眼睛和黑夜对抗，想从黑暗中看出命运的魔鬼到底在自己身上下了什么魔咒。眼看日子越来越好过，从地窝子搬进了土墙草屋，儿子也有了，大女儿已经上了小学，为什么生活总是跟自己过不去呢？黑夜没有给她答案，钻入骨髓的寒意让她在被子里禁不住颤抖了一下，好像严冬提前来临。

第二天，凤玲向连队请了假，搭着一辆拉马草的拖拉机去了团部卫生院。一位年轻女医生戴着塑胶手套和口罩，仔细看了她身上"苔藓"一样的皮肤、又红又肿的手指和左脚掉了一根脚趾的溃烂部位，一边看，一边皱眉，说从没看到过这样的

隐居者
YINJU ZHE

病例,这病有点奇怪。女医生判断不了是什么病,接着又叫了另一个男医生来看。

男医生看了看李凤玲的伤,告诉她:"你这不是什么大不了的病,就是营养不良导致的皮炎和真菌感染,缺少维生素,也会导致皮肤自愈功能缓慢,你的体质比较弱,所以长期好不了。我给你开点药膏,你回去每天早晚两次抹在藓上,我再给你开点消炎药和止痛片,你要是痛得受不了,就吃一粒。"

医生一边给李凤玲配了更多的消炎药和绷带,一边告诉她:"这里的冬天就是这么厉害,还有人冻掉耳朵的,冻掉脚趾也不奇怪,你回去注意伤口的保暖,尽量不要受冻,不要接触脏水,以防细菌继续感染,你这伤口总是好不了,就是因为你反复感染。"

从医务室回来,李凤玲感到心情稍稍轻松了一些,看来也不是什么要命的病,只要不是癌,什么病都能扛过去。她乖乖地照着医生说的给自己的患处做护理,不敢有丝毫懈怠,可是日复一日,病情还是照旧。

她想起老家有一种偏方——用艾草熏久治不愈的伤口,过不了多久伤口就会消炎结痂。于是她让范志明给她妹妹写了一封信,叫她妹妹多寄一些晒干的艾草来。过不了多久,妹妹果然千里迢迢寄来了一大包艾草。在江苏老家,每到夏天的傍晚,村庄上空除了炊烟就是艾烟,两种烟雾在空中合二为一,一半烟雾伴随着饭菜的油烟味,另一半烟雾散发着艾草的怪味。艾草点燃后烟雾缭绕,气味呛人,但这是驱赶蚊蝇蛇虫的好东西。

可是直到凤玲把所有艾草熏完了,熏得满屋怪味缭绕,脚伤依然溃烂如初,脓血淋漓,每次看她脱掉袜子解开绷带洗脚,全家人都会捂着鼻子有多远躲多远,范志明更是厌恶,碰都不碰她的身。他读过书,书上告诉他,不洁的女人是瘟疫。

第三章
李凤玲：新疆大漠，爱与哀愁

三

看着男人决绝的背影，李凤玲越走越心寒，
她觉得自己活在世上已经成了一种罪孽。
连最亲的人都把自己当成了累赘，
她还有什么理由让自己苟活？

后来李凤玲渐渐听到风声，说有个二队的寡妇经常去范志明管理的仓库，一待就是好半天，出来时衣衫不整、红光满面，兜里鼓鼓囊囊的。寡妇家里有五个梯队一样的孩子，那年月，一个寡妇用身子给孩子换点吃的倒是没人笑话，只是总有人喜欢多事，一五一十、添油加醋地说给李凤玲听，还怂恿李凤玲去捉奸。李凤玲身体有病，脑子不糊涂，想来想去，为了三个孩子，打落牙齿往肚子里咽，只当自己是聋子。

可范志明却越来越看不惯她，"你怎么不去死"渐渐成了口头禅。

李凤玲低眉顺眼地撑到了1974年，身上长出了更多的麻木"苔藓"，脚背上烂出了窟窿，且越来越大，走路像鸭子一样一摇一摆。知青连的医生看到她的伤口也怕了，劝她回内地看医生。范志明求之不得，天天催促她快走。李凤玲说："你送我回去我就走，你不送我，我不走。"

"我送你回去可以，不过要留在老家看病，把病看好再回新疆来。"范志明跟她谈条件。李凤玲想走一步算一步吧，就答应了他。

李凤玲心情沉重地回到了老家，来不及和久违的家人嘘寒问暖，就立即先去拜访那位远近闻名的老中医。老中医认真查看了李凤玲的病情之后，并没有立即给出令她宽心的诊断，而是建议她去陆家庄的麻风病防治所检查一下。那时，全国麻

隐居者
YINJU ZHE

风病情肆虐,江苏省已有数百个麻风病患者,江苏省卫生部门在如皋县陆家庄镇成立了一个临时的麻风病防治所。那时还没有专门治疗麻风病的医生,都是从各个医院抽调的皮肤科医生前来会诊。

"我怎么会得麻风病?新疆怎么会有麻风病?"李凤玲紧紧扒住门框,身子赖在门里,不想去陆家庄。范志明站在门外,一边一个个掰她的手指,一边对她咬牙切齿:"你不去也得去!"她的十个手指头被他此起彼伏地掰下来,她被他像俘虏一样向防治所押解过去。

"你要是得了麻风病,我们俩就一刀两断,你别跟我去新疆了!"他走在马路左边,远远地冲她喊,语气里都透着嫌弃。

"你是我老公,我嫁鸡随鸡嫁狗随狗,你到哪里,我就到哪里,你不要我,我怎么办?"她走在马路右边,遥遥地回应他。

"我怎么知道你怎么办?麻风病是瘟病,谁沾上谁倒霉。我这次陪你回来,已经送佛送到西了,你还想拖累我一辈子不成?你还想拖累孩子们一辈子不成?"

两人走了一路,吵了一路。李凤玲还心存侥幸:我不可能得麻风病,我怎么可能得麻风病?!老天保佑,我绝对不会得麻风病。

可是,老天还是跟她开了一个致命的玩笑。一番提心吊胆的检查过后,医生清清楚楚地告诉她:"没错,你得的就是麻风病,你这样子已经很严重了,你的脚趾会一个个烂掉的,最好马上接受治疗。"

"不会吧,医生,我家没有一个人是麻风病,我怎么会得麻风病啊?你们会不会弄错了?"李凤玲一把拉住范志明的胳膊,"你帮我去问问医生,是不是他们弄错了?"

"别碰我!"范志明大叫一声,一把打掉她的手,从她身边蹦开。

李凤玲呆若木鸡,丈夫与她隔着三米远的距离,看着他满脸惊恐的表情和眼睛里深深的厌恶,她嘴唇颤抖,浑身如筛糠,却说不出一句话来。周围很多人像看西

第三章
李凤玲：新疆大漠，爱与哀愁

洋镜一样围观着他们。

范志明不顾有人围观，挥着手大叫大嚷："你得了这个瘟病，不要跟我去新疆了！我明天就回去，你不要跟着我，你跟着我，我就打断你的腿！"

"我是你老婆啊，你不能不要我。"李凤玲哀号一声，扑向丈夫，紧紧抓住他的衣袖不松开，范志明的身体弯成一张弓的姿势，使劲地想要从李凤玲的手里弹出去。如果他的手里有一把刀，他估计都会毫不犹豫地"割袖断义"，从她身边逃之夭夭。

除了哭，李凤玲不知道自己还能干什么，眼泪在她脸上挂成了两道小瀑布。现场也有其他被判了"死刑"的人在哭，有大人，有孩子，都是男的，李凤玲是当时现场唯一的女麻风病患者。

"医生、医生，你们已经查出她有麻风病，赶紧把她收治了，不能让她出去祸害传染别人啊！"范志明冲着医生大喊，他以为医生每查出一个麻风病患者，就会立即把病人五花大绑隔离起来。

"现在病人太多了，我们这里根本安置不下，只能让病人自由选择回家还是留下。根据国家'三结合'规定，住院是要交钱的，每个月国家出三块、公社出三块、家庭出三块，你们回家商量一下，到底要不要住院，要是准备住院，改天和公社干部一起来办住院手续。"一个医生告诉范志明。

一听此话，范志明不吭声了。每个月三块钱，扔给这个瘟疫缠身的女人，这种浪费简直令人难以忍受。

回家的路上，他们依然一个走马路左边，一个走马路右边，一个冷若冰霜，一个泪流满面。范志明走得飞快，努力和李凤玲保持足够安全的距离。看着男人决绝的背影，李凤玲越走越心寒，她觉得自己活在世上已经成了一种罪孽。连最亲的人都把自己当成了累赘，她还有什么理由让自己苟活？

时值四月，粉色的桃花开满堤岸，昭示春天的到来；金黄的油菜花在田野里闪着碎金的光泽;蜜蜂们一边唱歌一边亲吻每一朵花蕊,甜香遍野;一群鸭子在河里呱呱呱地呼朋唤友、发情求欢;燕子们划着优美的弧线穿过桃树或屋檐,成双入对;春天的江南色彩缤纷,热闹纷繁。可在李凤玲眼里,一切都是黑白色,她心如死灰。

顺着马路,流淌着一条长长的小河,清凌凌的河水顺流而下,这样的小河在当地不计其数,都是长江的支流,它们围村流淌,也是附近农民赖以生存的母亲河。它们从四面八方向着东海的方向汇集,流向大海母亲的怀抱。

李凤玲也不知道自己怎么就下了河,鸭子们受惊似的叫得更凶,啪啪啪地在水面上奔跑开去,激起一道道呈倒三角扩散的水波纹。下河前,她把鞋子脱在了岸边,这会儿,她感觉到淤泥从脚趾间一股股地冒着,冰凉、柔软。有一些瓦砾或蚌壳硌着她的脚底心,有一点钝钝的痛,左脚溃烂的地方被冰凉的淤泥包围,好似裹上一种特殊的麻药,感觉不到痛,只是一丝丝的麻。有一些小鱼儿游过她的指缝,新奇地亲着她的手指,也是点点的麻和痒。水已经淹过胸部,衣裳鼓胀起来,清澈碧绿的河水如巨大而柔软的怀抱,全盘接受了她所有的悲苦和绝望。她让自己下沉,全身心地投入柔软的河水中去,她的头发和水草在水里纠缠、起伏……依稀听到一阵狗吠传来,那是人间还是地狱的召唤?她已经无暇去顾了。

四

人性最初的良善,败给了残酷的现实。

命不该绝,阎王不收。

是一只名叫大黄的土狗救了李凤玲的命。大黄的窝在自家主人屋的西墙下,面临河水,大黄目瞪口呆地看到一个女人一瘸一跛地走进河里,眼看她越来越深地

第三章
李凤玲：新疆大漠，爱与哀愁

陷入水中央去，大黄终于恍然大悟似的汪汪汪狂叫起来。狗叫惊动了屋里的男主人，主人跑出来唤狗："嘘嘘嘘——大白天的，大黄你瞎叫什么呀？"大黄狗扭头看看主人，继续对着河面狂吠。主人转眼看看河里，这才反应过来，惊呼："哎哎哎，你是谁啊？怎么跑到我家这里来投河啊？"

李凤玲像一坨浸透了水的破棉絮，被好心的村民七手八脚地拉上岸控水，一会儿被人倒背在背上奔跑，一会儿趴在一只倒扣的铁锅上挤压，一番折腾下来，终于哇哇哇吐出不少清冽的水，肚子慢慢瘪了下去，咳嗽了一阵，悠悠醒转。

"你是哪个庄的人呀？"

"你怎么跑到我们这里来寻死啊？"

"你有什么事情想不开呀……"

陌生的村民七嘴八舌地问东问西，李凤玲疲软无力，瞪着两只直勾勾的眼睛，不言不语。有人给她拿来干净衣裳帮她换上，有人捧来一碗玉米糊稀粥，一勺勺喂她。喝了半碗粥后，李凤玲这才魂魄归来，号啕大哭。哭了一会儿，她才一五一十告诉了村民自己姓甚名谁，家住哪里，只是隐瞒了自己患了麻风病的事实，只说自己被丈夫抛弃了，一时想不开，碰巧走到这里，鬼使神差就跳了河。

"我们这里离你家那个庄也就七八里路，我们送你回家去。"说着，就有一个好心人回家推来自家的板车，铺上稻草，一个男的和两个女的，一个拉着板车，两个左右护着，送她回家去。

走到半路，就碰到了李凤玲的两个弟弟和范志明沿路寻找而来。据范志明说，他回到家，才发现后面少了一个人。

"我以为你碰到了熟人，跟人家闲聊耽搁了呢！"范志明在两个舅子面前，装作很关心的样子低声询问李凤玲，"怎么坐上板车了？腿又疼了？"

李凤玲也不搭腔。拉板车的男子把范志明拉到一边去，三言两语说了李凤玲寻死的事情，范志明脸色阴沉。他差点就永久解脱了，却被这几个多管闲事者搅了好事。

那两个女人围住两个舅子,也如此这般说了李凤玲投河的事情。两个舅子当着外人,也不多话,只对好心人说:"大恩不言谢,明天我们一定带礼来还板车。"然后接过板车,就拉起姐姐回家去了,一路无话。

回到娘家,谈判才正式开始。父母都老了,说话已无威信,能做主的就是五个兄弟姐妹。范志明表示坚决不能带李凤玲回新疆,宁愿自己带大三个孩子。李氏兄弟围住范志明,摩拳擦掌、虎视眈眈:"你带也要带,不带也要带!我姐生是你的人,死是你的鬼!她给你生了三个娃,你说不要就不要了?如果你不带我姐走,你也别想走!"

兄弟们怎么会让范志明留下姐姐独自离开呢?嫁出去的女儿,泼出去的水,他们怎么能把这么一坨大包袱留在家里呢?

范志明识相地明白,不带走李凤玲,自己绝对脱不开身,好汉不吃眼前亏,先把这个包袱拎回新疆再说,那里他说了算。

"我告诉你,你就是一团烂包袱,你看你亲兄弟都不要你,你还死皮赖脸跟着我,你想拖死我啊?没门,我一回新疆,就报告团部,我奈何不了你,看他们怎么处理你!"一上路,范志明的嘴巴就开始放狠话。

"好歹我们也是夫妻,都有了三个孩子,你对我咋这么狠心呢?"李凤玲还不死心,想唤起丈夫的同情心。

"不是我对你狠心,是命运对你狠心!"范志明横她一眼,"你想想看,你得了这种瘟病,在过去不是活埋就是烧死,现在是新中国了,还放你一条活路,政府还出钱给你治病,已经是天大的恩德了,你还非要死乞白赖跟我回新疆。你要是把我跟孩子传染上,你就是罪大恶极、十恶不赦,你懂吗?"

李凤玲没上过学,不懂什么叫罪大恶极、十恶不赦,但她从丈夫的绝情中看到了自己的可怕和悲哀。看来那天投河的选择是对的,可老天爷不收她,老天爷是要

第三章
李凤玲：新疆大漠，爱与哀愁

让她在人世间承受更多的苦难和罪过吗？我李凤玲前世造了什么孽，要让我在今世偿还？

回到新疆后，范志明迫不及待地表现出大义灭亲的行为，立即将妻子患麻风病的事情一五一十地汇报给了兵团。他原本以为，通过兵团干部的压力，把李凤玲赶走就万事大吉了，但事情的进展，与他的期待背道而驰。

首先，他家的房子在一个夜里莫名被烧，全家人被赶进一间小黑屋子里，任何人不准出门，孩子们也不能去上学，经常有人往小黑屋子里扔泥巴和石头，屋顶被砸出一个大洞，锅被砸出一个小洞。有时万籁俱寂的半夜，大人孩子正在熟睡，屋顶上的石块突然像冰雹一样落下来，啪啪作响。李凤玲娘儿四个人抱在一起哭，范志明气急败坏，大骂李凤玲："你一个人害死一家人，你还不如死了好！"李凤玲怎么舍得死？最小的儿子才五岁。

骂不走，就打。小黑屋子关得人要得失心疯，范志明用拳头代替了咒骂，此起彼伏地落在李凤玲的身上。三个孩子像大蒜头一样抱成一团，中间是李凤玲，这团人肉大蒜头被范志明揍得鬼哭狼嚎。范志明骂他们："你们不要不识好歹，我是为你们好，你妈是个魔鬼，害得我不能上工，害得你们上不了学、吃不上饭，还被人歧视，你们将来都找不到工作、结不成婚，你们的一辈子都被她害了……她得了瘟病，这种瘟病会一个传十个、十个传百个，被传上的人都生不如死，浑身烂出一个个洞，你们看她脚上，那个洞烂了好几年了都好不了，最后就会烂到骨头、烂到心，全身烂得像马蜂窝一样死掉……"

三个孩子半信半疑，六只眼睛里盛满黑色的恐惧。亲爹亲口说出来，太有震撼力和说服力了。

渐渐地，小黑屋子里的阵营变成了一比四。无论李凤玲怎么可怜兮兮地哭泣、苦口婆心地劝说，三个孩子都远远地躲着她，看她的眼神里，有着令她绝望的冷漠和仇恨。她想抱抱小儿子，小儿子像小怪兽一样啊地一声叫，使劲把她的手打开：

隐居者
YINJU ZHE

"放开我,放开我,你这个疯子!"还张开嘴巴想咬她。她的心碎了,把头往墙上撞,任她磕破脑袋,身边也没伸过来一双拉她的手。

两个略微懂事的女儿除了哭,不会别的,母亲成了她们最亲又最怕的人。在以后相当长的人生里,她们对母亲的感情,恨驾驭了爱,冷漠代替了思念。人性最初的良善,败给了残酷的现实。

也不是所有人都视李凤玲为魔鬼,连队有个姓马的连长的夫人,人慈心善,经常从窗户里递给他们一些吃的,有时是几个窝窝头,有时是几根玉米棒,有时是一棵大白菜。那只从窗户里伸进来的一只手,像李凤玲记忆中家乡土地庙里的菩萨娘娘之手,令人心生暖意和希望。

连长夫人还苦口婆心地到处告诉别人:"麻风病不会传染,你们不要歧视李凤玲,她本身有病,是个可怜人,我们要帮她渡过难关。"可惜,连长夫人的话并没有起到太大作用。屋顶上的石块依然啪啪作响,孩子们还是不能去读书,范志明依旧不能去上工。

送瘟神是最好的办法。

"你的病情连队非常重视,开了几次会议,连队最后决定,送你去南疆养病。南疆气候好,对你的病情恢复有好处。"连队派人隔窗告诉李凤玲。

"我能带孩子们一起去南疆吗?"李凤玲怯怯地问来人。

"我们才不跟你去,我们跟爸爸在一起。"外面的人没说话,三个孩子替外面的人回话了。

李凤玲知道,孩子们的心虽然是从她的身体里长出来的,但已经跟她一刀两断了。

在送李凤玲去南疆之前,连队决定将他们一家先送去乌鲁木齐的医院查病,看他们家其他人是不是也有麻风病,如果有,一起送去南疆。那天来接他们去乌鲁木齐的卡车四周都贴着"打倒麻风病"的标语,很多孩子围着他们,把"麻风病"三字

第三章
李凤玲:新疆大漠,爱与哀愁

当歌唱,把泥巴和石子扔得像天女散花。卡车里无处躲藏,三个孩子蜷曲着身子呜呜大哭,李凤玲哭着喊:"你们要砸就砸我一个人,我孩子没病。"她像母鸡护雏一样,把三个孩子搂在自己身下,任由泥巴和石子砸在她这个人肉锅盖上。

乌鲁木齐医院检查出来的结果是:除了李凤玲,孩子和丈夫都没病。李凤玲大松一口气。

大女儿范小冬极有个性,认为既然我们姐弟没有病,就该让我们继续读书。她告到兵团,要求恢复三姐弟的上学待遇,团部一天不管,她就天天静坐在团部门口。团长被迫无奈,只好召集干部们开会,最后研究决定,大人有病,孩子无辜,应该给孩子们上学,也应该给孩子们安排房子住。

于是,范小冬和妹妹终于又去上学了。可是学校也是个小社会,刚上学一个星期,范小冬就被老师们抬回了家——她的尾椎骨被同学踢断了!

看着躺在床上疼得嗷嗷叫的女儿,李凤玲心如刀绞地明白:她一天不走,总有一天自己会成为杀死孩子的帮凶,或是与孩子们同归于尽。

为了孩子的生路,李凤玲只好答应离开北疆,但她不愿去陌生的南疆,而是回江苏。

即使死,我也要死在故乡。

临走那天,范小冬躺在床上哭着求她:"妈妈,你再也不要回来了,你死也要死在江苏!你一回来,我们也就没命了!"女儿的话如一把尖刀,凌迟着李凤玲的心,她一路哭着坐火车回到了江苏老家。

回到江苏,她就来到了麻风村,那是 1975 年,麻风村刚刚建好。

五

你别担心没人照顾你,我会照顾你一辈子!

隐居者
YINJU ZHE

只要政府允许,我就跟你结婚。

"麻风病不是绝症,虽然你脚上的病情比较严重,但只要积极配合治疗,还是有治愈希望的,不会落下明显残疾。"一到麻风村,医生就告诉李凤玲。

"真的?我的病能治好?治好了能回家吗?"李凤玲两眼放光,信心大增。如果这瘟病能治好,我不是又可以回到新疆,和丈夫儿女团聚了吗?当下,李凤玲安心治病,和病友们也渐渐熟悉起来。

只是她没想到,范志明并不给她破镜重圆的机会。她刚到麻风村不久,范志明的信也来了。李凤玲不识字,以为是范志明的问候信,兴冲冲地请一个医生帮她读信。医生拆开信,发现信上只有寥寥数语,目的只有一个——离婚!

离婚?我都回江苏了,不在新疆影响他们的生活了,他怎么还要跟我离婚?我治好了还要回新疆呢!他怎么能跟我离婚?李凤玲大为吃惊,百思不解。

"离了婚,他才好再婚啊!"医生说。

他要是再婚,后妈会对我的孩子好吗?孩子们多可怜啊!我不能让他再婚!我就是不离婚,看他怎么办!李凤玲打定主意,对范志明的离婚要求不理不睬。

范志明的信接二连三地来,李凤玲烦了,后来也不请医生看了,拿过来直接烧了。

直到有一天,从新疆写给李凤玲的信换成了稚嫩的笔迹,上面写着"李凤玲妈妈收"。医生告诉李凤玲,这大概是你的孩子写来的,李凤玲赶紧请医生帮她读信。信果然是大女儿范小冬写来的,字迹歪歪扭扭,只有几句话:妈妈,你还是和爸爸离婚吧,不然我们一辈子都没有好日子过……

离婚对李凤玲来说,是比患麻风病更绝望的抛弃。她满心以为,等她治好病,就可以重返新疆,与丈夫重归于好,一家人团圆过完余生。可谁承想,丈夫硬生生要在她滴血的心上不停地捅刀子,一刀不够捅两刀,两刀不够捅三刀,一刀比一刀

第三章
李凤玲：新疆大漠，爱与哀愁

狠,不仅自己捅,还让女儿捅,这样活着还有什么意思?

李凤玲不声不响,揣着女儿逼她离婚的信,来到江边,悄无声息地走进了江水里。

这是她第二次走进水中,江水与河水不同,河水是那么清澈透明、纤瘦细长,而江水是那么浑浊肮脏、粗犷雄壮,凶险得如同一个杀人不眨眼的刽子手。江边的芦苇目送她走进江中,默默点头,好似送别。她头也不回,回头也无牵挂。

命不该绝,阎王不收。

就在李凤玲的双腿在暗流汹涌的江水中开始发飘时,一双大手从背后伸来,一把抓住她的衣领往岸边拽去。这是一位在江边地块干活儿的男病人,名叫王伟平,看见她失魂落魄地往江边走去时,他的眼睛就一直盯着她的后背,眼见她梦游般走进江水中,他立即扔掉锄头跑来,把李凤玲从江水中拽回来,一把扔到芦苇滩上。芦苇们依然默默点头,好似赞赏。

李凤玲大放悲声,嘴里呜里哇啦地哭着骂着,踢打着王伟平,恨他救了自己。

"你心里有啥苦,说出来,哭出来,会好受一点。来这里的每个人,心里都有一江的苦水,你以为只有你一个人想死吗?要不是念着家里的老人小孩,来这里寻死的人大概会排老长的队。"王伟平一屁股坐在地上,继续劝导李凤玲,"俗话说,好死不如赖活着,我们得了这个病,也不是只有死路一条。我们在家是种地,在这里也是种地;在家一天吃三顿,在这里也是三顿;在家住茅草房,好歹这里的房子还有瓦。除了不能跟家人一起生活,其他也没什么大变化。只要能活着,管他在哪里?"

瘫在地上的李凤玲渐渐不哭了,变成了呜咽。"我不怕死,我就怕离婚,我怕失去丈夫和孩子……"她抽抽噎噎说出这句话。王伟平明白了,在那个年代,离婚的打击比患绝症还要大!他也早就从其他病友那里听说,李凤玲的丈夫经常从新疆写信来要求离婚,固执的李凤玲从不答应。从新疆回来的李凤玲的故事,比病区里任何人的都要丰富。

隐居者
YINJU ZHE

"这婚你应该离。"王伟平嘴里嚼着一根芦苇花，眯着眼睛对李凤玲说，"他的心里已经没有你，你拖着不离婚，对谁都没好处，还给孩子心灵上带来永久的折磨和伤害，就算为了孩子，你也应该放手，让他们过好自己的日子，这样你心里也踏实些，对不对？"

不知为什么，王伟平的话好像一把消炎药，李凤玲心头的伤痛瞬间奇迹般地减轻不少。

"我这辈子完了……"李凤玲垂头丧气，眼角又流下"小溪"来。

"不要说这种丧气话。"王伟平宽慰她，"你不是病区最苦的人，命运给了我们一手坏牌，只要我们用心打，还是有机会反败为胜的。你看我们虽然得了麻风病，但我们心智健全，大家同病相怜，在一起相依为命，互帮互助，日子会慢慢好起来的，你要对自己有信心，对国家有信心。国家把我们集中起来治疗，就是为了挽救我们的生命。"

"你怎么懂这么多大道理？"李凤玲从来没听说过这些道理。范志明读过书，可也没有跟她讲过大道理，他总说她听不懂，蠢得可怜。

"我曾经读到过初中毕业，呵呵呵！"王伟平憨厚地笑了笑。

1940年出生的王伟平，18岁那年患了麻风病，连真正的爱情都没有体验过。虽然他后来在病区里和一个女病人发展过短暂的恋情，却因女病人病愈回家而终止。

从那之后，王伟平成了李凤玲的信使，她与女儿还有范志明的每一封信，都由王伟平执笔代写。在王伟平和其他病人的开导下，拖延三年后，李凤玲最终同意和丈夫离婚。

每次收到女儿的来信，李凤玲都会一边听王伟平念，一边抹眼泪。等到她请王伟平代写回信时，又会一边说一边哭。用她自己的话说，三个孩子都是从我肚子里落下的骨肉，丢在那里，我对不起他们啊！我天天夜里做梦都在想他们……

第三章
李凤玲：新疆大漠，爱与哀愁

王伟平每次帮李凤玲写信，除了李凤玲口述的内容，他还会另加一些李凤玲不知道的内容。比如，请女儿经常写信给妈妈，安慰一下妈妈饱经沧桑的心，鼓励三个孩子好好读书，将来做一个对社会有用的人，等等。

范小冬的来信并不多，基本上几个月来一封信，简单地告诉妈妈他们在新疆的情况。在一年后的一封信中，范小冬说，爸爸离婚后，娶了一个带着五个孩子的寡妇，后妈对他们姐弟三人并不好，经常打骂虐待，不得已，她带着弟妹去讨饭，有时候，一天只能讨一个馒头，三姐弟一人咬两口……

李凤玲听得愤恨不已，范志明每月有30多元的工资，怎么会让亲生孩子饿到去讨饭？可怜的孩子们，一定是被那个带着五个孩子的寡妇赶出了家门。可是一想到造成这一切的罪魁祸首就是自己，李凤玲更加心如刀绞，天天以泪洗面。

在下一封信中，王伟平以李凤玲的名义，夹进去辛辛苦苦攒下的5块钱。以后很多年，只要他有一点点积蓄，他都会瞒着李凤玲，悄悄夹进信中寄去新疆。直到范小冬来信说，她已嫁人，生活条件好转为止。而这个秘密，一直到三十六年之后，范小冬第一次从新疆千里迢迢赶来病区看望母亲，母女俩含泪说起往事时，李凤玲才得知了真相。

李凤玲离婚后，王伟平对她说得最多的一句话就是："你别担心没人照顾你，我会照顾你一辈子！只要政府允许，我就跟你结婚。"

李凤玲说："不要跟我提婚姻了，我死也不结婚了。"

王伟平说："行的，不结婚，互相依靠一辈子也是好的。"

20世纪80年代初期，"改革开放""搞活经济"等新名词顺着收音机吹进了病人们的耳朵，医院也和社会上一样，开始大力提倡"劳动责任制"。社会上提倡的是"家庭联产承包责任制"，医院则建立了"病人结对劳动承包责任制"，病人们结成劳动小组，四个人一组，养鱼、养鸡鸭、种果树、种玉米、种花生、种红薯、种棉花、种小麦……自力更生，自给自足。

隐居者
YINJU ZHE

小组成员的搭配一开始由抓阄组合,但是这样会产生一个问题——男病人和女病人、重病员和轻病员的搭配问题。而且有些病人脾气性格不合,搭配不久,就产生了不少矛盾。最后,管理者没办法,只好制定一个土政策:由病人自由组合搭配劳动小组,不能参与劳动的重病者会有适当的伙食补贴,能够劳动者,劳动所得自然会多一些。如此一来,劳动效果大大增强,也调动了病人们的劳动积极性。

后来,为了增加更多的副业收入,医院又开起了小煤窑,专门烧砖运出去卖。那时候,小煤窑和水泥预制板厂在苏北、苏南大地上遍地开花,为农民带来了直接的经济收入。但小煤窑上的工作十分辛苦,能够进入小煤窑工作的麻风病患者,都是年轻力壮者。

李凤玲和王伟平还有其他两个男病人,自发结成了劳动小组,负责养鱼。这在所有劳动项目中,算是比较轻松的活儿,当然,收入也较少,五毛钱一个工。养鱼活儿看起来轻松,却也让他们吃了不少苦。当鱼长到半尺长时,附近村上的农民就开始动起歪心思。王伟平他们在鱼塘边搭了一个看鱼塘的小棚子,每天日夜两个人一组轮流看鱼塘。可偷鱼贼知道病人们手脚残疾,打不过也跑不过,即使远远地吆喝几声,也拿他们没办法,所以越发猖狂。

一个十一月的夜里,王伟平和李凤玲正在看鱼棚里休息,李凤玲一向睡得警醒,迷迷糊糊中,忽然听到哗哗的水响,知道偷鱼贼又来了。她立即推醒熟睡的王伟平,两人赶紧从被窝里爬起来,点亮煤油灯,顾不上穿衣服,手拿铁叉跌跌撞撞跑出去赶偷鱼贼。偷鱼贼有三个人,两个人撒网,一个人望风。他们看到王伟平和李凤玲大呼小叫、一瘸一拐地沿着田埂跑过来,根本不屑一顾,继续撒网打鱼。

待到王伟平和李凤玲跑得近了,他们把渔网一收,鱼桶一提,飞快地逃窜开去,王伟平和李凤玲只能望洋兴叹,咒骂几声,然后垂头丧气地回看鱼棚继续睡觉。他们也知道,如果短兵相接,他俩根本不是小偷们的对手,他们赶来的目的,也就是将他们赶走而已。

第三章
李凤玲:新疆大漠,爱与哀愁

最可恨的是,有时候一夜会来几拨偷鱼贼,一拨刚走,一拨又来,甚至还有不约而同一起来的两三拨偷鱼贼,大家心照不宣,各占鱼塘一个角,此起彼伏地撒网捉鱼。可怜王伟平和李凤玲顾此失彼,偷鱼贼仗着人多势众,根本不把他俩的吆喝放在眼里。还有一次,偷鱼贼把他们小窝棚的门反锁了,在外面唱着歌子打鱼,任由他们在棚子里气得跳脚、高声咒骂也无济于事。

更气人的是,这四个养鱼合伙人也不齐心,互相猜忌,另外两个合伙人抱怨王伟平和李凤玲看鱼不力,损失惨重,在年底卖鱼分红时,要扣除他俩的部分收入。李凤玲不服,和他们吵得不可开交。那两个病人便偷偷背着他们卖鱼分钱,弥补自身损失。王伟平和李凤玲发现后很伤心,不得不和那两个病友分道扬镳,各谋生路。

六

他们习惯了逆来顺受,活着已是天大的恩赐,
对他们来说,还有什么比活着更重要呢?

20 世纪 80 年代初,改革开放的浪潮席卷全国,风起云涌,无处不在。

那时候,属于病区的荒地很多,有些手脚齐全的病人,会在公家劳动之余,利用业余时间去开辟新的土地,这就是自己的自留地,种些蔬菜瓜果,拿去镇上换点小钱零花。眼看有能力的病友们个个自力更生,王伟平和李凤玲也不甘落后,思谋来商量去,他们决定去承包镇江边界的一个养鱼塘,两个人过上独立自在的养鱼人生活。他们对未来的生活无比乐观:只要两人齐心协力,吃苦耐劳,不说发家致富,吃饱穿暖绝对没问题。

隐居者
YINJU ZHE

来到新的养鱼塘,他们首先用木头、茅草和雨布在鱼塘边搭起了一个三角形的小窝棚,再在窝棚旁边挖了个坑,支起一口锅,捡来树枝当柴火,一个简陋的小家就这样形成了。为了不招惹当地村民,两人几乎过着与世隔绝、隐姓埋名的日子。

一边守着养鱼塘,李凤玲一边又养了数十只鸡鸭。春天的时候,鱼苗们在池塘里优哉游哉,小鸭们在水里划动清波,小鸡们在岸边刨食嬉戏。粉色的桃花、紫色的蚕豆花、金黄的油菜花,姹紫嫣红地在池塘边盛开,这都是王伟平挖地后李凤玲种下的。

鸭子们爱吃蚯蚓,长得快,下蛋多。每逢下雨天,王伟平就提起尿壶去捡蚯蚓,一会儿工夫就会捡满一壶。回来往鸭棚里一倒,鸭子们顿时喜出望外,争先恐后,狼吞虎咽,直噎得脖子伸得老长,眼睛发直。鸭子们对主人的回报也很积极,成年后的十几只母鸭每天下一只鸭蛋,可把王伟平和李凤玲乐坏了,加上每天还有几只鸡蛋可收,拿到镇上换些柴米油盐酱醋茶,小日子还算有滋有味。

收获花生、蚕豆之后,他们就给新疆的孩子们寄一包去。秋天时,李凤玲看到有人将沟渠里野生的一种红果儿扯回去,晒干后可以卖7毛钱一斤。她也开始扯红果儿,这可是无本买卖呢!扯了一个秋冬,终于攒了20多块钱,就买了几斤毛线,给三个孩子一人织一件毛衣寄过去。她和王伟平,浑身上下,连一根毛线头都没有留。

一年四季交替而过,日子就像漏气的车轮,颠颠簸簸地向前爬行。还好,大女儿范小冬18岁就工作了,开始挣钱养家,再也不用带着弟弟妹妹去讨饭了,李凤玲大大地松了一口气。可惜她和王伟平的好日子并没有过太久,一年多后,当地村民得知李凤玲和王伟平是一对麻风"夫妻"后,他们俩的噩梦又开始了。

五月份是小麦成熟的季节,李凤玲和王伟平高高兴兴拿着镰刀去地里收麦子。那是他们一锄头一锄头挖出来的一小块荒地,手皮不知磨破了多少次,终于开垦出来三四分地,平时拔草施肥精心耕作,总算到了收获的时候。三四分地虽然不多,

第三章
李凤玲：新疆大漠，爱与哀愁

但这是这块荒地上的第一茬粮食，肥沃的土地提供给了作物丰富的养分，麦秆金黄挺直，麦穗饱满。王伟平早就计划好，这些麦子磨出的面粉至少可以吃到秋天，刚好接上红薯成熟，麦秆可以用来加厚棚屋顶。

谁知，他俩到了地头一看傻眼了，地里一棵麦子都没了，只剩下镰刀收割后的麦茬，好像在委屈地向主人控诉：主人你们来迟了，坏人把我们抢走了。

"这是哪个死鬼干的呀？我的麦子啊！"李凤玲把镰刀一扔，坐地大哭。几只在麦地里寻找麦粒的小麻雀，歪着小脑袋，好奇地看着这个呜呜大哭的女人。地里稀稀拉拉地掉落着一些麦穗，有些被鞋子踩进了泥巴里，露出一小截不甘心委身于泥土的小尾巴。

王伟平呆呆地看着空空如也的田野，自己和李凤玲半年的口粮没有了，加厚棚屋顶也不可能了，为什么无论他们走到哪里都举步维艰？他见远处的地里有几个陌生的农民在劳作，便一瘸一拐地走过去，低声下气地问："老乡，你们看到有人割我家的麦子吗？"

那几个农民停下手里的活儿，互相看看，眼神狡黠，嘴角挂着心照不宣的笑容。一个农民说："谁会割你们麻风病人的麦子？我们还怕传染呢！快滚吧，别站在上风头。"

其他几个农民附和道："快滚吧快滚吧，臭死了……"边说边用手做扇风状。

王伟平紧紧咬着牙根，攥着镰刀的手心冒着汗，他自己感到腿肚子也在发抖，他很想冲过去，将毕生力气用在镰刀上，让镰刀带他飞，帮他泄恨。但是最终，他控制住了打战的腿肚子，松开了牙齿，将镰刀从右手换到左手，他将汗湿的右手在裤腿上擦了擦，然后转过身，蹒跚着向自己空空如也的麦地走去。

李凤玲已经没有坐在田埂上哭泣了，她蹲在地里，捡着掉落的麦穗，把那些被鞋子踩进泥巴的麦穗也抠起来，长的就一根根码放整齐，零碎的就一个个堆在一起。王伟平丢下镰刀，也在李凤玲身边蹲下去，从泥巴里抠出一根根遗落的麦穗。

隐居者
YINJU ZHE

两人谁也不说话,沉默是悲伤的伙伴。

两人将麦地翻了一遍又一遍,也只是捡起了两小堆。王伟平脱下褂子,把零碎的麦子小心地捧到褂子上,再将褂子的两只袖子分别系好,衣领和下摆也分别系好,包成了一个小包袱。那些长穗的麦子被他捆成一小捆,夹在腋下。李凤玲提着那只麦子包袱,两个人跟跟跄跄地回鱼塘边的窝棚去。这是他们今年辛苦半年最终的收成。

5月的天气已经很热了,李凤玲还穿着秋裤,他们路过几个妇女正在劳动的地头,那几个妇女看看李凤玲,有人粗鲁地骂道:"×你妈的鬼,5月份还穿秋裤,不懂时辰节气啊!"其他妇女哧哧地笑。李凤玲不吭声,她哪里敢吭声?别说这里人生地不熟,即使在熟悉的麻风病区,碰到附近的农民奚落辱骂他们,他们也是敢怒不敢言。平时,他们外出劳作,都尽量避开村民的地头,即使万不得已路过,也像过街的老鼠,尽量加快脚步离开,免得被迫听进那些肮脏的辱骂。他们习惯了逆来顺受,活着已是天大的恩赐,对他们来说,还有什么比活着更重要呢?

当地村民虽然很害怕麻风病,见到王伟平和李凤玲如见瘟疫,却对他们养的鸡鸭和种的庄稼,都垂涎三尺,时不时来明抢暗偷。

一天夜里,附近一个村庄的几个村民结伴来偷鸡鸭,李凤玲听到鸡鸭不同寻常的叫声,赶紧将熟睡的王伟平推醒,可是他们发现屋门打不开,被小偷从外面反锁了。他们在屋里边哭边苦苦哀求把门的小偷:"你们行行好啊,不要偷我们的鸡鸭呀,我们没有手没有脚,可怜可怜我们吧……"把门的小偷隔着门劝他们:"别担心,老麻风,我们不会全部拿走,会给你们留几只,等我们把鸡鸭装好,就把门打开。"

他们只好大声喊救命,可是在那偏僻的河边上,除了浮在水面的鱼,谁也听不见他们的救命声。即使听到了,谁又会来为他们主持正义呢?

他们也养过狗,以为狗吠会对小偷起到一点震慑作用。可是狗跟着他们也很

第三章
李凤玲:新疆大漠,爱与哀愁

可怜,天天没什么吃的,几乎处于半饥饿状态,晚上谁丢一个肉包子过来,那还不大快朵颐,管他里面是砒霜还是农药。所以,王伟平前后养了两只狗,都"因公殉职"了。

在镇江附近的那个鱼塘养了两年鱼,李凤玲和王伟平差点把命丢在那里,每天晚上临睡前,都会提心吊胆会不会有贼来。李凤玲每天晚上都要祈祷菩萨保佑:今晚不要来小偷。但是菩萨好像从来都只是保佑小偷,不保佑他们。

有一天冬夜,又来了一伙偷鱼贼,有四五个人,王伟平和李凤玲追到跟前,那些人根本不跑,等他们走到跟前,小偷一边收网,一边警告他们:"识相点就赶紧回被窝睡觉去,要是不识相,就把你们丢水里喂鱼。"

李凤玲抓住一个人的胳膊,苦苦哀求:"你们行行好,不要偷我们的鱼吧,我们辛辛苦苦一年就指望这些鱼过日子……"那人一看李凤玲和他有了肢体接触,顿时失色,双脚跳起老高,骂道:"你个死麻风,还来抓我,你想害死老子啊!"说罢,手里的木棍一扫,李凤玲就像个陀螺一样,骨碌碌被扫进了河里,棉衣棉裤瞬间吸饱了水,李凤玲像个落水的饺子,在水里摇摇摆摆地沉下去。天空在李凤玲面前倾斜、破碎、混沌、静默。混乱的世界,混乱的水魔,混乱的思维,她只有一个绝望的念头——完了,我要死了。真冷啊,这世界好像从来就没温暖过。前两次自己主动投河投江,一心求死死不成,现在自己不想死,却又来到鬼门关。

几个偷鱼贼眼看着李凤玲慢慢沉到水里去,收了渔网撒腿就跑。有个年轻的小偷还是不忍心,跑了几步,又折回来,把扁担伸向了李凤玲。待李凤玲爬到岸边,那年轻人丢下扁担,跌跌撞撞地跑远了。

李凤玲虽大难不死,却大病一场,躺在被子里一会儿怕冷,一会儿怕热,说胡话,发痴发呆,整天儿子女儿地乱喊乱叫。

王伟平以为李凤玲活不长了,立即给新疆的小冬写了一封信,说了原委,让她和弟弟妹妹来一趟江苏,和他们的妈妈见最后一面。可他等啊等,也没等到范小冬

隐居者
YINJU ZHE

他们的人影,倒是盼来了骑着绿色自行车的邮差送来的一封信和一张汇款单。

王伟平拆开信,信不长,只有寥寥数语,信上说:"对不起妈妈,我们不能来看你,汇来120块钱给你补身体,如果你身体好不了,这钱就给你办丧礼吧!不孝子女:范小冬。"

王伟平装模作样地念信给李凤玲听:"妈妈,我们很想你,我们都很好,你不要记挂。但是我们工作上走不开,现在还不能去看你,随信附上120块钱,你买点滋补品吧,保重身体。"

李凤玲听了一遍不过瘾,让王伟平念了一遍又一遍,好像通过王伟平的口气,就听到了女儿的声音。王伟平偶尔"念"出差错,她就会立即指出来:"你念错了,念错了,前面你不是这样念的。"王伟平只好敷衍道:"哦哦哦,我眼睛不好,看错字了。"

王伟平去镇上的邮局,取回了120块钱,回家就交给了李凤玲。李凤玲捧着钱,一会儿哭,一会儿笑。哭笑够了,就把钱卷成一团,用一根橡皮筋捆扎实,塞进荞麦枕头芯里,天天晚上像枕着一座金山银山睡觉。王伟平说拿出一点钱来,去给她抓点中药,李凤玲死活不肯。她说:"这钱是女儿孝敬我的,不到万不得已,不能拿出来用。万一我死了,这钱就是我的棺材本。"

好在,李凤玲还是命大,就靠着王伟平从田里挖的蒲公英泡水喝,硬是把自己喝好了。

过年之前,王伟平的外甥女来看他们,给王伟平捎来一件呢子大衣。王伟平想:不能我一个人穿新衣过年,也应该给李凤玲买件新衣服穿吧。于是又和李凤玲商量,从那120块钱里面拿出20块钱来,去镇上给她买件新衣服过年。李凤玲坚决摇头:"不行不行,这钱不能动。"

于是那钱就在荞麦枕头里面睡觉。

有一天,天气晴好,王伟平说:"我们出去走走吧,闷在小窝棚里要发霉了。"于

第三章
李凤玲:新疆大漠,爱与哀愁

是两人手拉手,慢吞吞地走了很远,走累了就地坐一下,接着再走。他们还到镇上转了一圈,到处都是过年气氛。鸡鸭鱼肉、糖果花生、新衣新鞋袜,样样惹人眼花。王伟平懊悔没有多带点钱出来,好歹置办点年货啊!李凤玲倒是很开心,有点钱在家里放着心里踏实,家里没钱,心里没底。

王伟平掏掏口袋,掏出2毛钱来,于是用2毛钱买了一对对联和几张喜线(江苏农村过年时贴在门楣上的红纸雕刻喜帖)。过了一圈眼瘾,两人又手拉手慢吞吞地回家去。

拐上河埂,李凤玲就感到心里咚咚地敲起小鼓,她老远看到了小屋门,突然就甩开王伟平的手,在河埂上跌跌撞撞跑起来。王伟平腿不好,眼神也不太好,急得直喊:"你跑什么呀?跑什么呀?"很快,他就听到李凤玲在前面号起来:"我的命啊,我的命没有了啊!"

茅屋门敞开着,被子被扔在地上,装着金山银山的荞麦枕头像只被开膛破肚的青蛙,躺在一窝糟的床上。李凤玲呜呜干号着,伸手在枕头里掏啊掏,接着把枕头拎起来,呼啦一声把剩下的荞麦壳倒了一地,那一卷金山银山不翼而飞了,连同王伟平那件总是舍不得穿的新呢子大衣。

刚刚病愈的李凤玲又躺下了,这一躺就是三个月。想起那团被偷的金山银山就哭,哭得眼睛起了雾。

李凤玲被偷怕了,不愿再待在这里提心吊胆地过日子了,于是和王伟平说:"我们还是回医院住吧,没钱就没钱,这样在外面,钱没挣到,命都快没了。"

七

对李凤玲和王伟平来说,

隐居者
YINJU ZHE

维系感情的不是婚书，

而是麻风时期的爱情。

两人又灰溜溜地回到了病区。在病区里自己开辟了一小块自留地，种点蔬菜、玉米和红薯。除了越来越衰弱的身体，两个人的日子就像洗得越来越旧的衣裳，能凑合着穿罢了。一人每天六两米，他总是会让她先吃，她吃饱了，他再吃。

2008年，王伟平的左腿由于伤口感染，被迫截肢，耳朵也慢慢成了摆设，眼睛也必须戴上老花镜才能看清报纸上的大标题，小字只能连蒙带猜。属于俩人的窘迫晚年，不可阻挡地到来了。

2012年，李凤玲又害了一场大病，高血压和高血糖压倒了她，住进如皋县第一人民医院抢救。她怕再也不能活着离开医院，催着王伟平给新疆的子女们写信，无论如何，请他们回来见老娘最后一面，不然她死不瞑目。王伟平不敢怠慢，赶紧给新疆的范小冬写信，说了李凤玲的病情和危险程度，最后写下一句话：你们不来见最后一面也没关系，只要这辈子不后悔就好。

几天后，范小冬就坐着轰隆隆的火车赶来了。范小冬早已不是当年那个对亲生母亲哭喊"你死也要死在江苏"的小女孩了，她已经51岁，有3个孩子，前几年就已经做奶奶了。自己做了母亲之后，她终于理解了当年母亲离开他们时，那些瀑布般的泪水中到底包含了多少伤心，她也终于理解，他们三姐弟曾给母亲带来多少无法弥补的伤害。他们说过的每句话、每个眼神、每个动作，都能在母亲的心上扎出一个个血窟窿。如果把自己换成当年的母亲，只怕有十条命也不够自杀的。

最近几年，范小冬时不时主动写信来问候母亲，逢年过节也会寄点钱和新疆的特产来，只是从来没有勇气回来见一见母亲。但这次王伟平信上的最后一句话，像一把匕首，戳中了她这三十多年来背负的良心包袱。是时候了，是时候跪在母亲的病床前忏悔了。

第三章
李凤玲：新疆大漠，爱与哀愁

所有人都以为，范小冬是来为李凤玲送葬的。哪承想，女儿的到来堪比灵药，第一天李凤玲还插着氧气管苟延残喘，第二天就能抱着女儿又哭又笑了。

分别三十七年！无论对母亲，还是对女儿，三十七年都是一段人生的天河。女儿在李凤玲的病床前长跪不起，涕泪交流，似乎要把三十七年的愧疚悔恨之情通过这一跪、通过这一哭，翻江倒海通通释放。

李凤玲不准女儿跟她道歉，不让女儿说对不起。"该说对不起的是命，是我命不好，是我上辈子造了孽，这辈子要偿还。该说对不起的是我，我对不起你们姐弟仨，害得你们一辈子抬不了头啊……"李凤玲眼睛里的"小瀑布"早就流干了，只有喉咙里的呜咽还在，嘴角上歪斜的颤抖还在，这声音，这表情，比哗哗流淌的小瀑布传达出的悲哀更苍凉。

范小冬在江苏待了整整一周。那一周，范小冬除了去医院食堂打饭菜，其他任何一刻都没离开过李凤玲。帮李凤玲洗脸洗脚、端屎倒尿、擦身穿衣，李凤玲觉得跟大女儿在一起的每一分每一秒都是赚的。虽然二女儿和小儿子没回来看望她多少是个遗憾，不过大女儿的到来已经超过了她的期望值。她甚至想，一场病就把女儿换回来了，这场病生得值，哪怕再让她去鬼门关走一遭也值。

晚上躺在李凤玲病床边的躺椅上，范小冬还要拉着李凤玲从床沿上伸下来的一只手。母女俩的两只手像两根互相探索的树枝，指尖相碰之后，就是十指交叉的紧紧相握，仿佛靠着这一握，便把横跨三十多年的沟壑填补上了。谈心就是开始在沟壑上架桥。

"你走了以后，爸爸又结了婚，娶了个寡妇，寡妇有五个小孩。家里有一点好吃的，寡妇就先把她的几个孩子喂饱，等我们回家，碗里锅里都是空的。实在饿得没法子，我就带着弟弟妹妹去讨饭，讨到一个馒头，就你一口我一口，讨到一碗面，也是你一口我一口。弟弟最小，干的总是留给弟弟吃……多亏王伟平叔叔经常寄点钱接济我们，我们才没有饿死。你走了之后，我就成了弟弟的小妈妈，现在弟弟跟我的关系也最好。不要怪弟弟跟你不亲,你走的时候,弟弟才6岁,加上爸爸偏激的影响,对你没感情也正常。我们那时候,都以为你是魔鬼……"

女儿的桥引子有点长,弯弯绕绕的,又绕回到1975年以前的新疆。李凤玲的喉咙里又响起呜咽声,嘴角又开始歪斜、颤抖。耳边仿佛又有什么声音在呼啸。李凤玲在黑暗中猛然睁开眼睛:"我不要回忆,不要再带我回到那样的噩梦中去。"北疆的暴风雪怎样摧毁了她的幸福和她的一生啊!

"我读初中的时候,尾椎骨给踢断了,这你是知道的,后来我也就没有读书了。18岁进了纺织厂当工人,还是那个好心的马连长夫人帮的忙,我19岁就嫁人了,20岁就生了大儿子,后来又接二连三生了两个孩子,总共两男一女。自从我也当了妈妈,才开始反思,我们姐弟仨当年那样对你,真的是太不孝了,妈妈呀,你都不知道这些年,我一想到这些,心就痛得被刀在挖一样……"

尽管忏悔来得太迟,但终归还是来了。这是压在范小冬心头的一座大山,今天她要当着母亲的面,把这座山移开,解救自己,也是解救母亲。

"我生第一个孩子的时候,差点难产死掉。我在产床上拼命哭叫的时候,我就想到你,想到你生我的时候,是不是也差点死掉。你那样拼了命生下我,生下弟弟和妹妹,最后还被我们狠心赶走离开新疆,一个人哭着回到江苏,从此老死不相往来……我们不是人,我们是畜生啊!"

李凤玲流干的"瀑布"又从女儿的眼睛里流了出来,泪水也会一脉相承。

"后来我跟王叔叔通上了信,知道你在这边过得还好,有他陪伴和照顾,我们总算放心了一些。妹妹和弟弟现在过得都不错,妹妹也有两个孩子,弟弟还是国家干部,就是有一点我说服不了他,他还是不愿意回来看你,他在心里还是认你做妈妈,只是你这种病,还是让他有顾虑,希望你能理解他,这次他叫我带了2000块钱给你,买点营养滋补品……"

李凤玲心潮起伏,欲哭无泪:"儿子,儿子,妈妈身上掉下的一坨肉,他如今长什

第三章
李凤玲:新疆大漠,爱与哀愁

么样子了?"她离开新疆时,他才6岁,就会用充满敌意的眼神看着她,冲她大叫:"我这辈子都不叫你妈,你还不如去死!"他现在居然做了国家干部了。可是做了国家干部的儿子,依然不愿认患了麻风病的妈妈!患了麻风病的妈妈,就不配做妈妈,就不配被子女承认、不配享受做母亲应受的尊敬了吗?儿子,纵然麻风病母亲是你一辈子难以启齿的呼唤,但难道你从不为之感到愧疚难当、良心不安吗?

"爸爸早就退休了,有严重风湿症,那五个他从小拉扯大的继子继女都不管他,只有我们姐弟仨经常回去看看他。我这次回来之前,去看了爸爸,我告诉他,你病了,我要回江苏看你,我问他有没有话要跟你说。爸爸说,请你原谅他,当年他那样对你是不对的,但是那个时候,无论是谁做你的老公,大概跟他的选择都差不多,所以他请你一定要原谅他,不要把对他的恨带进坟墓里⋯⋯"

哦,当年那个恨不得与她相隔整个银河系、老死不相往来的范志明到底还是良心发现了,可见范志明这几十年活得也够辛苦,至少心里一直欠她一个道歉,一直等着有个机会请她原谅。现在终于等到她快要进坟墓了,赶紧委托女儿来跟她说对不起。她接不接受他的道歉呢?原不原谅他当年的狠心和决绝呢?风雨飘摇的三十七年过去,第一次听到他迟来的道歉和原谅的请求,她忽然发现心里竟然没有任何涟漪,好像从来没有经历过那些伤害和悲痛一样。时间真是个神奇的东西,看不见握不住,却在不知不觉间消耗掉了所有怨恨。可她想要的不是道歉,如果可能,她想要一个重新开始的机会,一个让她重新选择的机会。或者,时间再朝后退,退到未婚之前,让她也有一个重新选择的机会;或者,再朝后退,退到她宁愿没有来过这个世界。

一周后,李凤玲病愈出院了。范小冬回了新疆。临别前,范小冬请妈妈多保重。李凤玲信心满满地说:"我不会有事,大难不死,我还有后福。我这辈子死过很多次,总在最后一步被赶回阳间,我有信心活到100岁。"

至今数年过去,李凤玲真的安然无恙,王伟平也平平安安。

隐居者
YINJU ZHE

  三四年前,王伟平的几个侄子侄女合起来给他俩买了一辆三轮车代步,两人的活动范围终于不再局限于方圆一百米以内。王伟平的家人也很尊重李凤玲,家人们表示:"你俩百岁后,我们会将你俩葬一块,我们会给你们买一个合墓。"

  李凤玲听到这话很开心。尽管,她和王伟平至今仍然是未婚同居的状态。很多人有一纸婚书捆绑都不能维持四年,但她和王伟平没有一纸婚书,却不离不弃过了四十年。

  对李凤玲和王伟平来说,维系感情的不是婚书,而是麻风时期的爱情。

第四章 夏国华:幸存者殇

我看见过你哭

你蓝色眼珠忽然涌出一滴晶亮的泪珠

那时我想这不就是那

紫罗兰上滚落着雨露

我看见过你笑

在你面前,蓝宝石也会熄灭火焰

呵,闪烁的宝石怎么比得上

你流转的秋波

——英国诗人乔治·戈登·拜伦《我看见过你哭(选一)》

【采访手记】:夏国华是主动要求被采访的,在我和其他病人聊天时,她不时地挪动着两个代步的板凳,来到我身边,问我:"姑娘,你能采访采访我吗?"我说:"当然可以啊,等我采访完这位叔叔,就来听您讲故事。"然后她就静静地坐在板凳上,歪着脑袋,听我和其他病人的对话,一副认真的样子。

等我正式采访她时,她显得特别高兴。听说我要拍照,她还特意换了一身新衣服,头发也梳得服服帖帖。由于病情影响,她眼睑外翻,眼珠像两颗泡在一汪红色药水里的玻璃珠,脸上瘢痕纠结,导致嘴角向一边歪斜。乍看之下,还是

隐居者
YINJU ZHE

需要一定的心理承受力。

"阿姨,您的精神真好,头发还这么黑,您有60岁吗?"我主动和她说话。

"哪里哦！我这是假发。"夏国华不好意思地笑起来,用一只手摸摸头套。

我在她腼腆的笑容里,看到了一个女人的爱美之心。哪怕她已经视力模糊,哪怕她是个麻风病患者,哪怕她已经78岁。美,还是她最基本的自信。

"我的命真苦啊！我的眼泪早已经哭干了,现在就是让我哭,我都哭不出来……"夏国华用这句话开了头。她的嘴角向一边斜着,轻微地抽搐着,泄露了她内心排山倒海的复杂情绪。

采访到最后,我问夏国华:"回头看看这几十年的经历,你有什么感觉？"

她认真地想了想,说:"我们这样的人,能活到现在,就是了不起的,幸亏我们生活在新社会,要是在过去,不晓得死过多少回了。感谢共产党,感谢新社会,感谢世上的好心人,我们才能活到现在。我们的一辈子,是别人的几辈子,值啊！"

她的话乍一听起来像官话套话,但看她的表情,亦看不出任何对生活的不满,反而看到一种发自内心的感恩之情。是的,他们的一辈子,是别人的几辈子。他们犹如悬崖边的松树,经历了数不清的风霜雨雪、生死考验、人间疾苦,如今的生活今非昔比。他们的脸上,是一种看破红尘的宁静,笑对人生的洒脱。即使全世界遗忘了他们,他们依然是自己的主人。这就是苦难给他们的生命馈赠。】

一

外面已经没有我的家,这里才是我的家,你们才是我的亲人。

第四章
夏国华：幸存者殇

"妈,你跟我们回家吧！现在日子好过了,我们也都退休了,有时间伺候你了。"对夏国华来说,女儿们的这番话,是世上最动听的语言。等了四十年,终于等到了安享天伦的这一天,她几乎要喜极而泣了。

于是,在一个晴朗的冬日上午,女儿们租了一辆车,将欢天喜地的夏国华接走了。女儿们除了接走夏国华,她的生活用品一概留下。夏国华有些不舍得,女儿们说:"家里什么都不缺,都比这里的好,你带回家也是扔,不如送给病友们用吧。"夏国华不再坚持,恋恋不舍地把自己的铺盖被褥、桌椅板凳、锅碗瓢盆送给了几个私交甚好的病友,然后挥挥手,没带走一根针线,拍拍身上的灰尘,就上车走了。

"还是夏国华有福气啊,生了两个女儿,到老还能享到女儿的福。唉——"病友们三三两两地交换着羡慕的表情,各自发表着感叹。随着车子驶出病区,病友们的感叹与飞扬的灰尘纠缠在一起,很快便尘埃落定在了沉寂下来的马路上。

两个月后,又一辆车驶进病区,病友们伸长脖子往尘土飞扬的马路上看。只见车门处,颤颤巍巍的夏国华被人搀扶了下来。

夏国华又回来了。

病友们惊讶地问夏国华为何回来。她说:"外面已经没有我的家,这里才是我的家,你们才是我的亲人。"

夏国华1936年出生,18岁时母亲去世,她20岁出嫁,22岁时生下了第一个女儿。生下女儿第五天,她就下河给女儿洗尿布。

"砰砰砰——"一大清早,夏国华就来到河边敲击冰面,伴随咔啦啦的冰裂之声,哗啦啦的搓洗声更是听得人心惊,那是滴水成冰的寒冬腊月。

"姑娘,你刚刚生产,咋能下水啊？你这身子骨以后还要不要哦？月子里落下病根子,一辈子好不了的……"早起担水的邻居陆大妈挑着水桶来到河边,忍不住对这个新媳妇说。

隐居者
YINJU ZHE

夏国华眼圈一红,外人尚且懂得心疼自己,自家公婆却能视而不见,不管不顾。

"是不是你婆婆嫌你生了个女娃娃,不照顾你坐月子啊?来,我帮你搓。"陆大妈放下水桶,蹲下来抢过夏国华手中的婴儿尿布就搓洗起来。夏国华的眼泪终于忍不住掉下来,落进冰凌浮动的河水中。旁边,盛尿布的小木桶上红漆未褪,那是她一年半前结婚时的嫁妆之一。

陆大妈毕竟不能每天帮她洗尿布,更多的时候,还是她自己做。除了婴儿的尿布,自己的换洗衣服,还有自己的吃喝,都得自力更生。那时太年轻,母亲又不在人世,没人告知她,女人在关键时期,该怎样保护自己。女儿满月后,她总是觉得双腿发麻,也不知何故,以为是落下的月子病,去找中医抓了一些土方中药回来煎服,也不见好转。在农村,只要不是死人的大毛病,总是得过且过的。夏国华也是。那年月,不胜枚举的农村妇女因此落下月子病根。

四年后,26岁的夏国华生下了第二个女儿,可怜这孩子生不逢时,匆匆降生,又匆匆离去。二女儿的死,令夏国华无比伤心。她迷信地以为,这是因为她上辈子作孽太多,这辈子还债来了。于是她在家供佛上香,求神佛保佑,保佑她生个儿子。可是,不知是神佛没有听到她的祈祷,还是她的"罪孽"太过深重,28岁时,她生下了第三个孩子,依然是个女儿,重男轻女的婆婆和丈夫对她再无好脸色。在婆家人看来,他们对夏国华这生育工具实在是看走了眼。

1966年,夏国华30岁,这一年,她发现自己双腿麻木的毛病越来越严重,去很多医院检查,都无法确诊,有个医生告诉她,你干脆去陆家庄医院查查吧。陆家庄医院是当时的如皋县卫生局唯一指定诊断麻风病的医院。

夏国华怀着忐忑的心情去做了一次检查,结果厄运从天而降——她被确诊为麻风病!

从此,丈夫不允许她住在正房里,将她赶进猪圈居住,吃喝也没她的份,她饿极了,只能和猪们抢食红薯或米糠果腹。偶尔,大女儿会偷偷给她送来一个馒头。但

第四章
夏国华：幸存者殇

如果被家人发现,大女儿也会被连带打一顿。女儿在家里哭,她在猪圈里哭。她想过轻生,但是一想到两个女儿,又鼓起了活下去的勇气。她想只要自己有一口气,女儿们总归还有个妈。

直到1976年,如皋江滨麻风病医院成立,婆家人才像送瘟神一样,将40岁的夏国华丢进了医院,丈夫和她离了婚,从此亲情与她永别。

二

不亢不卑、不慌不忙地走向生命的终点,是她们余生的目标。

在当时社会的人眼里,江滨麻风病医院就是一个活生生的人间地狱,那里关着一群面目狰狞的恶魔,人人避之不及,谈之色变。即使路过这里,也会不自觉地加快脚步,裹紧衣衫,生怕无孔不入的麻风瘟神沾上他们的身。

可是,每一个来到医院的人,却又像来到天堂。这里没有白眼歧视,没有恶声恶气,只有同病相怜。夏国华很快安下心来。在医院里,她认识了一个叫缪国蒲的男病友,和其他几对病友一样,他俩互帮互助,组成了相依为命的一对。

缪国蒲的病情较重一些,眼睛已经是半失明状态,腿脚也不太利索,只有双手健全。他会做很多手工活儿,会用藤条编一些小篮小筐,拿去镇上换钱。

夏国华和缪国蒲是病区里比较特别的一对,说特别,是因为他们虽然住在一起,吃喝在一起,但经济账完全分开,像西方人那样实行AA制。如要买生活必需品,每人出一半钱,自己用的东西自己买。他们各自挣的钱和各自家人给的钱(夏国华的女儿常常来看望她,接济她一些),各自保存着各自花,两人搭伴过日子,倒也自得其乐。

隐居者
YINJU ZHE

夏国华60岁时,不小心摔了一跤,导致左腿骨折断,虽然断骨接好了,却落下了跛足的后遗症,先是用拐杖支撑代步,但站久了比较吃力。再后来,她就改用两只板凳,一前一后地挪动代步,还能坐下来歇息。缪国蒲的腿脚也不好,两人出门干活儿成了问题。

有病友劝他们买辆三轮车代步,因为病区里已经有了好几辆三轮车,可两人一听买一辆三轮车要1000多块钱,思前想后舍不得。后来,还是夏国华的大女儿买了一辆三轮车送给他们,他们才有了代步工具,两人经常蹬着三轮车去种地、卖菜,和社会上的普通夫妻一样。

2012年,缪国蒲去世,剩下腿脚不便、视力不佳的夏国华一人,这一年,她已经76岁,孤苦无依,晚景凄凉,常常独自饮泣。两个女儿还算心疼她,决定把她接回家,两家轮流赡养。

夏国华回家那天,就到了本文开头的那一幕。

夏国华的两个女儿过早经历了家庭变故,都早熟懂事,刚满20岁,便先后嫁了出去,又先后生了孩子。孩子们到20多岁时,也分别结婚成家生子,有了第四代。所以当夏国华76岁时,她已经成了曾外婆,子孙满堂。夏国华以为,老天有眼,自己总算苦尽甘来,回到老家后,就可以尽享天伦之乐了。

然而,事与愿违。回到阔别四十年的家乡,人与事均已时过境迁。一栋栋新崛起的两层小洋楼带着威严的霸气,冷眼旁观着内心惶恐的夏国华。那条她曾砸冰洗过女儿尿布的清澈小河,早已干涸成了一条臭水沟,连赖河为生的鸭与鹅们都无法光顾,无可奈何地被主人囚在屋后的围栏里,心有不甘地呱呱呱仰天长叫。恍惚间,夏国华觉得,自己就如同故乡这条河,漫长的时光跌宕,彼此都从清澈丰腴走到了老态龙钟,有些生命越走越旺盛,有些生命却越走越苍凉,如同她与故乡的这条小河。

从村头到村尾,熟悉的面孔已没剩下几个,即使礼貌地寒暄,也保持着一定的

第四章
夏国华:幸存者殇

距离。当年帮她在冰冷的河水里洗过尿布的陆大妈,也早已作古多年。

由于行走不便,只有天气晴朗时,女儿才推着轮椅陪她出门晒晒太阳,其余时间,她也就是坐在女儿家的沙发上,无聊地看电视,由于越来越严重的听力障碍,电视上的演员像是在演木偶戏。看着看着,她的脑袋就靠在了沙发上,慢慢耷拉下来,昏沉沉地进入白天的梦乡。

她轮流在两个女儿家居住,没有伙伴,没有朋友,无所事事。平时在家,除了两个女儿对她略尽赡养义务之外,从未有过感情联络的外孙和外孙女视她为陌生人,从未对她笑过,不愿和她同桌吃饭,不愿带她走亲访友,甚至不愿与她说话。两个女儿分别要带孙子和孙女,无暇顾及她。人情冷暖,离开家乡数十年,家乡已不是过去的家乡,亲人也已不是过去的亲人。

有一天,夏国华在小女儿家里,小女儿在厨房做饭,不到1岁的曾外孙坐在婴儿车里,咿呀学语,手舞足蹈,可爱极了。夏国华看着看着,怜爱之心油然而生,忍不住伸出手,吃力地将曾外孙抱了出来,搂进怀中,曾外孙见有人抱起他,乐得咯咯直笑,小手在夏国华脸上乱摸。这一刻,夏国华那颗被层层冰霜包裹的心都要被融化了,时光仿佛回到了五十多年前,乖巧的小女儿在她怀中含着乳头吮吸乳汁的时候。五十多年了,怀里再也没有过亲骨肉的温柔,掌心再也没有过婴儿肌肤娇嫩的触感。夏国华抱着曾外孙子,嗅着婴儿身上的奶香,不知怎么疼爱才好,激动得浑身发热,眉开眼笑。

偏偏就在这时候,外孙媳妇,也就是曾外孙子的妈妈下班回来了,一见宝贝儿子被夏国华抱在手里,吓得尖叫一声:"啊——你怎么能抱宝宝?"她像一道闪电从夏国华手里抢过了孩子,孩子被吓得大哭起来,两手空空的夏国华不知所措,呆若木鸡。

小女儿闻声从厨房跑出来,弄清事情原委之后,也埋怨母亲:"妈,叫你不要碰孩子,你还去抱他,你看把孩子吓的……"

隐居者
YINJU ZHE

"孩子哪里是被我吓的？孩子在我怀里笑得可甜了……"这些话在夏国华嘴巴里滚来滚去，就是吐不出来。她再迟钝，也明白究竟是怎么回事。

第二天，她对小女儿说："你还是把我送回江滨医院吧，那里才是我的家。"

小女儿看着老母亲欲哭无泪的表情，心里也是五味杂陈。她们想尽孝，可这样的孝顺却让母亲更伤心。

于是，两个女儿又把她们的母亲送回到了她待了大半辈子的地方。在夏国华心里，这里不是她的家，却比家还要温暖；这里没有她的亲人，所有人却比亲人还亲。

有家难回的，也不是夏国华一个人。如今和她住同一个宿舍的秦秀兰，与她情况相仿。时年70岁的秦秀兰也是婚后发病，有一个儿子，现在孙子也已经成家立业。她病愈回家后的遭遇比夏国华有过之无不及，媳妇的嫌弃、邻居的躲闪、子孙的冷漠，令她心灰意冷。她偶尔外出，都要被人围观，家人怕丢脸，极少带她外出，连下楼都不让，像被关在牢笼里。在家待了没几天，她便又回到了病区。她的身体还算不错，每天负责给重病患者打水、打饭和送饭，对现在的生活，她很满足。

夏国华和秦秀兰同居一室，互相照应，虽然新宿舍里都有电视，但她们也不习惯看电视剧，每天晚上九点钟左右便上床睡觉，早上六点半左右起床，生活很有规律。她们的日常生活，也是病区里大多数病人的日常生活。

她们并不怨恨孩子们的无情无义，自从独自经历了生命中的愁云惨雾，她们早已学会看淡红尘冷暖。每天闭上眼睛之前，不会去想明天睁开眼睛以后的事情。不亢不卑、不慌不忙地走向生命的终点，是她们余生的目标。

第五章　黄秋成与毛风华:拥抱取暖

我想和你一起生活在某个小镇

一起饮用那无尽的黄昏

和连绵不绝的钟鸣

在小镇的旅店里

古老的钟敲出渺茫的响声

像轻轻嘀嗒的时间

黄昏,偶尔有人在顶楼的某个房间

倚着窗子吹笛

窗口盛开着大朵大朵的郁金香

——此时如果你不爱我,我也不会介意

屋中央有一个瓷砖砌成的炉子

每块瓷砖上都画着一颗心

一艘帆船和一朵玫瑰

自我们唯一的窗户张望

全是雪雪雪

你躺成我喜欢的姿势

慵懒淡然甚至还有点儿冷漠

你划了两三回刺耳的摩擦声才把火柴点着

隐居者
YINJU ZHE

手中的香烟火苗慢慢由旺转弱

烟的末梢颤抖着。烟蒂短小灰白

——连灰烬你都懒得弹落

香烟被飞舞着扔进火炉

——俄国诗人玛琳娜·伊万诺夫娜·茨维塔耶娃《我想和你一起生活》

【采访手记：当我那天上二楼去看望黄秋成时，正是午饭时间，病人们都从食堂打了饭菜，回到各自的宿舍吃。而我来到他的宿舍时，却见他躺在床边的躺椅上休息，脖子上插着一根管子，两眼默默地看着我，身体一动未动。

我问候他："黄叔叔，您怎么还不吃饭呀？"

他稍微动了动肩膀，轻声回答我："我现在不饿，等一下再吃。"

他声音喑哑，带着丝丝的杂音，像轻风穿过中空破裂的竹子。

陪同我的于洪春向我解释："黄秋成九年前患上食管癌，动了手术，只能吃流食，所以医院允许他自己开火做饭，吃饭时间由他自己掌控。"

麻风病加上食管癌？命运之神究竟凭什么如此恶意惩罚一个人？一个苦难不够，还要雪上加霜？那天，我本想和黄秋成聊聊天，可惜他状态不佳，只得作罢。

2015年春天，黄秋成病逝。他的家人和病友们在整理他的遗物时，发现了满满一纸箱"垃圾"——一张张画线凌乱、污迹斑斑的画纸。】

第五章
黄秋成与毛风华：拥抱取暖

一

麻风病也并非死路一条，人好不容易来到这世上，
好路坏路都尝试走一遭，只有活下去，才有可能把死路走成活路。

20岁时的黄秋成，算是个美男子，身材颀长，面容清瘦，五官端正。他年轻时喜欢写诗画画，根植于内心的艺术细胞，使他自带忧郁气质。

20岁那年，媒人为他介绍了邻村的一个漂亮姑娘，姑娘高中毕业，秀外慧中，两人几乎一见钟情，很快同意了交往。两家人开始商量亲事，男方家按照风俗给女方家送去了彩礼，女方家开始找木匠打家具，男方家开始将旧茅草屋顶换上新瓦片，准备新房。那时候，黄秋成走路都带着风，头发都会跳舞。他计划着，今年结婚，明年生娃，像村里的很多男青年一样，老婆孩子热炕头，平平安安过一生。自己做不了诗人和画家，希望可以寄托在孩子身上。

有一天，他去姑娘家帮忙做事情，中午吃饭时，姑娘拧了一把热毛巾给他擦脸，他接过热毛巾，含情脉脉地看了一眼姑娘，摊开热气腾腾的毛巾，就往脸上擦。

"哎，你的手指怎么是这样的？"姑娘惊讶地问他。

他的左手手指伸不直已经有一阵了，他以为是关节炎，根本没在意。

姑娘还是很小心："你还是去看看医生吧！有病早些治。"

姑娘的话他不敢不听，于是听话地去了当地医院，查来查去，查出一个晴天霹雳——患的是麻风病。姑娘家听说后，火速将他家送的彩礼钱一分不少地退了回来。

梦想中的婚礼没有了，新娘没有了，老婆孩子热炕头没有了，所有希望都没有了，连生的勇气也没有了。可是，他就是连死也死不成，家里人时刻看守着他，寸步

隐居者
YINJU ZHE

不离,直到把他送到江滨麻风病医院治疗。他走路时再也没有了风声,头发再也不会跳舞,20岁看上去像80岁那样了无生气,用他的话说,他每天睁眼是等死,闭眼还是等死。

他拒绝吃药,想早点结束这种非人的精神和肉体的双重折磨。不是有人说,早死早超生吗?医生却不让他早死,医生说:"你的病情比较轻,积极配合治疗,总有一天,你会被治愈,会回到社会,继续正常人的生活。"他根本听不进医生的话,在他看来,医生都是站着说话不腰疼的人,今天一个明天一个地换着来换着走,谁把他们真心当病人看了,还不是为了表面工作敷衍一下而已?医生前面给他药,他后面就一扬手扔进了菜地,一不小心就被鸡们吃进了肚里,气得医生对他干瞪眼:"这些药很贵的,都是国家拨款买来给你们治病的,你自己不吃,也不能扔啊,别的病人还要吃的!"

黄秋成仇视所有人,包括动物。一只鸡或一条狗在他脚边觅食,他会一脚将它踢飞。他觉得,自己活得还不如一只鸡或一条狗。鸡狗虽然渺小,吃屎吃虫,却无病无灾,自得其乐。他想,如果早死早超生,即便投胎成鸡狗,他也愿意。

后来让黄秋成慢慢改变死结的,还是病友们。病友中有些人像黄秋成那样绝望,也有些病友比较积极乐观,比如祝友全他们。祝友全和黄秋成年龄相当,总是开导他:"世上并非只有你一个人被命运捉弄,麻风病也并非死路一条,人好不容易来到这世上,好路坏路都尝试走一遭,只有活下去,才有可能把死路走成活路。"

黄秋成想想这话还是有道理的,看看身边几百名病友,有些比他老,有些比他小,人人都在努力把死路走成活路,他也应该试试再说。他开始接受治疗。

即使在几乎与世隔绝的江边小岛,也有四季分明,也有风花雪月,也会悲春伤秋。黄秋成趁着劳动间隙,自发为病友们办黑板报,他在一块墙上刷上黑漆,买来彩色粉笔,春天画桃花,夏天画荷花,秋天画银杏树,冬天画雪花,配上诗歌,颇有文艺气息。病友们戏称他为才子,他并不推辞,欣然笑纳。

第五章
黄秋成与毛凤华:拥抱取暖

由于黄秋成的病情较轻,到20世纪80年代中期,就已经痊愈。医生建议他出院回家,结婚生子,可是他反而不想走了。因为,他要留下来照顾一个人——毛凤华。

毛凤华是石庄镇人,比黄秋成大五六岁。因病情刺激,精神时好时坏。

有一个雨天,毛凤华病情发作,跑进雨里大喊大叫,很多人蹲在走廊里看笑话,却不去拉她一把。黄秋成看到了,抓起一件雨衣冲出去,把毛凤华连头带脚裹进雨衣,连推带抱把她弄回了宿舍,然后又帮她烧水擦洗。从此以后,黄秋成对这个无人关照的女人多了一份责任感。

此后,无论什么集体劳动,黄秋成都主动要求和毛凤华结对。下地掰玉米时,毛凤华一边掰玉米一边随手丢弃,黄秋成跟在她后面,把她丢弃的玉米一个个捡起来挑回场地。毛凤华的衣服脏了破了,他帮她洗干净,缝补好还给她。他对毛凤华做的一切,令其他女病人羡慕和嫉妒。有些男病人对他风言风语,说他醉翁之意不在酒,他也不争辩,默默做自己该做的事情。

渐渐地,毛凤华对黄秋成有了依赖之情,只听他一个人的话。之前,医生给她打针吃药,如果碰巧她的精神病发作,她会把药扔掉,打骂医生。但只要黄秋成在她耳边轻言轻语劝慰几句,她马上温顺起来。大家都说,黄秋成是毛凤华的救星。

毛凤华的病情比黄秋成严重得多,并且由于她的体质原因,治疗药物的副作用使得她的体重逐年增加,从入院时的四十多公斤,到后来的八十多公斤,体重几乎是黄秋成的两倍。80年代中期,为了无微不至地照顾毛凤华,黄秋成和毛凤华同居,开始了苦难生活中的相依为命。

二

在黄秋成看来,无论他们的生活曾经是怎样混乱不堪,

隐居者
YINJU ZHE

> 总有一些印记无法磨灭,如同麻风病在他们身上寄居过的痕迹。

在医院里,病人们互相照顾是常态。手脚灵便的,照顾手脚不便的;耳聪目明的,照顾双目失明的。有男女互相照顾,也有同性互相照顾,只要双方愿意。在20世纪80年代麻风病被彻底遏制和治愈之前,政府是不许麻风病患者之间结婚的,更不能有孩子。所以,男女病人之间即使互有好感,也只能悄悄"同居",相依为命。出于人道主义,医院也是睁一只眼闭一只眼,既不鼓励也不干预。

虽然是在麻风病医院,但黄秋成与毛风华的生活,与社会上的普通夫妻并无二致,除了没有孩子。平时两人种种菜,养养鸡鸭,开开小灶,偶尔一起手牵手去镇上逛逛,卖掉鸡蛋鸭蛋,换点油盐酱醋,生活还算稳定,两人相依相伴着过了十多年的太平日子。

然而,到了2000年之后,60多岁的毛风华身体状况大不如前,由于体重和年龄的不断增加,她又患上了高血压和老年性痴呆,加上不时发作的精神病,一天到晚叫唤和哭闹,黄秋成饱受折磨。

尤其是夏天,肥胖的毛风华十分怕热,那时还住在旧病区,没有电扇或空调,黄秋成必须彻夜无眠地帮毛风华扇扇子,扇风驱蚊子,如果黄秋成困极睡着,被热醒的毛风华便会大喊大叫,疯病发作,闹得四邻不安。

为了让毛风华安静下来,黄秋成变着花样哄她。后来他发现,只要他一画画,她就会变得乖巧安静下来。哪怕只是拿着木棍在地上画小鸡小鸭,画一朵月季或一个苹果,她也会乐不可支,找来木棍跟他学画画。黄秋成于是托医生从镇上给他带了一些纸笔回来,一有空就教毛风华在纸上画画。这一招颇为有效,画画使得毛风华的神经彻底放松,她的精神状态逐渐好转,由以前一个月发作好几次疯病,到后来几个月才发作一次。

到了冬天,黄秋成就背着毛风华出来晒太阳。毛风华像一只装满沙子的沉重

第五章
黄秋成与毛风华：拥抱取暖

沙袋，沉沉地压在黄秋成瘦弱的脊背上，让每个看到此情此景的人都很不忍。而且每隔一个小时，黄秋成就要背着毛风华换一个地方，追着太阳晒太阳。以前曾经羡慕和嫉妒过他们的病人，现在对黄秋成只有深深的敬佩和同情。

2005年，黄秋成的命运再次雪上加霜——他被查出患了食管癌。与三十年前被查出患了麻风病相比，经过三十年的风吹雨打，他已经足够坚强，可以直面所有的苦难和不幸。

得知病情后，黄秋成冷静地问医生："我还有的治吗？"

医生安慰他："由于发现得早，通过手术，应该可以有效控制病情。"

"可是，我没有钱动手术……"他又绝望了。

越是寒冷的地方，越是令人懂得温情的珍贵。

为了救治黄秋成，江滨麻风病医院的职工们自发组织了一场募捐活动，病人们也自觉捐款，再加上民政补助和医院承诺减免部分治疗费，黄秋成终于可以做食管癌手术了。

黄秋成最放心不下的，就是毛风华。在他上手术台之前，他还不忘叮嘱前来看望他的家人：假如我下不来手术台，你们帮我告诉毛风华，我在地下等她；等毛风华死了之后，你们一定要把她和我一起葬在我们家的祖坟上。

黄秋成的食管癌部位在颈部，手术医生在他颈部开了一个口子，切除了一节癌变的食管，再将剩余的食管和他的胃重新缝合了起来。手术一开始看上去很成功，但是不久就发生了食管癌常规并发症——吻合口瘘，就是食道和胃的缝合部位没有长好，胃液和食物会从缝合部位漏出来，导致化脓感染。据说这种并发症在食管癌手术中出现的概率高达百分之二十。黄秋成虽然幸运地逃过了死神的魔爪，却又不幸地做了第二次手术——修补瘘。这两次手术，令黄秋成元气大伤。

尽管如此，黄秋成仍然一边和癌症抗争，一边照顾毛风华。此时的毛风华已有八十多公斤，走几步路都会喘息。黄秋成已经背不动毛风华了，只能帮她洗澡、梳头、做饭吃,夏天还是会彻夜不眠帮她扇扇子,冬天,他会请几个病友一起,帮他把沉重的毛凤华架出去晒太阳,每次都累得气喘吁吁。老年性痴呆的毛凤华已经不会自己吃饭,黄秋成还要一口口喂她,等她吃饱了,自己再去热一碗粥或稀烂的面条果腹——他只能吃流食。

到了2010年,毛凤华开始失语失禁,黄秋成更为辛苦。病友们都劝黄秋成:"你现在是泥菩萨过河——自身难保,不如把毛凤华送回家,让她家人照顾,无论对你对她,都只有好处。"黄秋成却连连摇头:"她回家会不习惯的,她家人也不一定会好好照顾她,只要我活着一天,我就照顾她一天,等我死了,你们再把她送回家吧!"

毛凤华的家人偶尔会来医院看望毛凤华,黄秋成就提前交代他们:"我大概是活不长的,假如我先死,你们最好把毛凤华接回家照顾,等她也去世后,求你们把她和我葬到一起。我们相依为命三十年,已经是一家人了,她离不开我,我也离不开她……"

毛凤华的家人说:"你放心,我们懂的。"

两家都交代过了,黄秋成放心了。

所有人都以为,身患绝症的黄秋成,被活死人一样的毛凤华拖累着,会提前累死的。

但是人们忽略了一个道理:有信念支撑的人,是不容易倒下的。照顾毛凤华,就是黄秋成顽强活下去的信念。

2011年,毛凤华在黄秋成无微不至的照顾下,无憾而去。毛凤华火化后,经过毛家人的同意,黄秋成将她的骨灰带回家,葬在了自家的祖坟上。

2015年3月,黄秋成也走到了生命的终点。黄家人和病友们在整理他的遗物时,发现了一纸箱的"垃圾"——一张张画线凌乱、污迹斑斑的画纸,一看就是毛凤华的"杰作"。

第五章
黄秋成与毛风华:拥抱取暖

人们不知道,在毛风华去世后的四五年时间里,这一张张污迹斑斑的画纸,曾慰藉了黄秋成和死神徒劳抗争的、孤独无助的漫漫长夜。每一张纸片,都是毛风华在这世间留下的带有温度和天真的印记。在黄秋成看来,无论他们的生活曾经是怎样混乱不堪,总有一些印记无法磨灭,如同麻风病在他们身上寄居过的痕迹。

黄家人遵守诺言,把他和毛风华葬在了一起,并将那一纸箱的凌乱画作,在他们俩的坟前一张张点燃,青烟袅袅,余烬飘飞,似魂魄蹁跹……

第六章　岑百坤:欠你三生承诺

我曾经爱过你

爱情,也许在我的心里

还没有完全消逝　但愿他再也不会去困扰你

我也不想再使你因此难过

我曾默默地、绝望地爱你

一方面忍受着羞怯,同时也忍受着嫉妒的煎熬

我曾经那么真诚、那么温柔地爱过你

祈愿上帝保佑你,有个人也会像我那样爱你。

　　——俄国诗人亚历山大·谢尔盖耶维奇·普希金《我曾经爱过你》

【采访手记】:岑百坤是我父亲最好的病友,比我父亲小几岁,当年在医院里,他曾与我父亲搭档承包果园,他也曾眼睁睁看着我的父亲被打错针药去世,几十年来从未忘记。每次他看到我,都会躲在人后,远远地看着我。等我和别人说够了话,我主动上前跟他握手问好,他才笑着向我伸出手来。我把他的迟疑解读成麻风病人特有的自卑。

这篇文章的内容,是我回到美国之后,给他打了一次国际长途,我们在电话里聊的。我问他:"岑叔叔,您长得帅,还有文化,为什么一直单身至今？为

第六章
岑百坤：欠你三生承诺

何没有在女病友中相处一个呢？"他哈哈大笑，笑过之后，他终于开口，说出了他与一个女病友之间延续四十多年的相互守望……

岑百坤的故事，是我写得最快的一个章节。字字句句在键盘上跳跃，文字如同精灵在屏幕上舞蹈，我醉心于这样的写作，如同我醉心于内心的感动。我曾问过他："是否遗憾没有和顾国美在一起？"他沉默了一会儿，说："没有遗憾，只有美好的回忆。"

爱情是什么？对岑百坤来说，也许就是一生的三次拥抱和数十双手工布鞋的深情守望。此生得一知己，足矣。】

一

不是所有的温暖，都来自拥抱。

不是所有的男女之情，都来自肌肤相亲。

哪怕只是一双亲手做的布鞋，也能连接人间不可能的爱情。

"三弟，你务必看看这份报纸，上面刊登的内容，好像和你的病情差不多，你赶紧去如皋麻风病防治所彻底检查一下……"

随信一同寄来的还有一张报纸，上面有一则消息被黑墨水笔重点画出——《关于如皋麻风病肆虐的情况报道》。这封由远在杭州工作的大哥寄回来的信和报纸，既是岑百坤的"救命符"，也是他的"催命符"。

岑百坤家在如皋吴窑，有一个庞大的家庭，兄弟四个，姐妹四个，他是兄弟里面的老三，也是兄弟几个里面长得最眉清目秀的。

1942年出生的他，前二十年过得平平静静，到了1962年，正当青春的20岁，家

隐居者
YINJU ZHE

里开始张罗着帮他找对象时,奇祸突降。

有一天,他忽然发现右手腕处长了一串水泡,之后溃疡,久治不愈,各种偏方和草药都尝试过,无济于事,而且水泡的范围越来越大。于是,他写信向远在杭州工作、见多识广的大哥求救,大哥给他寄来了这封信。

岑百坤在家人的陪伴下,怀着忐忑不安的心情去了海安的一家麻风病防治所,经过彻底检查,结果是晴天霹雳——兄弟姐妹中最聪明最帅气的一个,被命运判了死刑。那时生活困难,只能吃玉米糊果腹。营养不良加上治疗不及时,使病情越来越重,渐渐发展到头上也长了癞疮,头发和眼睫毛尽秃,手指再也无法伸直。

1967年,岑百坤去了陆家庄麻风病防治所治病。至于婚姻,那是比健康更遥远的奢望。

1975年,江滨麻风病医院新建落成,岑百坤也被安置到了这里。这一年,他33岁。

在那一群浩浩荡荡的"麻风大军"里,为数不多的麻风病女患者是众多男患者心中的"女神"。在这里,他遇到了生命中唯一爱过的女人——顾国美。她,就是他心目中的女神。

第一次见到顾国美,她正坐在女区宿舍的屋檐下纳鞋底,并且还哼着歌儿。她的右手中指上戴着个银色的顶针,扎几针,就拿针尖在头发上擦两下,再扎,连她抽线绳的样子看起来都特别优美,挑着担子路过的岑百坤不由得看醉了。岑百坤不由得想起自己的老母亲,想起她常年坐在门口的廊下,给他们兄弟姐妹几个纳鞋底的样子。

岑百坤实在忍不住,卸下担子,挂着扁担,踟蹰到顾国美面前,说:"你纳鞋底的样子,跟我妈一模一样。"顾国美就笑了,笑起来也像他妈一样温婉。岑百坤的心莫名其妙地荡漾了起来。他不知道这种感觉就是爱,只是觉得,这个女人,给他的感觉如此温婉可亲。

第六章
岑百坤:欠你三生承诺

从那之后,他发现,如果有一天看不到顾国美,就像这一天的太阳忘记了出山,整个世界都是灰暗的。

顾国美是在婚后发现得了麻风病,当时她已是两个孩子的母亲。男人送她来的医院,大包小包带了不少生活用品,将她安顿好之后,撂下一句话:"你好好在这里治病,家里的事情你不用操心,孩子我会带好,老人我也会照顾,等你治好了,我再来接你回家。"

男人走了,顾国美留了下来。她是为数不多的麻风病女患者中,心态保持良好的。因为她不像其他女患者,要么有过的男人又没了,要么从来没有过男人,要么病情较重,生活没有任何盼头。她不一样,她病情不重,家里也有盼头,所以脸上没什么愁苦,走到哪里,风带到哪里,笑也带到哪里。

岑百坤就是被她的风和笑吸引了。从来没有一个女患者像她那么愉快地接受命运的严刑拷打,还笑得那么欢畅,走得那么轻快。她好像不知道什么叫逆来顺受,只知道勇往直前。尤其,她还那么热心助人。

一天,在劳动时,顾国美看到岑百坤的衬衫上掉了两颗纽扣,就对他说:"放工后,把你衬衫脱下来,我给你把纽扣缝上。"他嗯了两声,不置可否。

放工回宿舍时,她在前,他在后。快走到女区宿舍时,她一转身,拦住他:"把你衬衫脱下来给我。"他一时愣住,竟然有点扭捏,因为他衬衫里面的背心其实是一件隐藏的"渔网",脱下衬衫实在难为情。顾国美却不由分说,上来就扯他的衣服。他乖乖地脱下衬衣,傻傻地站在她的宿舍门口,看她的手指在书桌抽屉里翻来翻去,把里面的东西翻得哗啦哗啦响,他的心也像被她的手指拨动着,欢快地跳啊跳。

她到底从抽屉里翻出来两颗白色的小纽扣,也不知原先是哪件衣服上的。她灵巧地穿针引线,一眨眼工夫,两颗纽扣就被安安静静地缝在了他的衬衣上。她又仔仔细细把衬衣的其他地方检查了一遍,发现衣领已经磨破,于是又返回宿舍,找到一块白色的旧手帕,操起剪刀,嚓嚓两下,从手帕上剪下一长条,覆盖在衣领的破

隐居者
YINJU ZHE

损处,然后又是一番飞针走线,不一会儿,破损的衣领就变成了一块平整温暖的良田。他多想自己变成那件衬衫,安静地待在她的手里,任由她揉搓、缝补、温暖。

之后,岑百坤所有的破衣烂衫都有幸被顾国美的手指宠幸过,然后神奇地脱胎换骨获得新生,他觉得自己也是如此。顾国美不仅缝补了他的衣衫,还缝补了他的生活。他无以为报,只有在夜深人静时,把对她的想念当作最好的报答,仅此而已。但他不敢对顾国美说出任何冒犯的话,她有家室,她是别人园中的果子,他只能看,不能吃。

医院成立合作社之后,每次分小组干活儿,总会几个男患者搭配一个女患者——男女搭配,干活不累。岑百坤与我父亲分在同一个小组,负责栽种果树,顾国美也是其中一员。每次干活儿,顾国美都哼着歌,跟其他女患者愁眉苦脸的样子截然不同。

夏天,红彤彤的毛桃挂了一树又一树,病友们抬着筐去摘桃。但是桃树爱招洋辣子,俗称毛毛虫,而且是那种颜色鲜艳、黄绿相间、毒性很强的洋辣子,它的毒刺一旦沾上皮肤,皮肤先是红肿刺痒,继而火烧火燎地疼。很多病人都知道洋辣子的厉害,所以尽量赖着不去摘桃。

顾国美比较实在,不晓得偷懒,那天和几个男病友一起去摘桃。尽管她一再小心,还是有一只洋辣子从树上掉进了她的脖颈上,刺得她嗷嗷直叫,脖子上立即一片红肿。负责挑担子的岑百坤知道了,扔掉担子跑过来,一边叮嘱顾国美不要挠患处,一边赶紧跑到医院卫生所,找医生要来几张医用胶布和碘酒。他先将胶布贴在顾国美被洋辣子刺过的脖子上,再呼啦一撕,毒刺便粘在了胶布上,如此几次之后,洋辣子的毒刺基本上被清除干净,接着再用碘酒擦了好几遍,既消炎又消毒,总算为顾国美减轻了不少疼痛,到了第二天,患处便不肿不痛了。

从那之后,顾国美看岑百坤的眼神,多了一些温暖的内容。

又是一个阴雨绵绵的下午,地里无法干活儿,大家都赖在各自的宿舍里睡懒

第六章
岑百坤：欠你三生承诺

觉,顾国美来到岑百坤的宿舍,从怀里掏出一双单鞋,叫他上脚试试看。那是一双当时十分时兴的圆口黑面布鞋,白色的千层鞋底,斜口用白布绲边,就像一双圣物。岑百坤的母亲也给他做过鞋子,却比这粗糙得多。母亲只有一双手,家里却有大大小小十几双脚需要穿鞋,还不包括老伴和自己的脚。所以母亲做的鞋子不讲究工艺性,只讲究实用性。

当着顾国美的面,岑百坤有些难为情地脱下前露脚趾、后跟扁塌的旧鞋子,把脏兮兮的脚丫子在裤管上擦了擦,朝圣一样伸进新鞋子里。新鞋子像一个温暖的窝,瞬间就把他从脚到头都焐暖了。他涨红了脸,慌乱中说了一句不该说的话:"这个……我该付你多少钱?"说完他就后悔了,可能会惹她生气。果然,顾国美脸一沉,说:"你要是给我钱,就脱下来还给我吧!"

他怎么舍得还给她?他穿着新鞋子在地上走来走去,脸越发红了:"我从来没有穿过这么漂亮、这么暖和的鞋子……那就……谢谢你啦!"

顾国美说:"以后,你的鞋子我包了。"说完转身就走了。一个女病人,在一个男病人房间待太久,被左右邻居看到会讲闲话的。如果两人都是单身倒也不怕,可她不是啊!

顾国美比岑百坤大2岁,她经常跟他开玩笑,以姐姐自居,但他从未开口叫过她一声姐姐,只是叫她国美。病友们都觉得岑百坤和顾国美是天生一对,有人甚至怂恿岑百坤跟顾国美摊牌,让她回家跟丈夫离婚,他们俩留在病区里同病相怜,厮守终老。

事实上,岑百坤也曾产生过龌龊的念头,盼着顾国美的丈夫主动跟她提离婚,这样他就可以勇敢地向她表达心思了。但事不如愿,她的丈夫虽然不常来医院看望她,却从未提过要离婚,这让他又失望又欣慰。失望的是,自己再也没有机会;欣慰的是,足见她是多么难得的女人。

岑百坤到底是善解人意的,他不会让心爱的女人去做为难的选择题,就这样每

隐居者
YINJU ZHE

天"你挑水,我浇园"倒也不错。不是所有的温暖,都来自拥抱;不是所有的男女之情,都来自肌肤相亲。哪怕只是一双亲手做的布鞋,也能连接人间不可能的爱情。对他们来说,这样就足够了。

每年给他亲手做一双布鞋,就是顾国美能够给岑百坤的所有温暖,也是对岑百坤最大的安慰。

二

不要因为得了麻风病,就自己轻贱自己,
眼光是人家的,日子是自己的。

1980年,病情较轻的顾国美治愈了,面临出院回家,这时岑百坤才慌了神。他曾想过她迟早会治愈回家,却没想到来得这么快。他去找她,第一次开口恳求:"国美,你能不能不走?就留在医院里,在食堂做做饭也好,起码……我能天天看到你。"

顾国美的眼圈红了,哽咽着对他说:"你说的念头我也有过的,可是我跟你不一样,我家里还有两个孩子,我不能自私到对孩子不管不顾。孩子他爹能等我到现在,也是为了孩子,我不能做没良心的人啊!人活着,不能只为了自己,还要为责任……"

岑百坤什么也说不出了。在她感情的天平上,他无力与她的责任和家庭抗衡。他沮丧地蹲下来,捂着脸,没出息地痛哭起来。这是他患病以来的第一次痛哭,而且是在一个女人面前。

她抱住他的头,把他像孩子一样揽在怀里,喃喃地对他说:"别哭,别哭了,让别

第六章
岑百坤:欠你三生承诺

人看到不好……"

她越是不让他哭,他越是止不住心头涨潮一样的悲伤。她腾出一只手,轻拍着他的背。她的胸怀是如此温暖,他感觉到了自己身体的悸动,他紧紧地拥抱住她,像寻求安慰的孩子。她却慢慢而坚决地推开他,柔声道:"别哭了啊,我治愈了回家,你该为我高兴啊!我答应你,我以后会经常来看你的,只要我一天不死,我就一定会来看你,你就像我的亲弟弟……"

第二天,她走了,全病区的人都去送她。只有他紧闭房门,把脑袋埋在枕头里,似乎要让枕头吸走内心所有的悲伤。

顾国美果然说话算话。以后每年的冬、夏两季,她都会来病区看他两次,因为这两个季节相对不算很忙,她才有时间做鞋子。她每次来,自行车后座上必有一个捆得结结实实的竹篮,里面必不可少有一双"顾国美牌"新布鞋及脆饼、馓子和糖果等零食。有的病友跟她开玩笑:"顾国美,又来看你相好啦?"她的脸一板:"我来看我弟弟。"

有一天,顾国美来看他时,竟邀请岑百坤去她家玩。岑百坤大为惊异:"我去你家,你丈夫不会有看法?家里人会怎么看你?"

"我回去都跟他们说了,在病区里你对我照顾有加,我认了你做弟弟,我们就像亲戚一样来往,这会有什么问题?本来我们之间也没有任何问题啊,我们是问心无愧的啊!"

顾国美就是这样一个勇敢大气、心无杂质的女人。岑百坤反而有些羞赧。她把他们的关系定位在如此纯洁透明的境地,反而显得他心胸狭隘了。可岑百坤还是鼓不起去她家的勇气,他还有一层自卑的顾虑:毕竟自己是个麻风病患者,自己的亲人都避之不及,为什么还要去别人家自讨没趣?

顾国美了解他的心思,对他说:"不要因为得了麻风病,就自己轻贱自己,眼光是人家的,日子是自己的,我在家里就是这样的态度。我们村也有看不起我的人,

隐居者
YINJU ZHE

但我看得起自己,自己对自己有信心,我就不怕别人说三道四,日子是自己过的,又不是给别人看的。"

她说得像个哲学家,岑百坤又佩服又惭愧,可还是有点不好意思就这样去她家,于是敷衍道:"以后再说吧。"

那年春节前,顾国美又来到病区看他,问他愿不愿意去她家一起过个年,还说是她丈夫老李一再邀请的。岑百坤心里不由得一暖,自从他来到江滨病区,已经十多年没有回家过春节了,好像过年成了一个与他无关的节日。

见他依然犹豫,顾国美说:"你别担心啊,老李是诚心邀请你的。我在家经常把你挂在嘴巴上,老李都听烦了。我每次来病区看你,老李也都知道,他一再要我跟你说,去我家过个年,也没什么好吃好喝的,就是一起聚聚,热闹热闹。你放心,我家没有人会看不起你,我本人就是个麻风病患者,我们家人对麻风病没有偏见的。"

话说到此,岑百坤只得答应去她家过年。得到他的肯定应答,顾国美十分高兴,把家里的地址写在一张纸条上,还画了一张简易地图,告诉他先往哪个方向骑,再在哪里拐弯,抄哪条小路会更近一些,一段接一段,画得一清二楚。她说,实在分不清方向了,就下来问问人,总会找到的。

大年初一清早,岑百坤找一位病友借了一辆自行车,骑上硬邦邦的路面,颠簸着上路了。两边的车头上,挂着他前几天去镇上买的四样糖食糕点,一晃一晃的,像两只甜蜜的灯笼。

他一边骑车,一边想着顾国美每次来病区骑的也是同一条路,就倍感亲切。但是骑着骑着,又不觉伤心起来:这路真难骑啊!路面硬得像石头,这辆破自行车被震得丁零当啷,像要散架,骑不了多久,屁股已被震麻,大腿被磨得隐隐作痛。原来她来看望他的每一次,都不亚于一场自行车的长征啊!他的眼泪又在眼眶里上上下下地翻滚起来,北风吹得鼻涕不停往下滴,他不停地吸着鼻子,也分不清从喉咙咽下去的到底是鼻涕还是泪水了。

第六章
岑百坤：欠你三生承诺

顾国美到底是怀着怎样的心情，才能每年两次，骑着自行车来看他呢？

四个多小时后，他终于骑到了她的家。隔着老远，他就看到她系着围裙，绞着双手，在路边向着小路尽头张望着。他一口气骑到她的面前，叮当一声下了车，脱口而出一句话："你每次去看我，都要骑这么远的路啊？我算了算，这四个多小时，骑了一百多里路……"

她并没有回答他，而是扭头对家里喊道："老李老李，百坤来了。"随着她的喊声，从屋里走出一个清瘦的男人，脸上的笑容很真诚："你倒是真的来了啊，我让国美叫你来家里玩，她说你总是不好意思来，这有啥不好意思的？病友也是朋友嘛……"

岑百坤像贵客一样被请进屋子里，他把四样糖食糕点递给了顾国美，她用嗔怪的口吻说："瞎花什么钱啊！孩子都大了，不爱吃这些呢！"但她还是把糕点端端正正地放了堂屋中间的米柜上。米柜上有两个灵牌位，岑百坤猜测大概是顾国美去世的公公婆婆的。

他环顾了一下屋子，屋子不大，但是收拾得很干净，墙上贴满了孩子上学得的奖状，那是简陋的墙壁上唯一的装饰。顾国美的儿子当兵去了，高中刚毕业的女儿正好在家，顾国美让女儿喊岑百坤"舅舅"，岑百坤愣了一下，含糊着应了。是的，顾国美离开医院的时候说了，要把他当弟弟看待。

吃饭的时候，岑百坤被让到上座，桌子上满满当当全是菜碟，足见顾国美一家待他的诚意。老李拿出一瓶老白干，跟岑百坤对酌起来，边喝边聊，一点没当他是外人。老李是个乡村教师，说话有点文绉绉的，不过很推心置腹。

"当年国美生了病，家里好像塌了天，那时候孩子还小，我的父母身体也不好，我都不知该怎样过下去……我想你大概也懂得，家里有人患了这种病，外面人会怎么看，倒是国美一点不自卑，还很有信心，她经常写信回来，鼓励孩子好好读书，说她在那边会安心治病，争取尽快回家来……国美还在信里头写过，你经常帮她干活

隐居者
YINJU ZHE

儿,照顾她,她很感激你。说实话,我们一家人都很感激你。她一个人落在那里,身体又不好,我们也帮不了,她能恢复得这么快,第一要感谢医院,第二要感谢你啊……来,兄弟,喝一个。"

岑百坤的脸燃烧起来,不知是被白酒烧的,还是被内心的惭愧点燃了。要说感谢,他更该感谢顾国美吧,是她救赎了他。如果,当年她没有那么温柔而决绝地把他从她的身边推开,现在他们面对的,绝对是一个倾斜的世界。

岑百坤百感交集,趁着酒劲,把久蓄的眼泪流了个痛快。他家有八个兄弟姐妹,十多个侄子侄女,过年过节从未请他回家过,如今却是这个自己暗恋的女人和她的男人,请他回家过了一个年。

也是趁着酒劲,岑百坤对老李说:"你娶了个好女人啊,这是你这辈子最大的福气,你可不要身在福中不知福啊!"

老李拉着他那只残缺的手说:"老弟啊,我太知福了。我常跟国美说,就是她太能干、太优秀、太善良了,所以老天也妒忌她,让她患了这种病,这也是对她和对我们全家的考验啊!不过,你看,我们挺过来了,所以好日子也来了。儿子去当兵了,女儿高中毕业,现在在毛纺厂上班,还是个小组长,前些日子也有媒婆上门提亲啦……我跟国美也是苦尽甘来,唯一的遗憾,是我的父母,没能等到享福的那一天啊……"

老李的酒量不大,喝着喝着,就开始手舞足蹈地吟起李白的《将进酒》:"君不见,黄河之水天上来,奔流到海不复回。君不见,高堂明镜悲白发,朝如青丝暮成雪……"

三

这是一个相隔十年的拥抱,这次没有身体的悸动,

第六章
岑百坤:欠你三生承诺

只有灵魂的偎依。她在他怀里无声地啜泣了很久。

那次过年,岑百坤被老李和顾国美挽留着待了三天。这三天,让岑百坤重新认识了顾国美和她的家。顾国美不仅是一个持家好手,还懂得怎样做一个无愧于心、不伤男人尊严的好女人。她值得他岑百坤敬重一辈子。

分别的时候,他当着老李的面对顾国美说:"以后你不要再骑那么远的路去病区了,路太难走了,我一有空就来看你们。"

老李直言不讳道:"国美说了,在病区的五年,是她一辈子最难忘的时光,病区是她一辈子最难忘的地方。你不让她去,除非她……"

"除非我死了。"顾国美快人快语地接过来说。

"大过年的,说什么死啊死的。"岑百坤慌慌地看了顾国美一眼,不敢再说别的,跨上车就走了。车头上挂着一双崭新的布鞋,摇摇晃晃的,像一对搂着跳贴面舞的小人。

之后,顾国美还是一如既往、一年两次骑着自行车来病区看他。岑百坤床底下有一个纸箱子,他把来不及穿的新布鞋收藏在里面。他和顾国美说过多次:"不要再给我做鞋了,我都来不及穿。"顾国美说:"我年纪越来越大了,视力也会越来越差,我不趁着还能看见做几双鞋,以后你会不够穿的。"这话她是笑嘻嘻说出来的,他却听得心里一阵阵难过。

农忙时,他也会骑车去他们家帮忙,割稻子、掰玉米、挑担子。她的女儿结婚时,也请他去喝了喜酒。她的儿子和女儿先后有了孩子,他也随礼包了红包,他们越来越像一家人。

1990 年的秋天,顾国美又如期而至,这次,她的脸上没有笑容,一身素黑。岑百坤问她家里出了什么事情。顾国美未语泪先流,最后泣不成声。岑百坤有了不好的预感:"莫非是老李出了什么事?"顾国美点点头:"老李走了,胃癌。"

隐居者
YINJU ZHE

岑百坤的喉头一阵紧张,他不自觉地走上前,伸出双臂,拥住了微微颤抖的顾国美。这是一个相隔十年的拥抱,这次没有身体的悸动,只有灵魂的偎依。她在他怀里无声地啜泣了很久。

之后三年,顾国美没有来病区,岑百坤也忍住没有去看望她。寡妇门前是非多,他不敢毁坏她的名声。

三年后,她又来了,一见面就直截了当地对他说:"我守孝满三年了,现在无牵无挂了,可以过来陪你了。"

岑百坤心中一喜,却又忍不住问道:"那你的儿子和女儿呢?"

"他们都挺好,都成家立业了,孙子和外孙子都有了。"她答。

"你不需要帮他们带带孩子吗?"

在农村,老人的作用就是做家务和带孩子。顾国美沉默了,过了一会儿,她抬起头,悲伤地看着他,说:"我为他们活了大半辈子,我对他们李家仁至义尽了,我想为自己活一活了。"

这是1993年,岑百坤51岁,顾国美53岁,两人的头发已如沟渠边的芦苇花,柔软,灰白。命运之神好像有意弥补他们,所以在他们人生的后半段,故意留出一段时光任由他们挥霍,可他们反而不知如何使用这多出来的时光,至少岑百坤不知如何是好。

"你还是……回去吧,孩子们需要你,再说,我们都已经这把年纪了,就别折腾了吧……"他嗫嚅着说。她好不容易脱离了病区这块"瘟地",他怎么忍心让她再回来?

她推着自行车走了,背影像一根被压弯的芦苇。

之后两年,她没有来过。他不由得怅然若失,不知道她是不是生气了,从此再也不来了。他想去看她,却又担心打扰她的生活。

可顾国美还是来了,那是1995年。此后,顾国美一年两次来看岑百坤,每次除

第六章
岑百坤:欠你三生承诺

了吃的,还是一成不变的布鞋。有黑的,有蓝的;有平布的,也有灯芯绒的;有单鞋,也有棉鞋。到2000年的时候,他的纸箱里已经攒了七八双鞋。他平时舍不得穿新鞋,夏季,一双拖鞋就能穿三个月。

2005年,她一口气带了三双布鞋来。他捧着新鞋子说:"你真的不用再给我做鞋子了,我真的穿不完。"她嗔怪道:"谁说的?万一你长寿,活个100来岁,这鞋哪够你穿啊?我已经65岁了,眼神越来越不好使了,你看近两年我做的鞋子,针脚粗糙多了。唉,年岁不饶人哪!还好,现在孩子们都是买鞋子穿,我才有精力帮你一个人做鞋子,要是在以前,我要给一家老小做鞋子,哪能一次给你带几双鞋子啊!"

她这么一说,他的心里越发不安起来。他默默走到床边,蹲下身子,从床底下拖出一个纸箱,一边打开纸箱盖,一边说:"你看,我都攒了一箱鞋子了。"

但是,打开箱子,两人立即傻眼了——黑布面的鞋子上像撒了一层面粉,白鞋底上又像沾了一层黑灰——全发霉了!霉味儿直冲鼻子,让人直想打喷嚏,有一只棉鞋里面居然全是老鼠屎,毛线织的鞋帮都被嚼坏了。

岑百坤傻了!这就是舍不得穿的后果!他后悔得直跺脚。

顾国美长叹一声,说:"岑百坤啊岑百坤,你真是个、真是个……"她没有说出来,转身头也不回地走了。

他知道自己伤透了顾国美的心。他怀着赎罪的心,把那些发霉的鞋子全都放进洗澡盆,烧了一壶又一壶热水,和着洗衣粉浸泡它们,掉下来的蓝色和黑色混合在一起,把白色的鞋底浸成了蓝黑色,他使劲地用刷子刷洗鞋子,然后又把它们摊在大太阳底下暴晒了一次又一次。洗过的鞋子没有了霉味,却被他洗缩了水,脚指头挤在里面十分难受,他也不脱下来,就这么委屈着脚指头。

鞋子穿着穿着就旧了,穿着穿着就松了,慢慢就合脚了。他把每一双鞋子都拿出来轮换着穿,不再给老鼠做窝的机会,不再给霉菌霸占的机会,也不再给自己痛心的机会。他想等顾国美再来时,一定要真诚地跟她说一声"对不起",他不是有

隐居者
YINJU ZHE

意要辜负她的心意,鞋子穿一双少一双,他舍不得,他想节约着穿,一直到他离开这个世界时,至少还有最后一双。

可是之后好几年,顾国美再也没来过。他的心,也渐渐冷下来。

直到2009年11月,在他完全没有想到的时候,她又来到了医院。这次她看上去苍老了很多,又瘦又憔悴。病友们纷纷围上来看热闹,她脸上挂着笑,拿出橘子、香蕉、牛奶糖一一分发给大家。

有人跟她开玩笑:"国美你这几年怎么不来了?岑百坤想死你了。"大家哄堂大笑。顾国美也大方地笑起来,说:"家里事情多啊,天天接送孙子上学放学,还要管他吃喝,根本脱不开身。今年孙子去外地上学了,平时住在学校里,我才有空出来。"

"你真有福气啊,孙子都这么大了,好好享清福。"大家七嘴八舌,羡慕之情溢于言表。

岑百坤站在人群外面,开心地看着她。顾国美就是顾国美,活得像一团火,从来不让人感到冷。他不由得想到,假如那一年,她说要来病区陪他一起过下半辈子,而他同意了的话,现在的他们,会过着怎样的日子?她也会像这样开心吗?

"国美啊,我们就要搬家了,听说要搬到长青沙去,政府在那里帮我们盖了四层小洋楼,还有电梯,每个宿舍都有洗澡间,以后你怕是要到新病区去看我们了。"病友们抢着告诉她这个好消息。

"真的呀?那太好了!这里又脏又破,你们早该搬出去了。现在外面的世界变化真是大呀,到处都是水泥马路,家家户户都是小洋楼,电视都是彩色的,城里的楼房一年比一年高,你们真应该出去看一看。现在很多村子说是要拆迁了,政府要统一建设新农村,老房子要全部拆掉,家家户户搬到镇上住楼房,政府还倒贴钱给农民……"

顾国美带来了多少激动人心的好消息啊!对他们来讲,外面的世界被封锁了。

第六章
岑百坤：欠你三生承诺

三四十年前,那块江边荒地是个滋生蚊蝇细菌、令人望而生畏的鬼地方;现在呢,反而成了开发商眼中的风水宝地。大多数病友对搬进新居还是充满期待的,也有住惯了这里的病友不愿搬走。大家围在一起叽叽喳喳讨论起来,顾国美和岑百坤进了宿舍。

"喏,你的鞋子也穿得差不多了吧?"顾国美看一眼墙边那一溜半新不旧的布鞋,顺手塞给他一个包裹,不用摸,他知道那里面全是布鞋。打开数了数,六双——三双单,三双棉。

"我回去还得多做几双鞋给你留着,我的眼睛越来越不清楚了,以后会做得越来越少了,你还真的要省着点穿了。"

"你怎么这么瘦了? 莫不是病了?"岑百坤顾不上欣赏鞋子,迫不及待地问她。刚才他在外面就想问了,和前几年相比,她瘦得不像话。

"我挺好的,没有哪里不舒服,千金难买老来瘦嘛!"

她不时抬手揉揉眼睛,他注意地看了看,她的左眼球上有一层薄薄的云翳,像遮住日头的云。"你也有白内障了?"他惊问。

"早就有了,是慢慢长起来的。女儿说要带我去开刀,医生说,开刀后可能还会长起来,开刀后还很疼,我想想,还是不开了,都快 70 岁的人了,熬那个疼干什么?看不见就看不见了,反正也看够了,再说,不是还有一只眼睛看得见吗?"她的口气淡淡的,都患过麻风病了,白内障又算什么?

那天临走时,她对他说:"我以后恐怕很少来看你了,眼睛不太好,看路不清楚,路上车又多,不安全。"

他把她送到大门口,看着她慢慢地消失在他的视线里。

但是她和他都没有想到,那竟是他们见的最后一面。

2013 年,已经搬到新病区、住在二楼宿舍里的岑百坤接到了一个电话,电话那头,一个哭泣的女声告诉他:"舅,我妈去世了,肺癌。病了有几年了,她不让告

隐居者
YINJU ZHE

诉你。"

电话是顾国美的女儿打来的。

他去奔了丧。并且这辈子第三次，也是最后一次抱了抱她，只是躺在棺材里的她全身冰冷僵硬，再也没有了往日的温度。他背过脸，泪水涟涟，哗哗地砸在自己的脚背上，砸在她亲手做的布鞋上。

他没有等她进火化炉，他第一次怨恨她的不通情理，她居然没有等他一起走到生命的尽头。而且他也明白，等她从火化炉里出来之后，她就要回到老李的身边了，老李墓穴的另一半在等着她。

在他返程之前，顾国华的女儿递给他一个大包裹，不用摸就知道，还是几双鞋。

"舅，我妈要我转告你，她再也不能给你做鞋子了，你现在要省着点穿了，天气好的时候，要经常拿出来晒晒太阳，不要再让鞋子发霉了……"

岑百坤拎着几双鞋子跟跟跄跄地走在圩埂上，江风迎面吹来，像她多情的抚摸。无知的风吹散了他的喃喃自语："给我做鞋子的那个人，永远走了……"

对岑百坤来说，余生从此变得寒冷而漫长，世上没有什么比孤独地走在暮年的寒风中更凄凉了。唯一的温暖，来自脚下。

第七章　周维新：一纸难写一生

我们热爱这个世界时
才真正活在这个世界上

——印度诗人拉宾德拉纳特·泰戈尔《飞鸟集》

【采访手记：每次回如皋，我最念念不忘的，是一位叫周维新的老人，他曾是江滨医院院长。1995年冬天，父亲去世十六年后，我第一次去江滨医院时，就曾在他家住过一晚，记忆中他有一儿一女两个孩子，他和爱人都很热情客气。2000年之后再去医院探望病人时，我听说他已退休，回到如城居住。但我每次来去匆匆，都未能联络上他，只是听说他家的遭遇十分不幸——儿子创业心切，因债务与人结怨，导致斗殴伤人，坐牢数年，离异，留下一子；女儿十多年前因难产去世，也留下一子。周维新腿脚行走不便，听力不好，与老病友们逐渐失去联系。2018年3月16日，我在病区于洪春医生的陪同下，几经打听，终于来到周维新老人的家。】

一

总有一些伤疤，揭不揭开都是痛。

隐居者
YINJU ZHE

周维新的家位于如皋西区一栋老旧的楼房里,因为提前取得了电话联系,我们很远就看到老人瘦长单薄的身影等在楼洞口。这栋楼房外墙斑驳,楼内墙体污浊,楼道昏暗,看起来年岁已久。周维新老人腿脚不便,上楼下楼极为艰难。我们陪他慢慢爬上四楼,却见他的爱人王慧如躺在里屋的床上。春节前,王慧如外出买菜,不小心踩在冰上摔了一跤,右胳膊摔断,至今还打着绷带。

这是一套老式的两房一厅一厨一卫,六七十平方米,南北通透。3月的如皋乍暖还寒,大概是为了房间里空气流通,房间的前后窗和门都开着,冷风嗖嗖地从窗户钻进来,又从前门溜出去,像来去莫名的过客。

我在房间里陪着王慧如闲聊,于洪春和周维新在外间扯着嗓子喊话(周维新耳朵不好,两人的交流只能靠吼)。

我们的话题首先从王慧如的女儿难产去世开始,虽然生活给了王慧如一连串的磨难打击,但如今回忆往事时,她的口气和表情,却平静得如同讲述别人的故事。

女儿生下孩子三个小时后,还没来得及看一眼孩子,就因大出血去世了,一家人在同一天经历了大喜和大悲。生活的残酷就在于,它从来不会因为你没有做好思想准备或是你早已历经磨难而对你手下留情。

王慧如在一番呼天抢地的哭喊之后,冷静地抱起嗷嗷待哺的外孙,靠着向附近人家月子里的新妈妈讨奶水、熬米汤,终于养活了苦命的小外孙。

那时候王慧如的儿子也已结婚生了个男孩,比外孙只大10个月。王慧如一手带孙子,一手带外孙,常常手脚并用,焦头烂额,却也虽苦犹甜。

王慧如的外孙4岁时,女婿再婚,娶了一个离异但不能生育的女子,这位女子性情善良,和没有血缘的小继子相处融洽,亲如母子,这令王慧如和周维新夫妇大大地松了一口气。

女婿再婚后和现在的爱人在上海开公司,生意做得顺风顺水。逢年过节,女婿

第七章
周维新：一纸难写一生

两口子都会回来看望周维新和王慧如老两口,张口闭口爸爸妈妈,每次回来必带礼物,还曾开车带他们去上海游玩,如今外孙已经15岁,从小到大,成绩一直是班级里的第一名,这令饱经沧桑的王慧如和周维新倍感欣慰。

至于儿子,王慧如说得比较含糊。儿子很聪明,只是时运不济。儿子结婚后,在岳父家附近开了一个小饭店,买了一辆二手汽车,因为这辆二手车曾经出过车祸,儿子扣下了一些余款不给卖家,于是和人结下了梁子。一个晚上,对方召集了一些社会人士来要钱,儿子见势不妙,也打电话找来了几个帮手,一番混战后,对方有人受了重伤,于是儿子被抓,判了五年,现在盐城服刑,媳妇也跟他离了婚。可怜的孙子只能在爷爷奶奶和外公外婆家轮流吃住。

说完女儿和儿子,王慧如才开始说起老伴儿周维新和自己的故事。

周维新现年86岁,年轻时当兵,去了大连某海军部队服役,原本应该有一个光明的前程。谁知他命运不济,在部队期间,被查出患了肺结核(在江滨麻风病医院,病友们说周维新得的也是麻风病,不知是他自己不愿承认,还是确实是肺结核,因为肺结核患者和麻风病患者用的都是抗结核药),他先是在大连某疗养院疗养,后来又在疗养院里当了管理干部。因为身体原因,一直单身。

王慧如现年72岁,母亲在43岁时才生了她,是个独女,虽然家境贫寒,却也勉强将她供到了初中毕业。王慧如自小聪慧,知书达理,家务活儿样样精通,父母想老有所依,所以很想找个上门女婿。媒婆也介绍过几个男孩,只是人家看到她家一无所有,还有两个年迈体弱的老人需要赡养,纷纷打了退堂鼓。那时的王慧如年轻气盛,见那些男孩嫌贫爱富的样子,特别反感,说宁愿做个老姑娘,也不委屈自己和爹妈。

1971年,回家探亲的39岁的周维新经人介绍,认识了25岁的王慧如,尽管年龄相差14岁,可两人都是大龄未婚,急于成家,于是认识没多久,就在如皋举行了简单的婚礼。由于周维新还需回大连工作,两人暂时两地分居。

隐居者
YINJU ZHE

1973年,他们的儿子出生。1975年,他们的女儿出生。有了孩子之后,周维新开始考虑与家人团聚。他向工作单位打报告,要求调回江苏老家,鉴于他的实际情况,他的请调报告很快得到了批准。

1982年,周维新回到了江苏如皋,赴江滨麻风病医院任院长,王慧如这才带着孩子一起搬到医院居住。1995年,周维新退休。退休后,周维新用省吃俭用的4万元钱,买了现在的两室一厅,总共73平方米。如今,他的退休金每月有4500元,而他们老两口省吃俭用,每月只花300元足矣,极少买鸡鸭鱼肉。亲戚朋友都说他们太过节俭,王慧如说:"总要给儿子和孙子留点什么吧,今年年底儿子就要回来了,40多岁的人了,不能让他要什么没什么。"

这就是典型的中国式父母。父母的慈爱,是子女取之不尽的福分。

我和王慧如聊了将近一小时,再回到客厅与周维新老人聊天。但耳朵不佳之人,说话声音却大得吓人,他们听不见,唯恐别人也听不见。

为了让周维新老人省点力气,于洪春建议我给老人写个提纲,他再根据我的提纲,把我要采访的内容写下来,并且老人的文笔不错。这倒是一个非常不错的建议,我当即在一张纸上写下了如下几个采访提纲:

一、您何时当兵,何时发病,治疗情况。

二、您在病区工作时的人物故事,越详细越好。

三、病情对自己的一生有什么影响,以及个人感悟。

四、病区的工作经历,有哪些印象深刻的事件。

五、麻风病区的病人们生老病死的情况。

六、病人之间的恩恩怨怨等。

之后,我们离开了周维新家,去采访由他推荐的另一位江滨麻风病医院的管理干部谢同杰。

第七章
周维新:一纸难写一生

二

无论是结核还是麻风,对他来说,都是不愿被人揭开的生命史页。
他选择性地遗忘,也许来自潜意识的自我保护。

2018年3月23日,我还没有回到美国,便收到了江滨医院于洪春医生发来的微信,打开一看,是整整九页信纸的照片,再一细看,信是周维新老人写给我的,是我给他安排的"任务",他准时"交作业"来了。周维新老人的信写在过去流行一时的"上海海鸥纸品厂"出品的16开红色双线报告纸上。字迹昂扬潇洒,如行云流水,全然看不出出自一个86岁老人之手。

可是我一看标题"关于麻风病的粗浅见解",心想:哎哟喂,这完全是做报告的口气啊!好像和我要的内容根本风马牛不相及呢。但是,慢慢读下来,字里行间,我却捕捉到了老人心中一种别样的情绪。

以下,就是周维新老人写给我的信,我原封不动转录在此,个别字有所调整。

关于麻风病的粗浅见解

一、我的简介

我1953年8月之前上学,从小学上到初中。1953年8月初中毕业后参加中国人民解放军。(按照周维新老人现年86岁计算,他应该是1932年出生,那么1953年他是21岁,21岁才初中毕业,似乎有点晚,此处有些不详。)1957年,因患肋骨肺结核病,转辽宁省第六康复医院(该院是为中国人民志愿军回国康复而设立)治疗,病愈后,转业留院两年。该院后改为辽宁省麻风病医院,收治辽宁省、吉林省、黑龙江省的麻风病患者,后又改为大连市皮肤病防治所。

隐居者
YINJU ZHE

于是,我就这样成为防治所的工作人员。1982年,调回老家江苏省如皋市江滨麻风病医院,负责麻风病区的管理工作,一直到1995年退休。

二、人生(观)的确定

我的人生观的形成,就是从从事麻风病防治工作开始的,开始天天与麻风病患者打交道,生活在一起,对病人的酸、甜、苦、辣,悲惨的生活情绪,有所了解,感受深刻,牢记在心,终生难忘。

我所接近的病人,有80多岁的老人,有10多岁的少年,中年居多。生活方面,家庭经济情况贫困的占多数,生活条件较富裕的还没有见到。由此可见,经济状况对此病有一定影响。生活困难的人,身体抵抗麻风病菌的能力较弱,容易得此病。生活条件好的人,身体对抗抵御麻风病菌的能力强,得此病的就很少。麻风病患者以生活贫困的劳苦大众居多。我家的生活也很贫困,因此我对麻风病患者深表同情和惋惜。在思想上就下定决心,为麻风病患者服务;在工作中就把他们当作亲人一样对待,想他们所想,急他们所急,尽责尽力为他们服务,使他们早日康复。

三、客观科学地认识麻风病

对于麻风病这个医学问题,我是没有发言权的。我不懂医学,不负责治病,只负责病区的日常生活和管理工作。我只能从管理方面,说一说自己的浅陋认识,仅供参考。麻风病和其他病一样客观存在,不以人们的意志力为转移。对麻风病患者有个认识问题,旧社会由于种种原因,对麻风病不能客观、科学地认识。一谈到麻风病就谈虎色变,认为此病可怕,传染性极强,因此对麻风病患者就有不同程度的歧视,这是旧社会遗留下来的旧观点。新中国成立后,党和政府对麻风病患者有不同的看法,认为麻风病是一种可防可治、传染率很低的皮肤病,只要早发现早治疗,就能得到康复。在加大防治力度后,取得巨大成果,这是有目共睹的事实,谁也否定不了的。就我们如皋来说,根

第七章
周维新:一纸难写一生

据医院现有的资料统计,145万人口中,全市患此病只有300人。住院70人,长住43人,长期在家敷药治疗的27人。由此可见,麻风病患病的人数比患癌症和糖尿病的人数少得多。再从建院地址看,建院初期,由于对麻风病认识不够深刻,医院都建在偏僻、人口稀少的地方,辽宁省建在海边上,距离城市较远,如皋建在长江边上,是离村庄较远的地方。这样接近的人就少,传染的概率就小些。现在国家根据麻风病传染的实际情况,把医院都迁到城里去了,辽宁省的建到大连市内,如皋的迁到长青沙,这都证明要正确科学地认识麻风病,正确对待麻风病患者,麻风病不可怕,不要歧视麻风病患者。

四、深深的感受

1. 党和政府的重视,是麻风病防治工作取得巨大成就的根本保证。

我深深感受到,党和政府对麻风病防治工作和其他疾病防治同等对待。无论在经费、建院、医务人员配备、科研等方面都给予大力支持。这对麻风病防治工作能取得今天的成绩起到了决定性的作用。

2. 根据麻风病的特殊情况,采取治疗与劳动相结合的体制是可行的。

麻风病患者在院以治病为主,参加力所能及的劳动,如护理员、炊事员、门卫、农副业生产等。病人住院的一切费用,都是免费的,劳动的报酬归自己。这样既减轻病人的负担,劳动又锻炼了身体,增强了抗病能力。这是一种好的体制,值得肯定,既为国家减少了开支,又为病人增加了收入。

3. 在病区建立服务组,协助医院的工作。

根据病人当中有些具有领导和业务能力的,挑选到服务组里来,负责医疗、食堂管理、会计、农副业生产。通过他们,把医院布置的工作,很好地贯彻执行。他们说话病人愿意听,我们工作人员难解决的问题,他们去就很容易解决了。在我的认知上,建立这样的服务组值得提倡和推广。但我也认识到,要使这个服务组的人员更好地发挥作用,还要对他们的切身利益加以关心,解决

隐居者
YINJU ZHE

他们的后顾之忧,在江滨麻风病医院就解决了四个人编制的问题。我将他们的情况向民政局蒲文海局长做了汇报,事后,局里就给解决了,他们的工作就更加主动,尽责尽力,工作很有起色。

4. 在男女关系之间处理问题。

在人类社会生存当中,两性关系是客观存在、不可避免的事实。男女一有交往,就会产生感情,这是必然的。江滨麻风病医院在我来到之前,若男女之间确实产生了感情,双方可申请、自愿结合一起生活,保证不生育,这样他们可以互相体贴帮助,我认为此做法是可行的。

五、永记心中,终生不忘。

1. 人命关天的事,要尽责尽力,不得有丝毫的马虎大意。

有一天深夜,病区的丁医生向我报告,病人邹某某胃出血不止。我和丁医生考虑到本医院抢救条件有限,决定转至石庄地区医院抢救。我对丁医生说,丁医生,你尽一切力量抢救,我去安排车辆。我到医院找汽车,(汽车)不在院。到麻风病区找拖拉机,拖拉机也不在家。就去砖瓦厂,有车没有司机。有人建议去一大队找。在这紧急时刻,我考虑到时间不能再拖了,当机立断,找了几个病人,用大车拖到石庄地区医院。经过石庄地区医院的医护人员奋力抢救,病人被抢救过来了。石庄地区医院的医护人员说,再晚来几分钟就不好说了。邹某某的命被抢救回来了,现在还健在。这件人命关天的事,当时稍有马虎大意,后果不堪设想。在我的脑子里,一辈子难忘。

2. 病人对我的感情难以言表。

我没有想到,干麻风病防治工作三十多年后,在1995年退休时,病人对我的感情这么深厚,知道我退休了,他们自发地举办欢送大会,排成长队,抬着大匾,敲锣打鼓,放着鞭炮,欢送到家,照相留念。还自觉自愿地合伙出钱,给我买上生活用品(被子、蚊帐、煤气灶、煤气罐等)。我退休至今二十三年间,还

第七章
周维新：一纸难写一生

有徐某某等病人来我家看望我。我有机会到医院去，也去看望他们。我们之间的感情，比海深。我永远记在心中，终生不忘。

由于我的文化水平低，写作能力差，加上年龄的关系，写不出像样的东西来，有错误的地方，请予以纠正为盼。

周维新

2018 年 3 月 23 日

读完周维新老人的信，我陷入了长久的思考中。我在病区走访时，很多病友告诉我，周维新也是因患麻风病在江滨麻风病医院进行治疗，20 世纪 80 年代初期医院划改后，有文化又有管理经验的周维新做了院长直至退休。但是，在周维新老人的这篇"回忆录"中，他并没有承认自己得的是麻风病，他把数十年的坎坷经历，最后只浓缩成了薄薄的 9 页信纸。无论是结核还是麻风，对他来说，都是不愿被人揭开的生命史页。他选择性地遗忘，也许来自潜意识的自我保护。

尊重他，就是岁月对他最好的回报。

第八章　朱静安:成败不由人

只有经历过地狱般的磨砺

才能练就创造天堂的力量

只有那流过血的手指

才能弹出世间的绝响

——印度诗人拉宾德拉纳特·泰戈尔《飞鸟集》

【采访手记:2018年3月18日上午,于洪春医生驱车陪我去吴窑镇,寻找一位名叫朱静安的老人。折磨我三十多年的偏头痛,从夜晚到清晨,在我的脑海里疯狂撕扯。我在上车前吃了一片止痛片,昏昏沉沉地上路。3月的春雨从早晨开始飘洒,乡村的上空斜雨纷飞,地里的麦苗茂盛如绿色地毯,成片的油菜花送来大自然的甜香,无论岁月如何更替,总有一些古老的秩序从不紊乱。

到了朱静安家,于医生替我讲明来意。朱静安开门见山,张口就说:"我自己就有麻风病,18岁就进了陆家庄(也叫河庄)麻风病医院接受治疗。"这是他对我说的第一句话,如果不是他自己开门见山地承认,我从外表上绝对看不出他曾患过麻风病。而我也是第一次听到一个麻风病患者如此大方磊落地承认自己身上曾有过的疾病标签,他的坦荡豪爽可见一斑。在他家干净明亮的新居里,我们三人围坐在八仙桌的三边,他痛快地拨开岁月的迷障,抵达五十一年前的回

第八章
朱静安:成败不由人

忆之源……门外,春雨飞扬。】

生病是一件不幸的事情,但是既然活着,就要做活着的打算。
有人百炼成钢,有人百炼成灰。
朱静安觉得自己就是那个百炼成钢的人。

现年69岁的朱静安,家有兄弟姐妹6人,他排行第二。初中毕业后,他回家务农。也不知是哪一次田间劳动时的不小心,使他感染上了麻风杆菌。最开始,是右膝盖上莫名其妙长了一层皮癣,经久不退。他和其他所有初患者一样,用了无数的中草药也无济于事,皮癣范围越来越大,后经检查,是麻风病。家人将他送到了陆家庄,他的命运在此拐弯。那是1967年,朱静安18岁。

朱静安住院期间,医生们见他病情较轻,又识字,人也灵活,便请他每天帮忙给病人发发药、量量体温,他倒也心甘情愿,做得干净利落。久而久之,他便成了医护人员的小助手。除了发药、量体温,他还经常跟一些病人聊天,他把从书上看来的故事稍作修改讲给他们听,逗他们一乐。

治疗麻风杆菌的药和抗结核病的药一样,很苦,难吃,有些病人不喜欢吃,会偷偷将药扔掉。医生们无计可施,于是从病人中间选了几个积极治疗者帮助发药,必须亲眼看着病人将药服下,朱静安就是医生的小帮手。有的病人年纪大,脾气坏,不肯吃药打针,朱静安难免被骂,他也不气,连哄带骗地让病人乖乖就范。朱静安经常跟病人说:"生病是一件不幸的事情,但是既然活着,就要做活着的打算。"

久而久之,用现在的话说,乐观又勤快的朱静安成了医院的"院红",病人和医护人员都喜欢他,后来他又被调去食堂为病人做饭,一做就是两年。别人住院吃尽苦头,他住院还能拿工资,他认为自己的幸运是老天给他的补偿。

1974年底,江滨麻风病医院建成,25岁的朱静安和其他麻风病友一起被转到

隐居者
YINJU ZHE

了江滨麻风病医院。他遇到了同在这里治病的谢晓玲,谢晓玲的麻风病是在指头上,病情属于最轻的一种,两人在同病相怜的治疗过程中,渐渐产生感情。但是当时政府不允许麻风病友结婚,他们只能将对对方的好感深埋心底,彼此暗暗努力,配合治疗,争取治愈后两人在一起度过余生。

好像正应了"爱笑的人运气不会差"这句话,朱静安的运气从患病的谷底开始慢慢回升。

1976年,朱静安和谢晓玲的麻风病得到了彻底治愈,拿到了医院颁发的"治愈证",后经卫生局批准,两人结了婚。但婚后两人并未离开病区,因为从1975年开始,朱静安已经转为医院的劳动合同制员工,成了病区的一名编外医护人员,拿医院发的工资。对来自农村又患过麻风病的他来说,那时的每月五六十元工资,可是一笔能让全家振奋不已、令全村人羡慕嫉妒的收入,他自然不会轻易放弃,妻子也不同意他放弃。

1977年,儿子出世。为了儿子的健康成长,谢晓玲带着儿子回到吴窑老家,耕田种地,抚小养老,勤俭持家。朱静安每周日披星戴月回家探亲一次,农忙时,也会回家帮忙干几天农活儿。在病区的数百名病友中,朱静安自认为是比较幸运的。很多病人因病情较重,不仅有家难回,并且与婚姻无缘,后继无人,甚至有人在命运的重压下选择一了百了。

1974至1980年的五六年时间里,病区最高峰时有2200名左右的病人,当时最大的困难是宿舍和粮食,两三个人一个病房,每两个病区一个食堂,每个食堂由三四个手脚齐全、病情轻微的病人做饭。说是做饭,其实特别简单。1974年那个冬天,数百名麻风病患者从各地诊所集中迁到江滨麻风病医院时,荒地尚未开发,地里颗粒全无,病人们只能将先前兴建医院的建筑工人们种的萝卜的缨子和少得可怜的一点面粉熬成糊糊,一人一勺熬过了那个惨淡的冬天。后来,随着荒地的逐渐开发,搞鱼塘、栽果树、养鸡鸭的逐渐兴起,病人们才逐渐摆脱了饥饿,但随之而来

第八章
朱静安:成败不由人

的,又是和附近偷窃庄稼的村民们进行的斗智斗勇。

最糟糕的是麻风病患者大爆发时期,每天都有100多名病人被拖拉机一批批送过来,乌泱泱倾泻在这个荒凉的江边空地上。有些后来的病人无屋可住,只能用芦柴棒临时搭建窝棚,聊以栖身。糟糕的生存环境、无法管饱的一日三餐、肉体的病痛折磨、令人绝望的治疗、来自社会的偏见和家人的嫌弃,如同一把把凌迟的钝刀,切割着麻风病患者一息尚存的生活勇气。

有个从拖拉机上被人抬下来的瘫痪病人,刚到病区的头两天,人们还能听到从他的宿舍里传出的号叫声,那是他在咒骂疼痛。第三天,号叫声没了。有人发现,这个连下床都不方便的人,却用自己的裤带,成功地把自己拴在了窗棂上。

还有一个女病人,40多岁,家有一儿一女,病情是三期。来到病区一个星期之后,她在一个冬夜,神不知鬼不觉地"睡"在了河面上。好像唯有在水里,才能把自己洗得干干净净,才能脱胎换骨一样。

这两起病人自杀的事件,在病区引起了极大震撼。当时的医院负责人还给病人们开了大会,鼓励大家要面对现实,勇敢跨过个人心理上的鸿沟,对未来充满信心,积极配合治疗,将来还有机会回归社会,回归家庭,享受美好生活,等等。不知道有多少病人能听进去这样的话,但是后来,自杀者还是少了。

有人百炼成钢,有人百炼成灰。朱静安觉得自己就是那个百炼成钢的人。他一边帮病人们注射、挂水、量体温、量血压和发药,一边兼职心理咨询师。他一遍遍告诉他的病友们:"这个病不会死人,只要你不想死,阎王爷也不会强收你。"有时候,他会指着不远处灰蒙蒙的长江对想不开的病友说:"你看长江没盖子,谁跳进去都行,但是你跳进去,也就是一个水泡泡,地球少了一个你,还是会照样转,没有人会记得你来过这世上。好死不如赖活啊,说不定活着活着,就会有张大饼落到你头上呢!"

有些病人还真被他劝住了,把他当亲人一样,跟他称兄道弟,他比正规医生还

隐居者
YINJU ZHE

受欢迎和信赖。甚至有病人指名道姓,要求朱静安给他们换药。同病相怜,是朱静安抵达病人心灵最好的途径。

转眼到了20世纪80年代初期,麻风病患者经过有效治疗,大多数病情轻微者得到了治愈,纷纷回归家庭和社会。但有一些病人,病治好后也不愿回家。因为在病区里,人人都是平起平坐,没有互相歧视,但到了社会上,他们身上的"麻风病"标签,将是如影随形的刻骨烙印。唯一不同的是,治愈的女病人大多数选择了回家,这是因为单身的女病人回家,只要不挑三拣四,总有合适的人家愿意收留。男病人则不同,如果病前已经成家,尚有家可归;若病前单身,无论回归社会还是家庭,都是一条看不见未来的路。所以,滞留在病区的男病人比女病人多很多。

能够在病区里顺利地找到另一半相伴到老的幸运儿,少之又少。祝友全和朱静安,则是为数不多的几个幸运儿中的两个。他们共同的特点是:病情较轻,有知识,有文化,心态好。尽管是在麻风病区,但女病人的择偶也是看条件的。病区也是个小社会。

1983年,江滨麻风病医院由原先的如皋卫生局系统管理,划改为由如皋民政系统管理,医护人员也随之纷纷撤离。鉴于当时的特殊情况,如皋民政局制定了一个特殊的政策——从病人中挑选有文化、病情轻微或已经痊愈的病人,进行相关医疗知识培训之后,颁发培训合格证书,成为有正式编制的医务人员,拿国家工资。朱静安就是幸运的四个人中的一个。有了正式编制,工资也涨到了每月120元,朱静安十分满意。另外,给病人打完点滴后,那些空置的玻璃盐水瓶还可以集中回收,也是一笔隐性收入。

生活如一条大河,裹挟着朱静安从遥远的20世纪60年代跌宕起伏地来到了21世纪,虽然一路风雨飘摇,所幸最终守到了云开日出。

2000年,朱静安唯一的儿子结婚了,接着先后生了两个孙子,大孙子如今17岁,在读高中,小孙子在读小学,儿媳妇在家务农并养育两个孩子,儿子在外做电焊

第八章
朱静安:成败不由人

工,月收入也有好几千。

朱静安 2011 年退休,当时每月可以拿到 2200 元退休工资,现在每月可拿 4600 元,比村里大部分在外打工的年轻人挣的都要多。在他家新居雪白的墙壁上,挂着不少镜框,镶嵌着他和爱人曾经去过的旅游景点的照片。北京、上海、南京、海南、云南、广西……照片上的他们站得笔挺,笑得灿烂,和身后著名的风景融为一体,毫无违和感。

采访到最后,我请朱静安老人总结一下自己的一生,他不假思索地说:"我觉得要感谢麻风病,它毁了我,也成就了我。"

我们临走时,朱太太给于洪春的车上硬塞了一篮子土鸡蛋,这是勤勤恳恳的土鸡们为乡下主人准备的送给城里的客人们最体面的礼物,这是一份无以为报的情怀。

【离开朱静安家的时候,春雨还在半空中斜飞,我坐进于洪春的车里,侧头倚在车窗上,耳朵里回响着朱静安老人的最后几句话:"我记得你的父亲和叔叔,他俩都是高个子,你叔叔患的是淋巴癌,是我护理的,他后来被截了肢,截肢部位长出来的肉都是紫色的,我印象很深……"

我的偏头痛持续加剧,胃里翻江倒海,翻起的热浪冲上了眼眶,淹没了我凝望春天的眼睛。】

隐居者
YINJU ZHE

第九章　赵氏兄弟:向死而生

我对你已有预感,时光流逝
我感觉你的容颜却宛然如昨

大地上燃起了熊熊烈火——火光逼人,我无处可藏
我怀着爱和忧愁默默地守着你的荣光

地平线上全是火,你的身影马上就要出现
可我却满腹忧虑:万一你的容貌不像过去了呢

万一你起了疑心
万一岁月最终让你面目全非

啊,那我会心如刀割,一头栽倒在地
终生的理想如肥皂泡般破裂

大地多么光明! 火光越来越亮
可是我忧心如焚:万一你的容貌焕然一新
　　　　——俄国诗人亚历山大·亚历山大德罗维奇·勃洛克《无题》

第九章
赵氏兄弟:向死而生

【采访手记:在2014年建档的《如皋市长江镇麻风病院登记簿》上,我发现了两个亲人的资料信息。一个是编号为0115,姓名"赵夕桂",而非正确的"赵夕贵",不过这并不影响我轻易地辨认出他就是我的父亲。出生年月:1930年;发病年月:1950年;发现年月:1950年;发现方式:门诊;型别改型:LL;住址:江防永福村10组。病情治(自)愈时间一栏为空白,下一栏是死亡时间:1978年。另一个编号是0425,姓名:赵夕玉;出生年月:1938年;发病年月:1953年;发现年月:1957年;发现方式:门诊;型别改型:TT;住址:九华赵园村10组。病情治(自)愈时间为空白,下一栏是死亡时间:1980年5月。

赵夕玉是我父亲的亲弟弟,也就是我的小叔。但我可以肯定的是,小叔的死亡时间完全错误,因为小叔是在父亲的怀里死去的。那么他们的发病和就诊时间,也就无法论证是否正确了。毕竟,在20世纪五六十年代,用简单的手书做成的记录,是抵不过数十年间的洪水、火灾和虫啃鼠噬而完整无缺地保存至今的。

截至2014年,这份资料上登记在册的长江镇麻风病患者共有256人,健在者尚有96人。而在麻风肆虐的20世纪70年代最高峰期,如皋江滨麻风病医院曾接纳了2000多名病人。我的父亲和小叔,曾是其中的两位。最为可悲的是,我的小叔并非死于麻风病,而是淋巴癌。这是我在走访江滨医院时,从病人们口中得知的!】

一

父亲移民的这一情节,总让我不禁想起《百年孤独》中,

隐居者
YINJU ZHE

> 在荒滩上创建马孔多小镇的何塞·阿尔卡蒂奥·布恩迪亚,
> 赤手空拳建起一个村庄,是多么勇敢的壮举。

虽然我已经写了那么多麻风病患者的故事,并且尽量保持着冷静客观,但是,当准备写下两位至亲的故事时,我依然紧张到偏头痛频频发作,如果这是父亲和小叔对我的鼓励或暗示多好。尤其是我的小叔,因为以前对他所知不多,所以在我的自传《谁的奋斗不带伤》里,只有过数百字的描述,有些细节也不甚准确。直到2017年8月母亲去世之前,我在母亲病床前陪伴了三个月,她把家族的历史一页页向我翻开,我才得以窥见发生在我那不大的家族里的悲情往事。母亲的讲述断断续续,像一块块边缘模糊的碎布片,我必须费力地用记忆的针线慢慢缝合,才能勉强拼凑成一件陈旧的家族外衣。

在我的记忆中,我父亲的老家赵家园是个神奇的地方,不说别的,单单是那棵至今活了1300多岁的银杏树,就足以让这方水土配得上"人杰地灵"四个字。古银杏树位于当地小学校园里,面河而立。据专家测量鉴定,这棵银杏树王树围达6.8米,树高23米,树冠平均冠幅19米,它饱经千年风霜,却又生机勃勃。它的身上常年挂满朝圣者的红布带,旁边不知何时修建起一座香烛亭,供人烧纸焚香。我的父亲和小叔一定曾多次站在这棵来自唐朝开元盛世年间的古树下,像我一样有数百个问题想要从它身上找到答案,但从未如愿以偿。神树像个活了1300多岁的神秘哑巴,看尽天下冷暖,阅尽人世沧桑,却莫测高深,缄默不语。

当地人祖祖辈辈都姓赵,也许千年以前,这棵银杏树的主人便是姓赵?只是令我一直百思不解,也无从寻找答案的是:为何这样一个人杰地灵的地方,我的父亲和小叔却没有得到任何庇荫和护佑?

尽管贫穷,我的爷爷和奶奶依然成功养活了三男一女四个孩子,依次为大伯、姑妈、父亲和小叔。小叔出生时,父亲已经8岁。农村的8岁孩子,完全是父母的

第九章
赵氏兄弟：向死而生

小帮手,小叔几乎是在父亲的背上长大的,晚上俩人也是脸对脸,肚皮贴肚皮,互相搂着睡觉。当大伯和姑妈在生产队挣工分的时候,我的父亲正带着他的弟弟,在那棵古银杏树下,和村里的其他孩子热火朝天地捉迷藏,偶尔也会顽皮地像猴子一样爬上古树,手搭凉棚,越过树梢看远方,以为目力所及处,就是世界的尽头。不过若是被大人看到,那就不好玩了,大人们会大惊小怪地呵斥他们赶紧爬下来,再撅着屁股对着神树磕几个响头,祈求"神树不记小人过"。

赵家园不仅有1300多岁的古银杏树,也有四通八达的小河汊、江滩和港湾。当小叔长到八九岁时,我的父亲已是大少年,他经常带着他的跟屁虫弟弟,去附近的河汊或者港湾里,摸蚌摸蚬摸螺蛳,捉鱼捉虾捉螃蜞。尤其是夏季,螃蜞是江边芦苇滩上数量庞大的访客。白天的螃蜞比较古灵精怪,见人就躲,一有动静,便迅速钻入沙洞,需要动手挖掘,比较费劲。晚上的螃蜞有点痴呆,被灯光一照,原地趴卧,一动不动。所以到了晚上,父亲和小叔便一个提铁皮桶,一个提灯笼,去江滩上捉螃蜞,一晚上可以毫不费力地捉上一桶,或是第二天早晨拿到集市上换来米面,或是全家人美餐一顿。

螃蜞消失的时候,秋天也就来了,河滩上那一片片由青转黄的芦苇和茅草,会纷纷倒伏在父亲和小叔的镰刀下,成为家里一整个冬天的燃料。白白的芦苇花,会被爷爷用来编织全家人过冬用的毛窝儿。

但是,不知道是哪一次的不小心,也不知从何时、在何地,父亲不幸感染上了麻风杆菌。被确诊之后,赵家园就成了父亲再也回不去的故乡。(不知道父亲离开家乡那个夜晚,是否去向那棵1300多岁的神树辞行过?是否曾含泪叩问它为何没有庇佑和保护他?不知道已经12岁的小叔,可曾抱住他亲爱的小哥,哭着耍赖不许他走?我的爷爷奶奶,是否也像其他善男信女一样,去神树上挂一条红布,为父亲祈求平安?至今,我也弄不清楚,当年我20岁的父亲,到底是被家族驱逐出门,还是主动背井离乡。总之,父亲是在一个无月的夜晚,背着一个用草席卷着衣物的行

隐居者
YINJU ZHE

囊,孑孑而行,一路向西,流浪而去。这也是母亲断断续续告诉我的一面之词,随着赵家长辈们的纷纷离世,我已无从考证。但父亲背井离乡的这一行为,总是令我想起一部名为《砂器》的日本电影,主人公的父亲由于患了可怕的麻风病,被驱逐出自己的村庄,儿子跟随患病的父亲一起流浪,沿路乞讨,夜宿寺庙,受尽欺凌……而我那可怜又可敬的麻风父亲,是不是也曾经历过那样的乞讨和欺凌?每每想到此,心痛便限制了我的想象……)

天无绝人之路,父亲终于在离家二十多里之外的长江边,发现了一大片尚未开荒的滩涂,他在这里遇到了几个因家中兄弟姐妹众多而外出谋生的年轻人,他们合力把滩涂上的茅草和芦苇砍掉,搭建成临时住所,然后在平坦的沙地上,按照季节变换,分别种上红薯、玉米、花生、芋头和棉花等农作物,聊以糊口,自食其力。为了能够吃到清澈卫生的地下水,他们将一口原始的小池塘,挖成了一条日后能够行船的人工河,并在河的两边种上了树木,所以当我70年代初出生时,始于父辈的垦荒已初见成效。新中国成立后的1953年进行的第一次全国人口普查,使这里有了第一个被写进历史的行政村名字,就是后来的江防乡永福村,父亲和那些一起开荒的年轻人成了当地最早的居民。(父亲移民的这一情节,总让我不禁想起《百年孤独》中,在荒滩上创建马孔多小镇的何塞·阿尔卡蒂奥·布恩迪亚,赤手空拳建起一个村庄,是多么勇敢的壮举。)

后来,这块土地上迁来了更多的新移民,村庄编制成了生产队,父亲所在地为永福村10队。当时的村庄规划也比较科学,即使是最简陋的土墙茅草屋,也建得整齐划一,屋后是一条碧波荡漾的人工河,屋前是一条通往外界的没有一丝弯曲的笔直小路,小路前面是被分割成格子状的大片大片的庄稼地,庄稼地里有着四通八达的灌溉渠……当然,他们也十分有先见之明地留下了一块用于数十年后埋葬自己的墓地。父亲是村里第一个使用那块墓地的人。

我曾问过母亲:"你是如何认识父亲的?你嫁给父亲之前,是否知道他患了麻

第九章
赵氏兄弟:向死而生

风病?"

母亲说,她和第一任魔鬼丈夫、三进三出劳改队的杨东启离婚之后,便去了一个村庄摘棉花,这个村庄和父亲所在的生产队相邻,于是她顺理成章认识了单身的父亲。父亲当时是生产队的会计,麻风杆菌潜伏期很长,父亲的病情属于慢性的那种,所以,10多年过去,麻风杆菌只是使父亲的几根手指头无法伸直而已,其他并无任何残疾迹象。刚从杨东启的魔爪下逃出来的母亲,本以为世间男人一般恶,不再相信男人和爱情,谁知,温柔多情的父亲又逐渐软化了她那颗伤痕累累的心。

再说,在那个年代,离过一次婚的女人,是没有太多选择余地的。母亲虽有娘家,却已是"嫁出去的女儿泼出去的水",若有一个男人愿意收留她,即便是瘸子,母亲都不会介意。何况,父亲不仅不瘸,长得还清秀,而且能识文断字,对她也是百般体贴,并且父亲告诉她:"我的病不传染,你不要怕。"所以母亲认为,父亲的出现,是命运之神对她展开的嫣然一笑。因此母亲不顾族人的强烈反对,毅然决然嫁给了我的父亲。那是1963年,母亲30岁,父亲33岁。(感谢母亲的勇敢,否则,这个世界怎会有我的一席之地?我怎能有幸与他们成为相亲相爱的一家人?)

对父亲来说,麻风病令他失去了故乡和亲人,却让他收获了一份意外的爱情,之后他又先后得到了两个身体健康的女儿,也不失为不幸中的大幸了。

记忆中,父亲似乎没有回过赵家园老家,但是我经常回去探亲,欢迎我的只有爷爷和小叔。母亲曾告诉我:因小叔一直未婚,我的妹妹出生以后,小叔曾向父亲要求,将我过继给他做女儿,将来为他养老送终,父亲和母亲毫不犹豫地同意了。小叔非常喜欢我,只要我到赵家园,必定会用尽好吃好喝的招待我。爷爷家后院有一片不大的竹园,小叔带我在竹林里掏过雀窝,喂过小鸟,捡过知了壳,挖过竹笋,捉过萤火虫。他喜欢下雨天坐在后门口,望着沙沙作响的竹林发呆,有时会摘下一片竹叶,放进口中,吹一支不知名的曲子。小叔应该是个性格忧郁的人。

那时候,大伯和姑妈早就成家另过,家里只剩下爷爷和小叔相依为命,屋后的

隐居者
YINJU ZHE

小竹林就是他们唯一的生活来源。小个子的爷爷沉默寡言,他的日常生活就是从竹林里砍下一根根修长的成年竹子,唰唰劈开,修成篾片,编织竹篮,再拿去外面换点米或油回来。我的记忆中几乎没有奶奶的影子,她早早就安睡在了竹林里,竹林也因奶奶的入住而变得不那么令我留恋了。

爷爷也会偶尔扛一根竹竿,竹竿上挑一个他新编制的小竹篮,篮子里往往会有几颗令我和妹妹垂涎的水果糖,颠颠地走上二十多里路,再渡过一条河来我们家探亲。有一次,爷爷到我家放下竹竿时,不禁望着空落落的竹竿目瞪口呆:那个装有水果糖的竹篮,不知何时已从竹竿上悄然滑落,不知无意中甜了哪个孩子的嘴巴。这让我和妹妹失落了好久,爷爷也沮丧自责了很久。以后再来我家时,他不再将竹篮挂在竹竿上,而是挎在臂弯里。

二

小叔曾问过父亲:"如果我截了肢,也不能治好病,怎么办?"

父亲说:"不截肢肯定治不好你的病,截肢了起码有一半生存的希望,赌一把吧!"

小叔听了他的话,乖乖地躺上了手术台。

在1976年到来之前,父母的生活虽然一贫如洗,却也平静安宁。但是,发生在那个时代的全县麻风病患者大普查,让带病"潜伏"多年的父亲再也无从遁迹,只得乖乖地"束手就擒"。父亲被迫入院的那一幕,我也曾在自传《谁的奋斗不带伤》中如实描写过。

第九章
赵氏兄弟:向死而生

父亲去医院之后的心情我不得而知,只是当我日后去病区采访时,有一位父亲的病友告诉过我,入院后的父亲曾仰天长叹:"我们没有犯罪,为什么要被关在这里坐牢?"(如今人到中年的我,试图理解父亲当年绝望的心情,可是我怎么也无法做到身临其境,去体会他曾经经历的痛苦和绝望,为此我感到难以言表的悲哀。)

父亲的病情较轻,被分在一病区居住,因为有些知识,所以被分派到种植小组管理果园。我猜想,父亲一定非常喜欢这份工作,也一定怀着积极配合治疗、争取早日回家的信念而努力工作着的,所以才有了那个丰收的夏天,父亲兴冲冲挑着一担香瓜回家的情景。

父亲的病情也在一日日好转,他还成了医院的生产组长,带领一些病情较轻的病友在医院里开荒种地。他们在医院的房前屋后种上蔬菜,栽上果树,养了鸡鸭,自给自足,使那里像个幸福的小农庄。

我读二年级的那年夏天的一个傍晚,父亲竟然挑了一担香喷喷、黄灿灿的香瓜,走了二十多公里路,送回家来给我和妹妹吃。那天傍晚,放学后的我正在家门口的地里割羊草(那时候,生产队要求每家每户按人头养羊,我家四口人,养了两只羊),偶然一抬头,忽然看到西边马路上晃悠悠地走过来一个人,颤巍巍地挑着担子,夕阳将他的身影拉得老长,这不是我日思夜想的父亲吗?

身材像极了父亲。我急忙提着篮子跑回家,冲进门就喊:"爷(爷,即父亲,此为苏中农村方言)回来了!爷回来了!"此时,母亲正围着围裙,蹲在灶前烧火煮粥,闻言嗔道:"瞎说什么?你爷这刻儿怎么会回来?"

"真的真的,不信你出去看。"我满心兴奋。母亲还半信半疑,已经被我拉着奔出门外。母亲手搭凉棚,向西边的路上看去。那时的夏日傍晚极容易看到晚霞和火烧云,就像天上着了火,又好像一位了不起的画家将天空作为调色板,用大块的橘黄和大块的红色画着抽象派油画一样,美得让人陶醉。只是这

隐居者
YINJU ZHE

样的美景稍纵即逝，几分钟后，夜幕倏然而降，遮盖了所有颜色。父亲就在这晚霞稍纵即逝的时刻，出现在了我和母亲的视野里。

母亲眯眼看了好一会儿，终于笑起来，然后快步迎着父亲奔过去，伸手接下父亲肩上的担子，两人有说有笑地往家走来。这一幕，至今如此清晰地深刻于我的脑海，像一幅永不磨损的油画，永远悬挂在记忆深处。

分别一年多，这是父亲第一次从医院回家来看望我们。母亲又点了一盏煤油灯，放在八仙桌上。以往，我们家里从来只点一盏灯的。坐在桌前的父亲欣慰地一手搂着我，一手搂着妹妹，感叹着我们长高了。我和妹妹争相向父亲展示自己乖巧听话的一面，我用扇子给父亲扇风，妹妹给父亲唱儿歌。母亲欢快地在厨房里忙碌着，她特意去邻居张大妈家借了两个蛋，和上面粉，为父亲摊了两张鸡蛋饼。但在喝粥的时候，父亲没有吃一口鸡蛋饼，全都分给了我和妹妹。父亲在家真好啊！又热闹，又有好吃的。

只是这样的快乐时光，也像晚霞一样稍纵即逝。随着第二天一早父亲的离开，我和妹妹的天空又被抹上了沉重的灰色。只是父亲挑回来的香瓜，让我和妹妹享了好几天的口福。当然，如此难得的好东西，母亲是不会忘记隔壁邻居家的。

以上摘自我的自传《谁的奋斗不带伤》。这一幕场景，像一张永不褪色的胶片，时常被我从记忆中翻出来放映一遍。有一位麻风病父亲，确实曾让我和妹妹经历过一段时期的成长噩梦。但是很奇怪，母亲从未在我们面前表露过任何苦难生活压迫下的苟延残喘，相反，她一直表现得积极乐观，和村里的很多人相处融洽，哪怕她的身体一直很虚弱，头痛和胃病轮番纠缠她，她也从未倒下过。她一定也是怀着不久的将来父亲也会和当时的许多麻风病患者一样被治愈，拿着一张盖着医院公章的"治愈证"，欢天喜地地回家与她团聚的希望的。

第九章
赵氏兄弟：向死而生

但是，父亲的美好愿景，随着小叔的到来而变得莫测起来。父亲入院后没多久，他亲爱的小弟便赶来与他做伴。小叔的病和父亲的不同，他的病情发生在大腿根部，发炎，疼痛，有肿块。医生们很快给出了截肢的诊断，说唯有截肢，才能保住小叔的命。小叔曾问过父亲："如果我截了肢，也不能治好病，怎么办？"父亲说："不截肢肯定治不好你的病，截肢了起码有一半生存的希望，赌一把吧！"小叔听了他的话，乖乖地躺上了手术台，父亲一直蹲守在手术室外面。那是1976年秋天，当时的江滨麻风病医院有1000多名病人，据说几乎每天都有做截肢手术的，割下来的残肢可以用箩筐装。有些病人家属会将截割下来的残肢偷偷带回家，用石灰封存起来，待病人去世时再取出来一起埋葬，以求一个无憾的整体。但我不知，我小叔的残肢是否也得到了妥善保存。

可悲的是，小叔被截肢之后才发现，他真正的病因竟是腹股沟淋巴癌，而非麻风病。对小叔来说，这是一次生命的凌迟！小叔的淋巴癌为何会被误诊为麻风病，我已无从考证，我只能大胆而心痛地推测：20世纪70年代，贫穷延误了小叔在发病初期的正确治疗。与此同时，他的家族中出现了一个令人闻之胆寒的麻风病患者，那么，他的癌症被杯弓蛇影地误解成麻风病也就不足为奇了。正是这次命运的阴差阳错，决定了小叔生命的悲惨走向。

三

母亲忧心忡忡地看着瞪着眼珠打饱嗝的小叔，
小叔的眼睛里有一种心满意足的忧伤，他喃喃地对我父母说：
"现在就是让我死，我也知足了。"

隐居者
YINJU ZHE

　　自从父亲和小叔相继入院后，母亲在照顾我和妹妹以及完成生产队的劳作之余，多了一项探亲的任务。她经常去医院看望他们，带去的几个鸡蛋父亲舍不得吃，全都留给了小叔。小叔虽然被截掉了那条患病的腿，但这并没有阻止病魔对他生命的蚕食。创面久久不愈，气味难闻，长出来的肉是紫色的（据医护人员朱静安的回忆），每次换药，对小叔来说都不亚于一次灭顶之灾。小叔住在重病者居住的四病区，他疼痛时发出的哀号，像受伤的牛吼一样传出很远。后来，和小叔住同一个宿舍的病友不堪忍受搬离了宿舍，没有人愿意和一个发出如伤牛般哀鸣、身上发出腐烂的皮蛋气味的病人朝夕相处。父亲便主动请求搬去和小叔同住，替他换药，喂他吃饭，在他喊疼的时候，把自己的胳膊或大腿送过去，任由他咬或者掐。

　　那时候，一般的止痛药已经无法让小叔安稳地睡一觉，可医院的哌替啶数量有限，所以每天24小时，对小叔来说比240年还漫长。父亲24小时几乎寸步不离地守在小叔身边，即使要去公厕解大便，也会请隔壁的病友帮忙在门口站个岗，以防小叔对自己痛下杀手。

　　冬天来了，冰雪也来了，小叔发现了一个止痛的好办法，他让父亲用塑料袋装来冰雪，放在患处，可以让他在麻木中睡上一觉。身体风平浪静的时候，小叔疲惫地跟父亲说："哥哥啊，我俩上辈子造了什么孽啊？生病住院也在一块，我还连累你照顾我。"父亲说："大概我们前世里就是兄弟吧。"小叔说："下辈子我做哥哥，让我照顾你。"

　　那一年，我家真是祸不单行，父亲和小叔先后去江滨麻风病医院"坐牢"，到年底的时候，3岁的妹妹又遭遇了一场和别家孩子争抢火盆里的蚕豆和花生而引发的火灾，导致前胸和右腿烧伤（我曾在自传《谁的奋斗不带伤》中也描述过），那一整个冬天，母亲天天在家伺候号哭不停的妹妹，小叔爱吃的扁食也没有按时送达。

　　冬天很快就过去了，小叔熬了过来。春天接着来了，父亲负责的果园小组又开始忙碌了，给果树施肥、修枝、治虫害，桃花和梨花开了一树又一树，红红白白的，特

第九章
赵氏兄弟:向死而生

别热闹。天气晴好时,小叔拄着拐棍坐在廊檐下,微风送来大片大片油菜花的甜香,他闭上眼睛,努力去感受阳光和春风的温软。手脚齐全的病友们都出去劳动了,缺胳膊少腿的病人要么躺在各自的病床上眍眼发呆,要么像小叔这样坐在廊檐下听天由命。

父亲一直以为,截肢后的小叔只要熬过了第一个冬天,就算打败了死神。可是,随着气温的回升,小叔截肢后的伤口不仅没有被新的肌肤覆盖,反而继续向纵深处扩大,逐渐形成了一个可怖的"溶洞"。每次换药,医护人员从小叔大腿根部的"溶洞"里掏出来的纱布有好几米长,纱布上的颜色也是色彩斑斓,这时的小叔反而没有痛觉了,他眼睁睁地看着自己活生生地腐烂,像看一个与自己无关的场景。反而是父亲,常常一整天都吃不下一口饭。

几场春雨过后,荠菜又从地里伸展出绿色的裙装,那锯齿状的叶片里藏着多少鲜美的滋味啊!母亲从地里挑来鲜嫩的荠菜,从河里摸了河蚬,加上煎好的鸡蛋皮,即使没有肉也是不错的美味,这是小叔最爱的美食。母亲兴冲冲地擀了面皮,包了扁食,煮熟了,一只只摊在篮子里的纱布上,像一个个胖嘟嘟的可爱的小元宝。她自己舍不得吃一个,只留下十来个让我和妹妹解馋,其余的都被她送去给小叔一饱口福。

从我家到医院有二十多公里路吧,母亲先搭上村里人的自行车到二案镇,再走上七八公里的羊肠小道,才到达江滨麻风病医院,时间已是中午了。当母亲浑身冒着热气,站在小叔的宿舍门前时,只见父亲正用他那伸不直的右手,艰难地拿着一只镊子,驼背弓腰,从小叔大腿根部一团紫色的菜花状肉体上,拣出一个个蠕动的白蛆,周围还有数不清的苍蝇在打转狂欢。

母亲一把扯下头上的毛巾,一边捂着嘴哭,一边艰难地透过毛巾呼吸。小叔可怜巴巴地向母亲哀求道:"好嫂子,你下次来,一定给我带两包六六粉,行行好吧……"这样的哀求已经多次了,有时是六六粉,有时是老鼠药,有时是高烧时"行

隐居者
YINJU ZHE

行好掐死我"的呓语。

母亲把篮子递过去,说:"我带了扁食来。"小叔立刻两眼放光,伸手便抓住篮子:"嫂子,我要吃,给我。"母亲说:"扁食凉了,我热一下给你吃。"小叔等不及,一把掀开盖在篮子上面的白纱布,抓起扁食就往嘴里塞。小叔一口一个扁食,把父亲的那一份也吃了,撑得肚子像一只过于膨胀的气球,手上全是扁食的汤汁,苍蝇们在他的手指上肆无忌惮地吮吸着。母亲忧心忡忡地看着瞪着眼珠打饱嗝的小叔,小叔的眼睛里有一种心满意足的忧伤,他喃喃地对我父母说:"现在就是让我死,我也知足了。"

那是小叔吃的最后一顿扁食。

小叔不是自杀的,虽然这个念头鼓舞了他很多次。为了安全起见,父亲平时连皮带或者裤带子都不用了,而是让母亲把他所有的裤腰接上橡皮筋。病区里曾有人用裤带子把自己成功地吊死在窗棂上,父亲不会让小叔得逞,所以他们的宿舍里连一把水果刀或一面小镜子都没有,吃饭的筷子和勺子放在钉在墙壁上很高处的筷子笼里,父亲也需要踮脚才拿得到。父亲把能够帮助小叔实施自杀的隐患全都不声不响地消除了,但换来的是小叔的怨恨。

小叔曾凶狠地对父亲说:"你是死神的帮凶!"

据母亲说,在小叔如牛般号叫的夜里,父亲也曾想过,用一只枕头成全小叔,但是他下不了狠手。他只能把小叔紧紧抱在怀里,像小时候把他抱在怀里哄他睡觉一样。

小叔没能等来母亲的下一顿扁食,甚至没有等来父亲亲手种植的第一个水蜜桃红透,便在初夏的一天夜里,在父亲的怀里慢慢变冷了,父亲一直抱着他到天亮,也没能将他焐热。

可怜的小叔,被误诊为麻风病,死于淋巴癌。

第二天夜里,母亲、大伯和刚从部队退伍的大堂哥来到医院。母亲负责帮小叔

第九章
赵氏兄弟:向死而生

擦洗身体,换上一身干净衣裳,这是一个艰难的工程,但母亲还是硬着头皮完成了。然后大伯用小叔生前睡过的凉席将他一裹,再横绑于大伯自行车的后座上,大伯骑上车后,小叔就横睡在他的屁股后面了,他躺在自行车上,像一捆稻草一样,安安静静地被载回家。

我也参与了迎接小叔回家的仪式,因为我的父母答应过要让我给小叔养老送终,虽然我没有机会给他养老了,但是送终的义务我必须做到,虽然我才七八岁。我坐在大堂哥的自行车后座上,一手提着篮子,篮子里装满黄表纸,这是小叔去黄泉路上的买路钱,我必须一路撒下买路钱,一路轻声念叨:"小叔,我们回家了,小叔,我们带你回家了……"这是大伯他们教我做的,唯有这样,才能将小叔的灵魂引回家。

那是晚上,载着我的自行车骑在最前面,大伯骑在中间,还有一个亲戚带着母亲骑在最后,由三辆自行车组成的送葬队伍,在月夜里鬼魅般悄然行进。我们的自行车龙头上,都挂着一盏汽油灯,灯芯随着自行车的颠簸而晃动。偶尔,自行车哗啦作响的链条声会惊动谁家一条忠心耿耿的看家狗,随着一只狗的警告,全村的狗都叫起来,形成远远近近的"大围攻",我们依然默不作声地埋头前进,不去招惹那些狗。如果小叔的脸是朝上的,那么他一定会看到那晚的星星和月亮如何悲悯地俯瞰着他,目送他回到他生命的起点。

爷爷家的竹林里又增添了一座新坟,它和奶奶的坟墓紧挨着,像一对母子头挨头拥抱在一起。

小叔回家后,父亲依然留在原地,留在那个有着小叔特殊气味的宿舍里,继续和自己的命运进行搏斗。父亲一直很有信心拿到"治愈证"欢天喜地地回家和母亲团聚。小叔死去的阴影并没有令他灰心丧气,他的灵魂从来没有阴沉忧伤过,他反而更加顽强地接受治疗,他顽强地活着,就是为了能尽快被"刑满释放",尽快回到正常生活中去,回到妻子和女儿们的期待中去。

隐居者
YINJU ZHE

　　父亲管理的果园没有令人失望，每年都会带给他们最丰厚的回报。他和果树种植小组的病友们负责摘下一筐筐成熟的水果，将它们仔细分类和分堆，按照人头分发给病友们，那些不能参与劳作的残疾病友也获得一样的水果。在这个地方，每个人都会被平等对待。当然，重体力劳动者得到的口粮或经济报酬会更多一些。

　　比如后来他们成立了砖窑厂，那些年轻体壮、四肢健全的病人，抢着承包砖窑厂，虽然很苦很累，但可以多劳多得，按照比例分成得到现钱。也有人去承包鱼塘、养鸡、养鸭、养猪。除了不能和家人团聚，他们好像只是从一个农村搬到了一个农场居住，唯一不同的，是要每天吞下大把的苦药以及承受精神上的折磨。

　　母亲的经常探视，是父亲归来的动力。母亲几乎是医院里的常客，病友们和母亲都熟了，她是他们的嫂子，母亲从不怀疑父亲会跟她一起回家。每次来医院，母亲都会得到父亲为她准备的礼物———一包工字烟，那是父亲省吃俭用为她买的。母亲从22岁就开始抽烟，那时她婚姻不顺，心情苦闷，宁愿陪着外公连夜赶牛去很远的外地卖也不愿回家，外公便把自己的水烟斗往母亲手里一塞："丫头，抽口烟，你就会把烦心事忘了。"母亲从此学会了抽烟。

　　父亲真是宠爱母亲啊！人家夫妻为戒烟吵得死去活来，父亲却总是给母亲买烟抽，而且是上等好烟，父亲用他的柔情似水，弥补了父亲的麻风病带给她心灵上的不安和精神上的压力。他们的爱情说不上多么伟大，但在那个爱情荒芜的时代和环境下毕竟难得。父母的恩爱是个光明的典范，据说很多男病人看到父母如此不离不弃，也鼓足了治愈回家、开始新生活的勇气和信心。

　　事实上，大多数已婚的男病人，离婚率极低。而已婚的女病人，离婚率却在百分之九十以上。我想无须解释，人们应该都会明白为什么。虽然自古便有"夫妻本是同林鸟，大难来时各自飞"的说法，但显然说的是另一类夫妻。

第九章
赵氏兄弟：向死而生

四

如皋于我，如同一块有毒的圣地。

每次以朝圣的心情接近它，却又在心里无端地产生悲凉。

随着亲人们一个个长眠地下，这里对我来说已是一座空城。

转眼到了1978年夏天，经过近三年治疗，父亲被医院告知，再有半个月的疗程，他即可恢复回家了。那是多大的喜讯啊！事实上，父亲的病情一直没有向恶劣的方向发展下去，他的身上没有溃疡，除了手指不能伸直、头发落尽之外，毫无异常之处。

得到消息的母亲欢天喜地，特意请人给三年未换的茅草屋顶换上新的茅草，把墙角的灰尘、蜘蛛网全都清理干净，请人用雪白的石灰粉刷了家里的内墙，请人用一棵杉树做了一个全新的米柜，放在堂屋正中间，虽然没有油漆，但木匠师傅的抛光手艺十分精湛，使它光可鉴人，毫无瑕疵。这件白晃晃、亮堂堂的新家具，立刻使低矮的土墙茅草屋散发出耀眼的光芒。米柜上方的土墙上，贴着一溜那个时代最受爱戴的苏联和中国的伟人的画像。母亲以迎接新郎般的激动心情，等待父亲的回归。

然而——对不起，原谅我再次引用我的自传《谁的奋斗不带伤》中关于这一节的描写：

那是1978年8月21日（阴历七月十八），从这天开始，我所有的欢乐和幸福戛然而止。命运在这里走出了它的分水岭，带着我泅向苦难之海。

这一天和往常没什么两样，我和父亲早早起床，手牵手在晨曦中沿着医院

隐居者
YINJU ZHE

里的泥土路溜达了一圈。我穿着白衬衫,戴着红领巾,还兴致勃勃地唱了一首《东方红》,受到父亲的表扬。回到父亲的宿舍,煤油炉上熬的粥刚好稀稠得当,于是我和父亲就着母亲腌制的酸咸菜吃了早餐。接着就是我做作业的时间了,父亲则雷打不动地去医院的医务所打最后一个疗程的针药。

父亲临走时,用他那伸不直的手指摸了摸我的头发,慈爱地嘱咐:"萍后,好好做作业,我一会儿就回来,中午我做鸡蛋面给你吃。"哦,鸡蛋面!我最喜欢吃的。父亲就在我的满心期待中背着手走了。

那天的太阳红艳艳的,一早就已显示出了它的灼热威力。父亲是迎着初升的阳光走的,他那天穿着一件肩头打了一个三角补丁的浅灰衬衫,短袖,父亲两只瘦瘦的手臂从宽宽的袖管里伸出来,像两根枯瘦的树枝在背后交握着。因为头发落光了,父亲戴了一顶旧黄军帽。他就那样散步似的往医务所去了。他在拐弯时还回头看了看我,远远地冲我做了个写字的动作,微笑着走过一丛万年青,不见了。

我耐下心来写作业,但是,鸡蛋面的诱惑时时让我心猿意马,我都忘记上一次吃鸡蛋面是什么时候了,在家里,母亲一向是不做鸡蛋面的,那些鸡蛋不是卖了换油盐酱醋就是送到父亲这儿来了。鸡蛋面,鸡蛋面,我多么向往那一碗香喷喷的鸡蛋面呀!我不时看一眼天上,盼望太阳快一点到头顶,那是吃鸡蛋面的时间。

暑假作业里有一个命题作文《暑假里最难忘的一件事》,我毫不犹豫地决定写父亲和他的医院、香瓜和鸡蛋面。这天我心情很好,我在作业本上郑重地写下第一行字:"今年暑假,我是在医院里度过的。"我正在酝酿下面的字句,忽然,有个父亲的病友急急走来,匆匆对我说:"你爷叫我来拿席子。"我还没反应过来,他已卷了父亲床上的竹篾席子,我就这样眼睁睁、傻乎乎地看着这个叔叔拿走了父亲的席子,一点不祥的预感和猜测都没有。

第九章
赵氏兄弟：向死而生

太阳终于在我的望眼欲穿中滚到了头顶，可父亲并未回来，我开始焦急不安，我开始心神不定，我开始埋怨父亲。我把作业本一推，跑到路边去张望。远远地我看见医务所门口有很多人，独独没有父亲瘦长的身影。我想跑过去问问有没有人看到我父亲，又怕父亲知道了责怪我。

就在我惶恐不安时，一个小女孩颠颠地跑过来，她就是刚才来拿席子的叔叔的女儿，叫梅儿，我俩一起钻过香瓜地。她一边跑一边冲我挥手喊："不好了，你爷打针打昏过去了！"打针打昏了？什么概念？我一点不懂。

梅儿拉着我，我就在她的牵扯下一路狂奔，其实是梅儿拽着我跑。到了医务所，许多病人一见我就要抱我，我都9岁了，干吗要抱我？我开始隐隐觉得不妙，我挣脱每一个怀抱，坚决要冲进医务所。要抱我的人改成了拦我，我再也顾不得面子与矜持，我大喊："爷！爷！"又有人来阻挡我，并说："你爷在睡觉，一会就出来。"我急得跺脚，父亲这时候睡什么觉？我粗暴地推开每一个人，从大人的胯间钻进了医务所。我看到了什么？

医务所的病床上躺着一个不知是谁的人，从头到脚蒙在一块白布下。其他一个人都没有。我颤颤地、轻轻地叫了一声"爷"，没有人应。我又大喊了一声"爷"，还是没有人应。父亲在哪儿？为什么这一切变得如此莫名其妙？

有个人进来要拉我走，哄我说带我回去下鸡蛋面吃，我张牙舞爪，拳脚相加，并凶狠地咬了那个人一口，随后哇的一声哭出声来。我想只要我一哭，父亲不管躲在哪儿，他都会出来哄我的。但是父亲自始至终都没有出现，我惊惶到了极点！父亲去了哪里？为何不回应我的哭喊？

我到底被大人们弄出了医务所，一路狂哭不休，我不知道父亲去了哪儿，一句招呼都没有，就这么莫名其妙地不见了。父亲还说要做鸡蛋面给我吃，难道他忘了？我心底更深的还是恐惧，我不知道父亲出了什么事，竟然连见都不见我了。

隐居者
YINJU ZHE

  我在医务所的外面不顾一切地哭喊着"爷、爷",我像小无赖一样在抱我的大人怀里扭来扭去,红领巾上糊满了我的鼻涕和泪水,我的鞋子被踢掉了,头发散乱不堪,脸上涕泪纵横。此刻,我已经隐约感到不妙,这一切,都是因为父亲不见了。

  让我更为惊诧的是母亲竟然来到了医院,而且她是那么悲痛与失态。我先是在医务所门口远远听到一个女人伤心地哭号,接着就看到了披头散发的母亲在无数人的包围下一路滚爬着向医务所这边跑来。我嗷地叫了一声,挣脱了抱我的人,跑向母亲。母亲见到我,哭得越发凶了,她死死抱住我,叫了一声:"我苦命的儿啊……"忽然母亲手一松,软软地瘫倒在地。人们就手忙脚乱地将母亲弄到急救室去了。

  很多事是多年后才弄清楚的——父亲被打错针药的时候,心里难受,他对和他一道打针的病友说了一句话:"我女儿喜欢吃鸡蛋面,你帮我做一碗……"病友只来得及点了下头,父亲就小便失禁,热血变冷,永远去了。那个病友就是后来抱我要做鸡蛋面给我吃的那个人。后来,他真的做了一碗放了葱花的鸡蛋面,但我没吃。那一天,我只来得及悲伤。

  母亲是医院里派人到我家用自行车驮来的,开始没说我父亲已经去了,怕身体不好的母亲受不了这个打击,他们只说父亲的病情有了变化。母亲就焦急地赶来了。当时她和许多妇女在生产队的晒场上搓草绳,身上的围裙都没来得及解下。母亲一路上就担心地问个不休:"夕贵不是就要出院了,咋又犯病了呢?"驮她的人就安慰她:"嫂子,没大事,没大事!"直到自行车进了医院大门,那人才噙着泪水告诉母亲:"嫂子,你家老赵走了……"母亲一下子从自行车上滚了下来……

  母亲来了之后,我才明白父亲是死了。死了,就是永不再见了,永远没有他的呼吸与笑容了,永远没有他的抚摸与呵护了,永远没有他在阳光下晃来晃

第九章
赵氏兄弟:向死而生

去的瘦长的身影了。这个世界上,我再也没有了父亲。

父亲死了,莫名其妙地死了。是粗心的护士用错了针药,她给父亲打了致命的青霉素,父亲恰好对青霉素过敏,很快就死了。他就像一盏煤油灯,尽管还有半壶油,却被人粗暴地一刀剪断了灯芯,生命之光倏然熄灭。(多年后我才了解到,这位粗心的护士姓吴,但我从未想过要去找她,即使她还活着,也不能再还给我父亲了。)

父亲的去世,对我们全家人命运的影响,在此不赘述了。父亲只是当时如皋2000多名麻风病患者中的平凡一员,只是他的遭遇更为不幸一些。这些年来,我每次去江滨医院看望那些早已治愈,但至今仍然滞留病区,或有家难回,或无家可归的老人,每当我和他们面对面、手牵手时,心里便涌起一股"假如父亲还活着……"的感伤。

作为一名"麻二代",我对麻风病毫无畏惧,唯有悲悯。

当我多年后回到赵家园老家,徘徊于1300多岁的银杏树下时,我不敢向它叩问命运,亦没有对它顶礼膜拜。我相信,我的几位至亲,早已在距离它不远处的一座小竹林里的地下与它握手言和、血脉交融了。我也相信,那些远远近近长眠于这块土地上的生灵,正以各种形式、各种姿态,依附在这棵银杏树身上,接受活着的亲人们日复一日的祝福,同样回报给亲人日复一日的思念。

而我的小叔,他是哪一片叶子呢?

如皋于我,如同一块有毒的圣地。每次以朝圣的心情接近它,却又在心里无端地产生悲凉。随着亲人们一个个长眠地下,这里对我来说已是一座空城。虽然父亲长眠在他亲自开垦出来的家园上,但四十多年的风云变幻,使得村庄、河流、麦田,甚至天空中飘过的云彩,都已不是当年的模样。不是我离开太久,而是它们变化太快了。

我一次又一次回到江滨医院,试图从一个又一个与父亲同时代的病友身上,找

隐居者
YINJU ZHE

到父亲存在的影子。是的,我找到了,他们有的人长着父亲蜷曲的手指,有的人长着父亲没有睫毛的眼睛,有的人戴着父亲的旧黄军帽,有很多人讲着父亲的家乡方言……父亲活在他们每一个人身上,也有更多的病友活在他们身上。他们活得沉重而轻松,他们承载了太多命运的重压和太多病友的托付,却也因重压下的超然而比常人活得更轻松。他们如同那棵老银杏树,活着是为了一种见证,见证岁月的悲欢和自己生命的温度。他们虽然只能活上有限的几十年,但他们活出了比老银杏树更古老的传奇。

第十章　麻风病区:假如生活有慈悲

生活总是让我们遍体鳞伤

但是到后来

那些受伤的地方

一定会变成我们最强壮的地方

　　　　　——美国作家欧内斯特·米勒·海明威《永别了，武器》

【采访手记：以下几段人和事，或来自道听途说的零星记录，或来自我个人的目睹与感悟，或是内容过于简单够不上整个章节，但我依然汇集于此。因为，哪怕只是人生中惊鸿一瞥的片段，或忧伤，或惊喜，或疼痛，都是一个痕迹。记录，是为了更好地追忆。尤为遗憾的是，他们每个人都是一本书，但有些我还未来得及阅读，便已永久封闭。】

一

邱真美的孤独与忧伤

隐居者
YINJU ZHE

2014年秋天,我去医院采访时,惊鸿一瞥过一位病区最美的女人——邱真美。她身材高挑,五官精致,烫着洋气的短发,皮肤白皙,话语不多,整洁的衣服上,罩着一件紫花围裙。当我在于洪春主任的办公室和其他病友闲聊时,她就站在门外或窗外,静静地听我们讲话。偶尔碰到我的眼光时,她的脸上瞬间漾起一抹略显羞涩的微笑,转身快步离开。那身姿和微笑,宛若少女。

有一次,我看到她在后面走廊上的拖把池里用力地清洗着拖布,水珠四溅,她挥动双臂,用力冲洗拖布的样子让我深受触动,她像一个普通而平凡的母亲,在为日常琐事忙碌着。

我走过去,跟她打招呼:"邱阿姨你好!"

她回过头,又是那样略显腼腆的笑容,她冲我点点头,并不说话。

"我想和你聊聊天,可以吗?"

她沉默了一两秒,飞快地摇摇头。连一个"不"字都没有吐出口,就这么默默地拒绝了我。接着,她扛起清洗好的拖布,上楼擦地去了。

后来我问过于洪春,邱真美是个怎样的人。于洪春说:"她就是不爱说话,平时和我们话也不多。"

邱真美是如城镇人,病前已婚。她和丈夫是自由恋爱,两人一度爱得如胶似漆,邱真美家不同意这桩婚事,她冲破重重阻力,才和爱人结合到了一起,她的勇敢行为,曾在当地传为美谈。

婚后,邱真美生下了一男一女两个孩子,丈夫对她宠爱有加,公婆对她也非常尊重,年纪轻轻的邱真美还当上了村里的妇女主任,可谓家庭事业都得意。

谁知,好景不长,邱真美25岁那年,被病魔一掌拍入麻风病的深渊。

邱真美患病后,丈夫便和她离了婚。据说,她曾跪着苦苦哀求过丈夫不要抛弃她,等她病愈回家继续一起过日子。丈夫说:"对不起,即使我愿意跟你一起过,我

第十章
麻风病区：假如生活有慈悲

的家人和孩子也不会同意。"

紧接着,邱真美被送到江滨麻风病医院治疗,她的病情并不严重,几年后便宣告治愈。可是,由于丈夫另娶,儿女也与她从不来往,她对家人心灰意冷,于是留在了病区里做卫生工作,勤勉而沉默。

病区里,好几个男病友都明里暗里对她有好感,但邱真美一直坚持自己的"三不原则":不主动,不拒绝,不同居。

所以,入院四十年来,她从未与任何一个男病友结成对象,一直孤独终老。但围绕她的风言风语,从未断过。

有人说,邱真美是因为被丈夫伤透了心,不再信任任何男人。

有人说,邱真美心高气傲,自命不凡,一般男人她看不上。

有人说,邱真美欲擒故纵,让所有男病友都对她唯命是从。

有人说,邱真美从来没有寂寞过,左右逢源是她的手腕。

……

流言蜚语向来不会饶过颇有姿色的女人,麻风病院的美女更是稀有,邱真美独揽了姿色,自然也独揽了流言。

2015年3月,65岁的邱真美患心脏病去世。

当我从于洪春那里听到她去世的消息时,我一阵难过,眼前不由得浮现出她穿着紫花围裙,挥动双臂,用力洗涤拖布的情景……她的心里,一定藏着很多故事,但她选择了沉默。不知道在这长达四十年的病区生活中,在她的心湖里,可曾为一个男人,暗暗起过波澜？在她那看似与世无争、人畜无害的外表中,裹藏着怎样一颗叛逆、悲伤、绝望的心？

隐居者
YINJU ZHE

二

"艄公"梁定友

傍黑的泥土路上,一个人影像螃蟹那样蹒跚"横行",不过速度堪比蜗牛,因为他不是用脚在走路,而是用两只板凳。他的一只脚套着糊满泥巴的雨靴在地上拖行;另一只脚是个圆柱体,悬空着裹在裤腿里。他的双手一前一后搬动两个板凳,瘦小的身子从两个板凳上交替着向前挪移。

我迎面路过他的跟前时,他抬头向我望了一眼,在对视的刹那,我还是及时控制住了差点发出的惊叫——该有鼻子的地方是两个黑洞,眼睛如同两个红辣椒,嘴巴是合不上的,上嘴唇向鼻子上吊起,脸皮像燃烧后凝固的蜡烛油,胸前一摊凝结黑亮的不明液体,一股令人窒息的异味随着与他的靠近扑面而来,就在我下意识地屏住呼吸时,视线被他光秃秃的手掌吸引了过去——上面竟然没有手指!

后来,我在于洪春关于本院麻风病患者的医疗资料上,看到过对梁定友的病情描述:梁定友,病情较为严重,因病情恶化,相继切去四肢,生活不能自理,没有眉毛、兔眼、塌鼻、嘴角斜裂不能合拢,手足溃疡,外相恐怖,麻风病后遗症在他身上表露无遗。

那是我第一次见到梁定友,大约是1995年冬季。我走过他身边很远,再回头,他依然挪动着两个代步的板凳,不屈不挠地向前"横行"着。越来越浓的夜幕下,像一只蠕动着的巨大的螃蟹。

曾经有人告诉我,梁定友的母亲去世时,他想回家奔丧,但是没有一辆公共汽车愿意载他回家。于是他就这样挪着两个板凳,挪了整整三天才回到几十里外的老家,两只残手全都磨烂,两个板凳上血迹斑斑。而他回到家后,亲人们并没有对

第十章
麻风病区：假如生活有慈悲

他表示出热烈的欢迎，而是让他蜷缩在亲友们看不到的羊圈里，等母亲的葬礼结束之后，才把他带到母亲的坟上。他在母亲的新坟前留下一大摊口水鼻涕眼泪后，又默默地挪了三天板凳回到了病区，从此再也没有回过家。

在别人眼里，梁定友是个重度残疾人，可他每天活得逍遥自在。尽管没有脚，可他比谁都喜欢出去走走。20世纪90年代，病区允许病人自己做饭吃，他也和别人一样，在病区外面的滩涂上，开荒种了两大块菜地。只要天晴，他就在地里爬来爬去地锄草，他没有手指，就用布条把手腕和农具缠在一起，一点一点地锄，身上滚得像泥猴，倒也乐此不疲。人家地里有什么，他的地里也有什么，他的菜多得吃不完，偶尔会有人到他地里摘一把青菜、拔几根小葱。只要他发现了，必定会大骂一顿。别看他性格大大咧咧，但在个人利益问题上特别计较，谁也不能占他的便宜，除非他心血来潮，心甘情愿送给你。

过了几年，我第二次来到病区看到梁定友时，发现他的两个代步板凳换成了一个，板凳的四只脚上装上了轮子，他只需坐在板凳上，用两只残手握住一根棍子，使劲往地下一撑，就像艄公撑船一样，带着滑轮的板凳便借力带着他往前驶去，姿势还颇为潇洒。久而久之，梁定友获得了"艄公"的绰号。

这是由他出钱病友们帮他合力打造的。他刚开始使用时操作不习惯，动作不协调，身子不平衡，往往凳子哧溜一下跑出去了，他人却掉在了地上。加上老病区的地面凹凸不平，他这带轮子的板凳也走得十分坎坷，摔跤、掉轮子是常事，如此这般摔了几十次之后，最后总算掌握了平衡诀窍，学会了"艄公撑船"的行驶本领。

之后好几年，只要想到江滨医院，我就会想起梁定友，他独特的行走姿势，如同一个岁月坐标，停留在记忆深处。

2014年秋天，我再次来到新的江滨医院时，受到了老人们的热烈欢迎。那个夏天，我刚用几万元书稿版税，为老人们的宿舍安装了空调，老人们为此特别感激。我到的那天，一群老人热情地围着我问候寒暄，兴奋地指给我看悬挂在他们宿舍屋

隐居者
YINJU ZHE

檐下的崭新的空调外机。他们开心地告诉我，今年夏天没有一个老人中暑病倒，这是他们这大半辈子过得最舒服、最惬意的夏天。

就在这时，我忽然听到楼上传来叫喊声，我抬头一看，只见半个光光的脑袋和一双残手从二楼阳台露出来，阳台太高，他个子太矮，我看不清是谁，也听不清在喊什么。于是我向外走远一点再循声望去。哦，原来是梁定友！他竟然在向我鼓掌——因为没有手掌，所以他是用手肘拍着手肘，光秃秃的手肘像两根棒槌互相击打着，同时口齿不清地对我喊着什么，我听不太清楚，旁边有人为我翻译道："他在说，谢谢你，赵姑娘，祝你好人有好报。"

瞬间我的眼眶就被一股热浪滋润，他特别的鼓掌动作和行走姿势一样令我震撼！我上楼去看他，他坐在自己的宿舍门口不让我进去，同时挥着光秃秃的手说："屋里太脏了，不要进去、不要进去。"旁边的老人也善意地对我说："你还是别进他的房间好。"

我便没有坚持，站在走廊里和他聊天。我笑着问他："你还好吗？"

他幽默而瓮声瓮气地回答："还好，就是死不了，嘿嘿嘿……"

他的笑牵扯了面部所有的瘢痕，不过我再也不感到恐怖。

一转眼，我发现他的坐骑又升级了——变成了带着万向轮的不锈钢凳子。

"谁给你做的呀？这么漂亮结实的凳子。"我说。

"是刘院长亲自画图找人帮我做的，我可以撑到死了。"他开心地说。一串亮晶晶的涎水从他关不住的豁嘴里漏下来，滑落在厚茧一样的前襟上。

新院长刘朱建上任后不久，就注意到了这个特殊的病人，发现他那个带轮子的板凳已经陪伴他十几年，轮子掉了又换，板凳都被他的屁股磨得平滑凹陷了。而这张板凳还有个缺陷：轮子只能直来直去，不能转弯，遇到需要转弯时，梁定友只能自己滚下凳子，把凳子调整好方向后，再爬上去。

刘朱建看着有点不是滋味，想帮他换个更方便一点的代步工具，可跑遍市场也

第十章
麻风病区：假如生活有慈悲

没有找到适合他的。怎么办？想来想去，刘朱建决定亲自设计。他画了很多幅草图，修修改改，终于确定了最合适的。然后拿到五金店，一番切割、打磨、焊接、安装之后，一张不锈钢材质、装有万向轮的滑行板凳便大功告成了！坐上这张活动自如的铁板凳，梁定友如同有了战马的将军，无往不利。从那之后，病友们只要听到车轮子碾压过水泥路的呼呼声，就知道艄公梁定友撑着他的铁板凳威风凛凛地来了。不过，万向铁板凳也有弊端，那就是太重了，梁定友每出行一次，必得汗流浃背，胳膊酸痛。

梁定友可算是个奇人，和病区里的其他病友相比，他创造了几个医院之最：面容最可怖、残疾最严重、生命力最顽强，还有——个人卫生最差。

2006年前的一个深夜，梁定友突然口吐鲜血，把同室病员吓得魂飞魄散，赶紧叫来留院值班的于洪春，于洪春判断可能是胃部大出血，当机立断，连夜将梁定友送往南通一家医院进行救治。可当南通医院的医生看到这是一位面部残缺、手脚全无的麻风病患者时，出于种种顾虑，委婉地拒绝诊治。无奈之下，于洪春只好带着梁定友重回江滨病风病医院。一路上，梁定友面色发白，奄奄一息，似乎随时会停止呼吸。一起陪同去的两个病友担忧地对于洪春说："于主任，梁定友大概不行了。"于洪春说："别急，我马上联系如皋内科专家给他会诊。"

梁定友还真是命大，根据专家会诊后的治疗方案，经过一番抢救治疗，他竟然转危为安了。

2018年11月24日，我在写这篇文章时，在微信上问于洪春："梁定友现在还好吗？"

于洪春随后给我发来一个小视频：梁定友穿着一身厚厚的棉衣棉裤，整个人坐在病区走廊的大理石地面上，以双手为拐，像体操运动员一样，用残手撑着身子一步步往前挪。11月底的大理石地面，想必冰凉无比吧！

"他的代步工具呢？"我惊讶地问。

"他年纪大了,75 岁了,铁凳子太重,撑不动了。"于洪春回复我。

75 岁的梁定友脸上,拜麻风后遗症瘢痕所赐,没有一丝皱纹,看上去似乎只有四五十岁。也许,这是麻风赐予他的唯一的礼物。

三

我是你的手、你的眼、你的腿

"今天中午吃猪肝,是你喜欢吃的,来……"

那天中午,我上到二楼,正是吃饭时间。在齐简花的房间里,我看到这样一幕:陈大柱正在喂齐简花吃饭。他用勺子舀了一勺饭,再夹两片猪肝在饭上,小心翼翼地送进齐简花的嘴里。齐简花有滋有味地吃起来。

齐简花没有手,吃饭、吃药、洗头、洗澡、穿衣、上厕所、剪头发、剪指甲……所有需要用手做的事情,全靠陈大柱帮忙。

齐简花还没嚼完咽下,陈大柱又舀起一勺等在她的嘴边。齐简花费力咽下食物,摇摇头,口齿不清地说:"你吃你的,我可以自己吃,再不吃就冷了。"

陈大柱于是舀了一些猪肝放在齐简花的饭碗上,把饭碗推到齐简花面前,齐简花伸长脖子,用嘴巴直接叨起菜和饭,咀嚼几下,就吞进肚子。饭菜吃到碗底后,嘴巴够不着了,陈大柱再用勺子舀起饭菜,送到她的嘴里,等她吃完后,陈大柱拿来一块毛巾,帮她把嘴巴和脸擦干净。这样的日子,他们一起过了三十年……

我问陈大柱老人:"您天天这样照顾她,辛苦吗?"

"怎么说呢? 天天做,就成了你的责任,就不觉得苦了,总不能眼睁睁看着她饿

第十章
麻风病区:假如生活有慈悲

死吧,大家都是可怜人,能帮一下是一下。即使没有报酬,我也不会对她不管不顾。相依为命三十年,早就成了一家人了。"陈大柱老人说完,歪着嘴角向我笑了一笑。

齐简花从小失去父母,被舅舅收养,10 多岁时,被查出麻风病,后来发展到双手溃烂截肢,面容被毁,十分丑陋,口眼难合,说话都口齿不清。

陈大柱原先结过婚,有老婆和孩子,后来他患病入院后,老婆带着孩子改嫁去了外地。陈大柱耳朵不太好,由于头上长过癞疮,没有头发。但他四肢齐全,他就是齐简花的手。

以前他帮她做这些,几乎是纯义务。后来,刘朱建上任后,在病区里开展起"有偿帮扶"活动,陈大柱每月可以得到几十元的护理补贴。

"由于麻风病区的特殊性,极难从社会上招聘到护工,而随着老人们越来越老,越来越没有自理能力,必须有人照顾他们的生活起居。不得已,病区只好因地制宜,自行制定帮扶规定,在康复者内部提倡有偿帮扶服务,旨在鼓励病人之间互相帮助,多少解决了护理奇缺的大难题,尽管如此,依然无法满足实际需要。"刘朱建曾这样告诉我。

自从开展"有偿帮扶"之后,病区里类似齐简花的生活无法自理者都有了帮手。至于报偿数额,则根据帮扶困难程度,分为一级、二级和三级,"有偿帮扶"金额也分别为每月 10 元、20 元、30 元不等。

齐简花的隔壁住着同样双手缺失、双目失明的老人薛秀英,一直帮扶她的李强树老人前两天因患急性胆囊炎去了如皋人民医院住院治疗,她担心无人护理自己,急得直哭。陈大柱老人过去安慰她:"别急别急,等我把齐简花喂饱了,就来喂你。"

那几天,陈大柱一个人要照顾两个人,喂饭、洗澡、洗衣,伺候完一个,再去伺候另一个。

几天后,陈大柱也累得病倒了。打完点滴,他又赶紧回房照顾两个没手的病友。她们已经成了他卸不掉的责任。

隐居者
YINJU ZHE

"我很担心,我要是比齐简花先死,谁来照顾她呢?"陈大柱仿佛自言自语一样问我。我则无言以对。

齐简花听到了,口齿不清地接上一句:"你死我也死啦!到了那边,让我有手有脚,我来照顾你。"

听到的人都笑了起来。齐简花的口眼歪向一边,笑像哭一样。

在医院为数不多的几个病人护理员中,吴大海是"口碑极好"的一个。只要他忙得过来,他可以同时护理两三个病友。他和哥哥吴大江先后患病入院治疗,一直住在同一个宿舍。兄弟俩身形一个瘦小,一个高壮,性格也大相径庭。哥哥吴大江性格开朗,信奉"今朝有酒今朝醉",有吃就吃,有花就花,自己过得潇洒自在;弟弟吴大海性格内向,一门心思开荒种地、捡垃圾、做护理,一分、一角地攒钱,凑成整数后藏起来。

吴大海做事很认真,也许是为了多挣钱,他抢着做别人不愿做的事情,比如为有溃疡的病友换药等。尤其是夏天,病人的溃疡部位气味难闻,脓血合流,偶尔还会流黑血,需要非常耐心地擦洗和换药,每一次吴大海都做得极为认真仔细,比自己换药、吃药还要准时和上心,凡是被他护理过的病员都很满意。他还经常跑到于洪春那里主动请缨:"于主任,你忙不过来就叫我啊!"于洪春心知肚明:他是想多挣点钱,不过这也无可厚非。所以需要护理,他自然会第一个去叫吴大海。

说起吴大海,这个人也挺有趣。还在老病区时,他为了挣点小钱,经常去江堤上开荒种菜、种花生,或是外出捡破烂,拿去集市换钱。一个夏天的中午,有位病人慌慌张张跑来告诉于洪春:"不好了,于洪春,吴大海晕倒在江堤上了。"于洪春一听,一口气跟着病人跑到江堤。原来,吴大海趁着中午没事,来到江堤上开荒种菜,大概是天气太热的缘故,竟然休克了过去。当时老病区医疗条件差,于洪春赶紧找车把吴大海送往石庄医院抢救,结果被诊断为胃溃疡穿孔导致失血性休克。医院一边全力抢救吴大海,一边下了病危通知书。主治医生摇头称:"没有治疗的必要

第十章
麻风病区：假如生活有慈悲

了，拉回去吧。"

吴大海捡破烂攒的几百块钱，住了几天医院就全部花光了。哥哥吴大江也说："算了，我们没钱治了，拉回去糊糊算了。"糊糊，就是把他拉回家混混等死的意思。

吴大海被拉回江滨麻风病医院后，于洪春每天给他用点常规药物治疗，同时嘱咐厨房每顿给他熬点小米粥喝。吴大江每天守着这个弟弟，早已做好"混混等死"的心理准备。偶尔闲了，就去江堤上一个当地老百姓就着一棵孤零零的老树搭建起来的简陋土地庙那儿，拜一拜蹲在里面的一尊泥菩萨，再讨点香灰，回来冲水喂给吴大海喝。没想到，半个月后，吴大海竟然奇迹般地好了起来。于洪春都觉得不可思议。

直到现在，吴大海都健康地活着。他一边精心护理病友，一边继续省吃俭用，继续一分、一角地攒钱，攒成整数存起来。

于洪春多次警告他："老吴啊，健康要紧，不要千省万省弄垮了身体，你忘了上次医院抢救的教训啦？挣再多的钱，你舍不得吃喝，一旦生病，全部送给了医院。"

吴大海回头冲他笑笑，信心十足地说："放心，我大难不死，必有后福。"

四

谢老麻的遗憾与抱怨

【采访手记：2018年3月16日下午，于洪春医生陪我来到如皋西郊加力村9组，找到了89岁的谢同杰老人，他是江滨医院最早的，也是唯一科班出身的麻风病医护人员，人称"谢老麻"，退休多年的谢同杰如今还是当地远近闻名的皮肤病医生，在家里开了个私人诊所，加上每月4200元退休工资，收入颇为可观。

隐居者
YINJU ZHE

老伴去世后，孝顺的大媳妇给他找了一个附近村里的阿姨做保姆，每天伺候他的吃口拉撒，每月付给保姆2000元工资。谢同杰老人精神矍铄，耳朵里塞着助听器，说话声如洪钟，提到江滨医院，老人家滔滔不绝。我请他谈谈在江滨医院工作几十年的情况，本想了解一些鲜为人知的故事，但他翻来覆去所说的，却是满腹的遗憾与抱怨。】

"我退休早，现在每月只能拿4200块退休工资，有的人比我工作晚，现在拿得还比我多。"时至今日，谢同杰还有些遗憾，语气里不无抱怨。

1956年，时年27岁的谢同杰从泰兴人民医院培训结束后，得到了江苏省卫生厅颁发的医护人员培训合格证书，至此开始了他的医务工作者生涯。（这张珍贵的证书，如今依旧被谢同杰保存完好，压在他为村民看病的办公桌的玻璃板下。）

1965年，他被调到如皋磨头皮防所工作，开始接诊麻风病患者，从此与麻风病工作结下了不解之缘，他应该是如皋最早的一批麻风病医生。

1970年，如皋及周边地区麻风病大爆发，各地的麻风病门诊人满为患，为了控制病情蔓延，如皋政府决定兴建专科医院，集中收治麻风病患者，于是在江边拨地800亩，迁走两个村庄，兴建起江滨麻风病医院，当时谢同杰也参与了医院基建工作。医院建成后，拥有病房500余间，开始大量收治麻风病患者，最高峰时期，收治病人2000多名，其中百分之九十都是男病人。很多病人是被强制性送到此地，甚至有些病人被五花大绑送到这里，病房根本容纳不下，只好两三个病人一个病房，男女病区分开，并按照病人的病情轻重，分成一、二、三、四、五、六……不同的病区。当时的医护人员也是历史上最多的——护士60多人，从正规医科大学毕业的医生20多人，全都由各地区医院抽调而来的。医护人员的住地和病区分开，病区在西，医护人员在东，相距一里多路，并有一条小河相隔。

当时的麻风病被当作传染病医治，医护人员上班时，个个都是防护服、隔离靴、

第十章
麻风病区：假如生活有慈悲

口罩、帽子全副武装，下班时在门诊部全都换掉。在当时的情况下，很多医护人员把在江滨医院工作当作一件不幸的事情，工作不久，都想办法纷纷调离。

1980年左右，随着治愈病人的陆续离开，医护人员也越来越少，到最后，只剩下了谢同杰。唯独他没有任何后台，成了无路可去的留守医生。当时的上级主管部门为了让他安心留下工作，局长口头认命他为医院主管，却从来没有下过红头文件，这令谢同杰数十年来未能释怀。后来，又从外地空降来一个院长周维新，这更加令他失落。

谢同杰在江滨医院工作期间，他的家属带着两个儿子和一个女儿在老家生活，轮到他休息，他才回家一趟。那时每月二三十元的工资，对一个农村家庭来说，还是一笔不小的收入。尽管工作不是特别如意，但也舍不得轻易放弃。

尽管没有得到政府任命的重用，建院元老谢同杰依然是医院里的"实权人物"，病人们治愈后，必须从他手里得到"治愈证"，方可出院回家。

谢同杰1982年退休，后来又被医院返聘了10年，1992年才真正退休，时年63岁。

提到返聘一事，谢老麻十分自豪："要说我工作不努力，为什么我退休后还要被医院借用回去？可见我的工作是得到了肯定的。我谢老麻做人向来光明磊落，不搞歪门邪道，所以兢兢业业一辈子，没有一个人说我半个'不'字。"

我问老人家："在江滨医院工作一辈子，您有什么感慨？"

"没什么感慨，就是我到退休，也没有给我下一个任命的红头文件，这是压在我心底一辈子的石头。我当年是在农村学的医，然后到泰兴人民医院进行了两个月的医学班培训，培训结束后，到如皋志愿军康复医院工作了两年，后又调回如皋，先后在城西马塘卫生所和东城卫生所工作过，后来调到江滨医院。我把一辈子都贡献在麻风病岗位，但是直到我退休，也没有得到一个正式职称。比我晚去的人，不是主任就是书记，要么就是院长，只有我，什么也不是。"

隐居者
YINJU ZHE

　　说到这里,谢老麻明显有些激动。我试图理解他的心情,换到现在,大概可以理解为:谢同杰由于自身文凭不过硬,所以职称一直上不去,妨碍了他的政治生涯。

　　谢同杰退休后,在家开了一个皮肤病家庭诊所,周围十里八乡的乡亲有些小病小灾,不去大医院排队花钱,而是到谢同杰这里碰运气,有些皮肤上的小毛病,谢同杰用自己调制的中药为民除病,倒也乐得其所。

　　临别前,我们提出和谢同杰老人合影。他立即拽掉袖套,又让保姆阿姨给他找出一件干净的外套蒙在他的夹袄上。他家院子里长有一棵蓬勃的银杏树,我们便在这棵银杏树下拍了一张合影照片,谢同杰老人笑得坦荡而洪亮。

　　【从谢同杰老人家出来,他家门外有一丛我从未见过的金黄色球花,枝干舒展,遍身无叶,顶端一丛丛金色花球,在刚刚苏醒的三月原野中十分惊艳。我欣喜若狂,跑过去与花合影。于洪春告诉我,这叫结香,它的树枝可以任意扭曲打结而不断。我试了试,把它的枝干扭成8字形,它果真顺从而服帖,如同一个逆来顺受的小媳妇,堪称神奇。

　　自然界中没有一个生命可以辜负,它的出生,就是为了诠释生命的真谛。】

第十一章　医护情深:虽无血缘,也浓于水

我说:我的青春已经逝去

像一团被雨水浇灭的火

它再也不会摇曳、歌唱

或者与风儿一道嬉戏玩耍

我说:扑灭我青春的

绝非多大的悲伤

而只是那不断敲击我的

小小的惆怅

我以为青春已经离去

但是你却又让我再一次经历

像火苗呼唤风

跳动着被点燃

掀开它那灰色的外套

为它穿上新衣

让它像新娘一样

再次交付你

——美国诗人萨拉·蒂斯代尔《灰烬》

隐居者
YINJU ZHE

一

【采访手记：第一次见到于洪春，他正蹲在一群老弱病残之间，为他们检查患处、询诊、换药，耐心细致，技术娴熟。当他站起身，我不由得大为惊异——居然如此年轻帅气。传说中的那位集医生、护理、保姆、儿子于一身，从1990年便在病区工作至今的"混合型"医生真是他吗？

"是什么动力使你选择来这里工作？为什么一做就是二十多年？想过离开吗？是什么使你留了下来？"我的疑问汩汩而出。

"说来话长……"于洪春腼腆一笑。他并不太善于言辞，镜片后的眼睛透出真诚，似乎还有一丝无奈和疲倦。】

于洪春：从19岁那年第一次踏进江滨医院，
第一次走近这群特殊的人起，便注定了他们之间的相互依存关系。

第一次来到江滨医院时，于洪春觉得自己似乎来到了一个无比危险而可怕的地方。

一边是精神病区，另一边是麻风病区。这两群人，像是一群被老天遗忘的人。尤其是麻风病区，低矮黝黑的房子、残缺丑陋的躯体和容颜、刺鼻的气味、可怕的传说……无一不令人胆寒。

他曾从父亲口里多次听说过这个地方和这些人，却从未来过这里，从未近距离见过他们，他想象不到世上还有这样一群命运多舛的人，在一个几乎与世隔绝的世界里苟延残喘。他们几乎个个未老先衰，他们似乎被时间遗忘，又似乎遗忘了时间。他们逆来顺受地活在自己的命运里，不悲不喜。

第十一章
医护情深:虽无血缘,也浓于水

第一次见到他们,他从他们的眼睛里看到了友好、期盼、麻木、祈求、冷漠等难以形容的神色,这些复杂的目光交织在一起,色泽难辨,令人揪心、疼痛、震撼。

读书时,他喜爱文学,读过不少世界名著,但没有一本名著中描写过这样一群人,他找不到形象来比较,更找不到走向他们心路的方向。他觉得,他们的心里一定藏着无数个秘密,好比大海中的冰川,他们真实的面目在海水之下。

所以,在后来的日子里,与其说他怀着"一个农家孩子好不容易得到一份正式工作"的无奈留下来做了一名男护理,不如说,他更多的是怀着怜悯和好奇。那是1990年,他19岁,正是在理想和现实之间左冲右突的年龄。

第一次跟着医生给病人们清洗溃疡和换药时,他是全副武装的,白大褂、帽子、口罩、手套,一件都不少,严阵以待。但无论如何武装,都无法保护视力、听力和嗅觉受到的冲击,有些和他一样刚刚走上工作岗位的女护理,当时就扔掉手里的药物托盘,跑到外面一阵呕吐。一天下来,他滴水未进,粒米未尝。一看到饭菜,那些难以形容的伤口和气味,就让他感觉食物开始在胃里翻江倒海。

重病患者的宿舍也是个考验人毅力的地方,往往是在一团颜色模糊的床铺上,坐着一个面目模糊的人影,屋内一股令人窒息的气味。气味有来自尿壶的,有来自溃疡伤口的,有来自口中的,还有来自地下的。气味无孔不入,两层纱布口罩也无济于事。尤其夏天,蚊子躲在暗处,苍蝇落在明处,每次从病人的宿舍出来,裸露的胳膊和腿上都会有几个来历不明、痛痒无比的红疙瘩。

最困难的工作,是给溃疡病人清除伤口上的蛆虫,那是做好护理工作的必修课。病人们的伤口是麻木的,没有知觉的,但他总觉得,伸向那堆腐肉的金属镊子,没能刺痛他们的伤口,但一定刺痛了他们的心。

一两个月后,和他同时期被招聘录用的护理员先后逃离,他也想过打退堂鼓,在乡里做基层干部的父亲却劝他:"世界上任何工作都需要人去做,你还年轻,吃点苦算什么?如果你连如此艰苦的工作都能坚持下去,以后漫长的几十年,还有什么

隐居者
YINJU ZHE

困难能难倒你？再说了，看看那些人，你不觉得他们太可怜吗？他们需要人帮助，如果连你这么善良的孩子都不愿意留下来帮他们，他们就只有慢慢等死了。你小时候不是最喜欢读《钢铁是怎样炼成的》吗？我记得你还在笔记本上抄过这么一段话——人最宝贵的是生命，生命对人来说只有一次。人的一生应当这样度过：当他回首往事时，不会因为虚度年华而悔恨，也不会因为碌碌无为而愧疚。你就把这份工作当作一个挑战，看看自己到底有多坚强。你小时候最崇拜英雄，如果你能做好这份工作，在平凡的岗位上做出不平凡的业绩，你就是一个平民英雄。儿子，我看好你！"

说罢，父亲还在儿子的肩膀上狠狠地拍了拍，好像对他寄予了无限厚望一样。那是父亲生前和于洪春最语重心长的一次谈话。不知是父亲掌上的力量，还是父亲前所未有的严肃打动了他，于洪春答应了不当逃兵。

不得不说，于父是用心良苦的。年少时的于洪春是个无法无天的"混世小魔王"，高中毕业后，曾跟着亲戚辗转上海、北京等地打工，漂泊无定，他又是父母唯一的儿子，父母自然不能任由他浪迹天涯。于父抓住了儿子天性善良的特点，将他诱骗回家，再激发他的一腔善念和英雄情怀，让他主动愿意留在江滨医院，留在家乡。最后，父亲做到了。

如果说，在父亲生前，于洪春还曾有过离开江滨医院之念，那么自从父亲去世之后，他再也没有过一刻犹豫，对父亲的承诺成了他一生遵守的信条。哪怕他的一位亲戚，曾用十分诱人的待遇邀请他去自己的集团公司任要职，也没能让他动摇。虽然那时候离开，谁也不能阻拦他，但他说服不了自己。

从1990年进入江滨医院，于洪春连续三年被评为先进工作者。1993年经医院推荐，他又通过成人中考，进入如东卫校学习临床。1996年毕业后又回到江滨医院，成了麻风病区的一名正式医生，从此再也没有离开。那时麻风病区还有160名住院病人，但只有9名工作人员——行政4人，医生3人，护理2人，其中还有2位

第十一章
医护情深:虽无血缘,也浓于水

长期不来上班的尸位素餐者。如今,除了现任院长刘朱建兼管精神病区和麻风病区之外,麻风病区的医生,只有于洪春一个人。

从19岁到如今的47岁,漫长的二十八年时光,如闪电般划过自己的前半生,于洪春不记得从何时起,自己给病人看病换药时再也不戴口罩和手套,也不再坐在医务室里等着病人前来找他取药、换药,他每天上班后的第一件事,就是挨家挨户地"查房"。后来发展到他能在病人宿舍里陪他们聊天,义务帮他们给家人写信、读信,为他们去镇上采购日用品。

他渐渐发现,他们是个奇怪的群体,他们每个人都是一个世界,既相互关联,又无比独立。除了疾病,他们没有敌人,他们活得比谁都认真。他们中有的人从不在外人面前流泪,哪怕在黑夜里泪流成河。他们需要的,除了肉体上的精心护理,还有心灵与尊严的重建。

实际上,二十八年过去了,于洪春已经不仅仅是个医生的角色,还兼任病区心理咨询师、矛盾调解员、生活小保姆,甚至成了上百名毫无血缘关系的麻风老人的"儿子"。他无愧医生这个称号,但对自己的家人,却愧疚无比。

曾有一段时间,于洪春和同样做医生的妻子之间,也产生过几乎难以调和的矛盾。妻子是他在如东卫校学习临床期间认识的,算是志同道合,婚前相亲相爱,婚后也一度如胶似漆。妻子在通州一家卫生院做妇产科医师,他在如皋江滨医院,两地相距上百公里,那时还没有私家车,江滨医院也只有他一个医生,周一至周五,他只能住在病区宿舍做24小时陪护,每周只能休息一至两天。

也许是距离产生美,那时候,夫妻俩虽然聚少离多,却也无比恩爱。但自从1998年儿子出生后,平静的小日子开始有了变化。

妻子一开始也理解他的难处,一边上班,一边独自带着儿子,只有等到周末,一家三口才能小聚。为了弥补为父为夫的责任缺失,难得回家的两天,于洪春会抢着干家务活儿,带孩子去公园玩耍。但总有些遗憾,他永远也无法弥补。

隐居者
YINJU ZHE

  儿子4岁时的一个深秋的晚上,轮到妻子值夜班,她不放心把儿子一个人放在家里,于是把他带到医院,安排在护士休息室睡觉。儿子半夜一觉醒来,发现妈妈不见了,医生值班室里也没人,孩子吓坏了,一边哭一边找。护士告诉孩子:"你妈妈在手术室里,有一个小宝宝要出生了,妈妈手术结束就回来。"并拉着孩子回休息室去睡觉,可孩子死活不依,赖在手术室外面不肯走。他不知道妈妈在哪里,他必须守在离妈妈最近的地方,这样妈妈出来时,他第一个就能见到!

  深秋的夜晚气温极低,等到于洪春的妻子做完那台难产手术出来时,一眼看到穿着睡衣的儿子,蜷缩在手术室外的走廊里,冻得瑟瑟发抖,嘴唇乌青,脸上还挂着委屈而惊恐的泪珠。妻子一下子抱住儿子,心痛至极,泪水横流。

  第二天一早,妻子就给于洪春打来电话,声泪俱下地把儿子当晚的情形描述了一遍。

  "你和我,必须有一个离开现在的工作岗位!必须有一个人,晚上能够陪着儿子睡觉!"妻子对他发出通牒。于洪春在电话这头心痛得无语。

  二十多年后,于洪春对我说出这番往事时,依然热泪盈眶。他说,自己欠儿子一个温暖而又有安全感的童年。

  妻子还是通情达理的。等她心平气和之后,于洪春和她商量:"你的医院缺了你,还有其他医生可以顶上,但是,江滨医院现在只剩下我一个医生,其余的退的退了,转的转了,我再一走,老人们就没指望了,他们在这世上,活一天,少一天了……换位思考一下,如果你是我,你该怎么选择呢?"

  妻子太了解于洪春了。在他感情天平的另一边,那上百位麻风老人,已经成了他生命中不可拒绝之重。有时候好不容易等到休息天,他正在家里抱着儿子看着电视,或者做着饭,只要江滨医院来一个电话,说哪个老人发烧了,他可以立刻扔下儿子赶往医院。换位思考一下,如果自己是于洪春,一定也是义不容辞!何况,自己同为医生,同样明白"医者仁心"的道理。

第十一章
医护情深：虽无血缘，也浓于水

妻子没有为难于洪春，自己默默地打了申请报告，离开了自己喜爱的妇产科医生的岗位，调到离家较近的卫生监督所做了一名行政人员。与其说，妻子的牺牲成全了于洪春的医生生涯，不如说，她的牺牲，成全了上百位麻风老人的晚年生活。对此，于洪春一直心存感激。而愧疚，比感激更重。

儿子从小到大的家长会，于洪春没有参加过一次。无数次灯下辅导作业，无数次风里来雨里去地接送上下学，无数次孩子的头疼脑热，都是妻子一人承担。包括家中老人患病，身为医生的于洪春都未能尽力，而是妻子安排住院、检查、手术，床前床后地伺候。怨言也有，但是抱怨之后，这一切还是要默默地去承受。

近些年来，随着老人们的年纪越来越大，于洪春越发不敢掉以轻心，即使周末回家，手机也是24小时开机，由此也导致很多无聊的骚扰信息或电话半夜将他吵醒，之后便极难入睡。久而久之，导致他落下了神经衰弱的毛病。

十多年前，"艄公"梁定友半夜突发急性胃出血，就是于洪春连夜组织车辆送他去南通医院抢救，并亲自将他背进医院求诊，而南通医院因他是麻风病患者拒绝治疗，于洪春又将他带回江滨医院，并从石庄镇医院请来内科专家会诊，由于诊治及时，梁定友化险为夷，幸存至今。如今，梁定友逢人便说："我多活的这十多年，是于医生抢救回来的。"

女病人闫月秋数十年来双脚溃疡，每到夏天就恶臭难闻，蛆虫满腿，她自己都不想看溃烂生蛆的患处，但是于洪春会定期去帮她清洗伤口、敷药，眉头都不皱一下。有时他看她下床倒开水都困难，便帮她把开水倒好，和药一起放在她床边的小桌上，令她伸手可及。闫月秋有个儿子，几十年来，儿子只来看望过她几次。有一年春节，闫月秋想回家过个年，儿子说："回家谁给你换药啊？"闫月秋说："我能把药带回家换。"儿子又说："看到你的伤口，谁还能吃得下饭？大过年的，你还是不要把晦气带回家了吧。"儿子后来结了婚，生了孩子。但闫月秋从来没有见过媳妇和孙子。儿子的家，与她无关。在闫月秋心里，于洪春是她唯一的儿子。

隐居者
YINJU ZHE

  病人宋利民，有三个儿子，一个个混得都不错。一个在老家做公务员，一个在私企做白领，一个在外地开公司，宋利民很想在晚年时，能够和儿孙相伴，享几年天伦之乐，将来也死而无憾了。可是，宋利民委托于洪春给三个儿子分别打了好几次电话，儿子们不是推三阻四，就是说工作实在太忙，抽不出时间来看父亲。甚至他们，根据"三结合"寄养制度规定，病人家属该支付的生活费部分，也是拖欠又拖欠，总是要下好几次通牒，才会交来，因为他们每一个，都指望着另外两个兄弟去支付。

  这时的于洪春，已经不是一个医生的角色，更像是一个调解员或是心理医生。从伦理、孝道，甚至人性的层面，苦口婆心地劝说子女们，莫要留下"子欲养而亲不待"的终生遗憾。转而，他又要换上温暖的笑容，对伤心失望的老人说："你看，现在搬到了新病区，住上了楼房，看上了电视，用上了空调，你回家可能都没有这么舒服呢！你看那个谁谁谁，回家没几天，又搬回来住了，你在这里住了几十年，跟大家在一起，比亲人还亲，你回家后，肯定不会习惯的……儿女们又忙，平时哪有时间照顾你？你这一回去，还要留一个人在家专门照顾你，这不是给他们添麻烦吗？"

  一番苦口婆心，病人们慢慢地变得平心静气，但于洪春心里越来越悲凉。护理麻风老人二十八年，他看到了太多发生在病人和亲人之间的世态炎凉。

  2016年12月的一天，78岁的宋利民病重，他似乎感觉到自己已经来日无多，请求于洪春帮他分别给三个儿子打电话，请他们来一趟医院，将他接回家去，他死也要死在家里供着的列祖列宗的灵牌位前，这样自己死后才能和先人团聚。

  可是，于洪春给宋氏三兄弟分别打电话时，不是打不通，就是说自己在外地出差，让他打另外两个兄弟的电话。电话打到开公司的小儿子的时候，这位宋总不耐烦地对于洪春说："我们跟你们医院是签订了寄养合同的，我们也按规定交了生活费，你们有义务将老人照顾到死，对不对？看到老人病了，快死了，你们就往家属身上推，让他们回家等死，这样你们就不用管他们的后事了，乐得清闲是不是？"

第十一章
医护情深:虽无血缘,也浓于水

几乎从不对人发火的于洪春终于火了,他对着电话大声咆哮:"宋总,你听好了,我本来没资格指责你的,我的工作不包括教训没有人性的人,只是奉劝你一句,但愿你将来不会对着你父亲的灵牌位良心不安!"

说罢,他挂了电话,感觉头疼又开始了。这是最近几年继头晕目眩之后,逐渐发展起来的病痛。

也许是良心发现,三天后,宋利民的三个儿子来到了医院,随之而来的是两辆车,两辆车差别巨大,一辆是高级奔驰,另一辆是普通面包车。离开的时候,病区里所有人发现,宋氏三兄弟相继钻进了高级奔驰车,宋利民则被安排在普通面包车里。

四天之后,宋利民在家中去世。于洪春得知后,长叹无语。他不知道,回家后的宋利民,有没有得到他想要的天伦之乐,他是否死而无憾。

二十多年的朝夕相处,于洪春对每个病人的脾性了如指掌,记得每一位溃疡病人的换药时间,记得大多数病人的出生年月日。原先在老病区时,因条件不便,距离市区较远,他只能嘱咐食堂师傅,请他们为寿星煮一碗长寿面。后来搬到新病区之后,每一位老人过生日时,都能品尝到于洪春特意预订的香甜松软的蛋糕。日复一日、年复一年做下来,就做成了自己的责任和义务。

每年的3月28日,病区年龄最大的谢同玲老人,一早就会把自己梳洗停当,穿上自认为最干净漂亮的衣服,坐在床上等待着什么。她的右脚有溃疡,脚掌残缺,常年卧病在床。她的病床靠近窗口,她把花白的头贴在窗棂上,认真地看着窗外的动静,等待着希望见到的人。

中午时分,她终于等来了那个人,他喜气洋洋地捧着一块香喷喷的奶油蛋糕,来到她的宿舍,插上蜡烛,为她高唱《生日快乐》歌。这个人,就是于洪春,和他一起来为她祝寿的,还有院长刘朱建等人。近些年的每一个生日,谢同玲和其他老人一样,都是一边流着五味杂陈的眼泪,一边品味着香甜可口的生日蛋糕。每年自己

隐居者
YINJU ZHE

过生日这一天,亲人们几乎都会让老人们失望,但于洪春和刘朱建从来没有。

2016年夏天,93岁的谢同玲老人在睡梦中平静离世。于洪春和刘朱建亲自将她送上了殡仪馆的车,并在车后含泪挥别:"谢妈妈,一路走好!"

女尼盛忠在世时最大的快乐,就是找于洪春聊天讲经。全病区也只有他一个人能理解她,不会嘲笑她,不会认为她是疯子。所以她去世时,把自己视为珍宝的经书遗赠给了于洪春,还有她亲手编织的毛窝儿。对于洪春来说,这也是他医生生涯最大的收获。

截至2016年,病区除了尚有89名麻风康复者外,另有38名老人出院回家。但是,其中有10多位老人,回家没多久便先后去世。有些老人回家后,并未享受到渴盼已久的天伦之乐,曾有老人被安排在几乎废弃的老屋中自生自灭,甚至有老人被捆绑于家中不得外出。有些,是为了老人的安全起见;有些,则是出于令人无奈的顾虑。

如果说,世上还有一个真心实意惦记着江滨医院麻风老人的人,那就是于洪春了。对于出院回家的老人,他没有置之不理,他每年都会不定期前去探视,为老人们量体温、测血压,甚至帮忙调解邻里或亲人之间的纠纷。每当他看到有些老人回家之后得到亲人的善待,精神面貌焕然一新,便由衷地为老人们高兴。但当他看到有些老人回家后受到家人虐待,便按捺不住气愤,毫不留情地将那家人斥责一顿。接着询问老人,是否还想回到医院,如果还想回去,他会帮忙办理返回医院的手续。先后有好几位老人,便是由于回家后受到虐待,再次主动要求回到医院,就像前面写过的夏国华。

也许是过于操劳导致的神经衰弱,几年前,于洪春落下了头晕目眩的毛病,夜间也经常失眠,有时在给病人看诊时,一阵突如其来的眩晕,使他不得不趴在办公桌上,等待眩晕过后才能继续工作,近两年,又发展到了头痛的地步。麻风老人们知道后,十分担忧。

第十一章
医护情深：虽无血缘，也浓于水

有一次，于洪春又感到头晕目眩，便用几把椅子拼在一起，躺在医务室里休息。不一会儿，他感到有什么东西轻轻地落在了身上。睁眼一看，只见一位老人拿来一条干净的毯子，盖在他身上，怕他睡着后着凉。每当想起这个细节，于洪春都热泪盈眶。

有一次，一位老人直言不讳地对于洪春说："于医生啊，你千万要保重身体啊，你要是倒下了，我们也活不久了。"于洪春当场红了眼眶。老人们虽然说得有些言过其实，但在那一刹那，他忽然感受到肩上沉甸甸的责任。从19岁那年第一次踏进江滨医院，第一次走近这群特殊的人起，便注定了他们之间的相互依存关系。

二十八年过去，于洪春不再年轻，他的发间开始有了丝丝斑白，像蒙上了一层岁月的灰尘。

每年，医院里都有几位老人离开人世。看着越来越多的空置的宿舍，于洪春的心里也越来越空。如今留院的，大都是无家可归者，他们不仅长期经受肉体上的病痛折磨，心理上还孤独寂寞，于洪春没事就会和他们聊聊天，排解他们的苦闷和寂寞。

于洪春是一位无须做手术的医生，但他也许是一位见证死亡最多的医生。有些人，一辈子也许见证不了几次死亡，但他一年要见证好几次。这些年来，经过他的手送往太平间的麻风老人，有五六十名。如今，随着老人们一个个进入风烛残年，永远离开是随时会发生的事情。

"也许用不了几年，我可能就要转岗或提前退休了……"我在病区采访的那一次，于洪春无奈地对我说。我能理解他的潜台词，当这最后一批麻风老人一个个离开这个世界之后，他就再也不是一名医生了。他也许是如皋最后一名麻风病医生。不是也许，是绝对。

而江滨医院，必将会成为历史。

隐居者
YINJU ZHE

二

【采访手记：2011年10月1日，刘朱建来到位于长青沙岛的新江滨医院就职。麻风老人们从住了将近四十年的阴冷潮湿的江边老病区，搬迁到了现代化设施一应俱全的天堂般的新病区，生活上有了天壤之别，他们却一时难以习惯，常常做出令人头痛的举动。作为这样一个病区的新院长，这是一个艰难的考验。

刘朱建是一位当过兵、又有着艺术情怀的中年人，做事雷厉风行，喜欢写作，爱好摄影，谈吐幽默。数年来，他用镜头和文字，事无巨细地记录下了发生在江滨医院的点点滴滴，名为《江滨医院工作影像日志》。2016年，刘朱建出版了一本图文并茂的画册《渴望你的爱》，用400余幅影像，为世人打开了一扇了解这群特殊人群的窗口，每一幅图片和简短的文字介绍背后，都掩藏着一个耐人寻味的故事。

以下几个颇具代表性的片段，截取自刘朱建的《江滨医院工作影像日志》，我经过详细采访梳理，基本还原了事实原貌。其中既有令人啼笑皆非的日常小事，也有令人感动的医患温情。】

肉丸用秤称

2011年大年三十，刘朱建去食堂查看老人们的伙食。那天食堂吃肉丸子，老人们都拿着各自的饭碗，排队等在窗口，打饭菜的窗口却迟迟不动。他觉得奇怪，走近了一看，不禁满头雾水：只见灶台上放着两口锅，一口锅里是差不多大的大肉丸，另一口锅里还有一些小肉丸，负责打饭菜的师傅先舀起一颗大肉丸子，称了称，

第十一章
医护情深：虽无血缘，也浓于水

又舀起一颗小肉丸子，再称了称，才放入等候的饭碗中。如此反复，打菜过程十分缓慢，热腾腾的饭菜慢慢没有了热气。

刘朱建奇怪了，问为何要这样。

负责做饭的几个老人答道："这样才公平啊！不然他们会吵着说别人的肉丸大，他的肉丸小，每次吃肉丸子都吵死了。这样当面称一称，每个人分量一样，就没的吵了。"

刘朱建闻言，目瞪口呆。军人出身的直性子让他当场发火："有你们这么做事情的吗？用秤称肉丸子，亏你们想得出！饭菜要趁热吃，他们很多人肠胃都不好，这样称来称去，饭菜到了嘴里都冰凉了。下次再让我看到你们这样做，别怪我把秤给扔了！"

继而，他又对排队等待的老人们说："你们想想看，一个肉丸子，大小能差多少？少吃一口肉，你们就会掉一斤肉吗？"

大家默不作声，个个脸上却是不敢苟同的表情，好像他们争的不是一口肉，而是一口气。

还有一次，食堂吃面条，刘朱建发现有人在大声嚷嚷。他赶过去一看，又好气又好笑。一位老人气愤地指着锅里的面条说："你们看看，他们先打面条的人，把面汤都舀走了，我们最后只能吃烂乎乎、干巴巴的面条，一点油水都没有，让我们怎么吃得下？"

食堂里的人反唇相讥："要想多点面汤，为什么不早点来排队？"

"早点来？我要多早来？再早来也有最后打面条的人。总之最后吃面条的人就是吃亏，这个问题不解决，还有的吵架。"

刘朱建当场对他们说："这次吃面条排队最前面的人，下次吃面条排队到最后。"

不仅是面条，即使打饭，他们也会因为蒸饭器的圆角和直角的差距而吵个

隐居者
YINJU ZHE

不停。

还有一次，刚好上级领导来新病区视察，一群人刚走到宿舍楼下，忽然一块肥肉从天而降，不偏不倚砸在一位领导的衣服上。刘朱建气得简直要吐血。据他后来调查，病人解释是为了抗议当天的红烧肉太肥了，刘朱建哭笑不得。哪有红烧肉不肥的道理？可是看着老人们可怜又可嫌的样子，又不能把他们怎样，他的气愤只能自行消化。他知道，老人们熬过太多穷日子、苦日子，他们大半辈子被禁锢在一个小小的集体里，哪怕一个肉丸、一块红烧肉、一口面汤、一两米饭，对他们来说，也是一种权益。

后来，经过刘朱建一系列的改革措施，如今的麻风病区食堂里，已经没有了用秤称菜的"传统"，老人们也不再吃冷掉的饭菜，不再为少吃一口肉而愤愤不平。老人们似乎终于明白：真正的快乐，不是拥有的多，而是计较的少。

为老人们做理财顾问

近些年来，当地民政部门对老人们越发关爱，生活补贴逐年增加，自2016年起，每月补贴270元，每个季度发放一次。刘朱建渐渐发现了一个怪现象：一到发放补贴的日子，医院里便异常热闹，天天都有亲戚来探视老人，高兴而来，满意而去。几天后，病区又恢复冷清。

这是怎么回事？不用刻意调查，秘密很快昭然若揭：有一些老人一拿到钱，就喜滋滋地给亲人打电话（家人大都是侄子），侄子们便喜滋滋地跑过来，名义上是看望老人，实际上是来揩油。老人们并不觉得这有多么不妥，相反还很受用，他们需要亲人的探视和慰问，以及被人惦记的虚荣，以此证明他们依然具有被惦记的价值，并以此为豪。

刘朱建发现，老人们的生活费被亲戚"洗劫一空"后，个人生活方面简直节俭

第十一章
医护情深:虽无血缘,也浓于水

到"令人发指"的地步。毛巾用成了渔网状,牙刷成了秃头,洗碗从不用洗洁精,洗衣粉也舍不得买……冬天到了,一双棉袜都是奢侈品。

政府给你们生活费,是为了改善你们的生活,不是为了养你们一大家子呀!真是"可怜之人必有可恨之处"啊!刘朱建一怒之下,和病区于洪春主任商量了一个好办法:替老人们理财。他们把政府的补贴分为四部分:一部分用于伙食和医疗;一部分给老人当零用钱;一部分用来买生活用品;还有一部分存着,需要急用时拿出来。有些不能自理的病人,还必须留下一部分作为护理费。

可是,有些老人并不领情,觉得刘朱建他们这样做,是对老人们个人经济支配的干预,甚至有人认为,老人们的生活费被医护人员挪用了。

刘朱建和于洪春也不辩解,让事实说话吧!他们按时给老人送去新的牙膏、牙刷、毛巾、肥皂、洗洁精、厕纸等生活用品。很快,他们又发现了老人们有了新的"对策":把他们发放的生活用品积攒起来,让家人拿回去。生活费"洗劫"不到了,生活用品也有吸引力。医院里的老人们依旧用着秃头牙刷和渔网状毛巾。

刘朱建再次想出了对策:下个季度发放生活用品时,必须拿着旧牙刷、旧毛巾、旧洗洁精瓶子来换,以一换一。如此一来,才有效地遏制了老人们用自己的生活费接济家人之风。

"你们吃了大半辈子的苦,现在生活条件好了,也该自己享点清福了,不要老想着接济家人,他们有他们的生存之道,现在的农民条件早已今非昔比,不是你们离家时的模样了,你们才是最需要关心、关爱和帮助的人。社会上每年有那么多爱心人士来看望你们,给你们买这买那,你们一转眼就把别人给你们的爱心转给了家人,你们让爱心人士怎么想?"

这样的苦口婆心,刘朱建不知说过多少次。面对这些老人,他压根不把自己当院长,有时把自己当儿子,有时把自己当孙子。

"要是自己的爹妈,偶尔还能发顿火,面对这群老人,真发火时,自己也心虚。"

隐居者
YINJU ZHE

这是刘朱建的原话。

日记背后的故事

刘朱建日记：2011年10月29日，星期六。经过与省、市疾控中心多次联系，今天省疾控中心的专家专程来医院，为16名需要安装假肢的麻风老人打样模。过段时间，等安上了假肢，老人们就可以告别拐杖自由行走了。

在安装假肢之前，老人们从来不知道，世上还有一种如假包换的义肢，可以代替拐杖支撑他们的残躯，使他们恢复久违的行走功能。这些被疾病夺去腿脚的老人，以往的行走方式不是靠拐杖，就是在膝盖部位捆绑一块汽车轮胎跪行，也有像梁定友那样，撑着带滑轮的凳子代步。还有几位家境不错、子女孝顺的老人，购买了电动三轮车。随着自由行走范围的扩大，世界在老人们面前，变得友好而广阔起来。哪怕新装上的义肢，短期内会令腿部的磨合部位产生不适甚至疼痛，但对半辈子失去自由行走功能的老人们来说，这也是一种可以忍受的甜蜜的折磨。

日记：2012年1月17日，星期二。南通台办和南通台商协会刘会长及部分台商代表来医院，向109位在院麻风病患者每人赠送慰问金300元。

据了解，每年临近春节，南通台办和南通台商协会都会派几名代表，前来麻风病院为老人们发红包、送温暖，这已是坚持十多年的老传统。每年的这一天，老人们好似过节，无比兴奋。他们纷纷穿上自己最好的衣服，端坐在食堂里，等待那个对他们来说，非常神圣和喜悦的时刻。我相信，那300元的红包对他们来说并非最大的诱惑，而是那份久违的温暖，令他们无比期待。

日记：2012年1月23日，星期一。今天是大年初一，上午9:30，带领班子成员一起到麻风病区给老人们拜年，给老人们分发香烟和糖果。

自从来到江滨医院任职，刘朱建在所有节假日都无缘陪伴家人，陪伴老人们过

第十一章
医护情深：虽无血缘，也浓于水

节成了他的义务和责任。除了病区老人,对于出院回家的老人,他们也要赶在正月里去一一拜年问安。对普通人来说,这是为了联络感情和基本礼仪,对于麻风老人来说,这却是不可或缺的尊重和关爱。

有一年,刘朱建生日,亲友们已在饭店为他准备好了庆祝生日晚宴。就在他准备赴宴时,突然接到电话,一位麻风老人去世了。他立即赶回病区为老人的后事奔忙,通知老人家属,为老人整理仪容,将老人的遗体送进殡仪馆,直到最后陪着老人的家属捧回骨灰盒,他才疲惫地回到病区,在办公室烧了一壶开水,为自己泡了一碗方便面,和着泪水,吞咽着自己的"长寿面",度过了人生中最难忘的一个生日。

日记:2012年2月2日,星期四。上午麻风老人姚锦坤送来200元红包,答谢会计帮他们10位老人从下原镇要到生活费,但被会计拒收,送到我的办公室。经了解,200元中的180元是姚锦坤收取的其他9个老人的,每人20元。我找姚锦坤谈话,让他退还其他9位病人的钱。

遵循一直以来的"三结合"政策规定,每位麻风老人户口所在地的政府部门,必须每月给予老人一定的生活费,但有些村镇一直拖欠不给,艰难的"讨债"任务便落在了医院里的会计身上。会计为了讨要老人们的生活费,一次次往返奔波,费尽口舌,终于为10名下原镇的麻风老人要到了村镇拖欠一年的生活费。老人们为了表示感谢,经过商议,他们每人自愿出20元,委托姚锦坤,给会计送来200元红包,谁知会计坚决不收,并将红包送到了院长刘朱建手中。刘朱建拿着红包找到姚锦坤,既感谢了他的好意,又批评了他的做法,并责令他将钱还给其他9位老人。为此,刘朱建又在食堂里为老人们开了一个会,称无论院办工作人员为他们做了什么,都是应该的,不需要以金钱或物质为感谢。

日记:2012年8月1日,星期三。到麻风病区了解情况,麻风老人梁某某提出因行动不便请安排人帮他打扫宿舍卫生,另外他的代步工具坏了。立即交给于洪春和沙朝阳落实。

隐居者
YINJU ZHE

日记:2012年8月3日,星期五。到麻风病区给麻风老人杨某某送上新做的代步工具不锈钢凳。

日记:2012年11月12日,星期一。94岁的麻风老人鞠定富几天未进食,护理他的老婆放弃护理回家去了。及时安排病区专人负责护理。

日记:2013年1月9日,星期三。市公墓管理处顾文芳带领员工来麻风病区慰问老人,给老人们送来了红糖、牛奶等营养品。

日记:2013年1月22日,星期二。下午心德超市老板到麻风病区慰问麻风病患者。

日记:2013年2月1日,星期五。上午省红十字会慰问麻风老人,向老人赠送100条毛毯,并向麻风病区食堂赠送大米50袋。

日记:2013年7月21日,星期日。8名清华大学学生暑期实践来医院参观,在参观过程中,清华学子们走进麻风病区,和老人们拉家常,帮助老人们打扫卫生,老人们很是感动。

日记:2013年7月30日,星期二。由于持续高温,麻风病区老人的宿舍无空调。麻风老人陈汝义中暑,联系家人(桃园知堡村)用救护车送其回家。1.饭堂空调全天打开,晚上可在饭堂纳凉。2.煮绿豆汤。3.每人每天发两根冷饮。

日记:2013年8月18日,星期日。早上4点钟麻风老人薛来安去世,安排工作人员给老人理发、用热水擦身,换上一身新衣服。并通知其家人到场,帮助联系石庄殡仪馆来车。

日记:2013年10月25日,星期五。上午陪同旅美作家赵美萍到麻风病区采访,中午赵美萍自费为麻风老人安排了午饭(鸡腿和牛奶)。

我记得那一天,原本想请食堂师傅做红烧肉,但老人们前一天刚吃过。也想过包饺子,但需要提前通知志愿者们来帮忙。虽然活鱼比较有营养,但因为鱼刺,对大多数老人来说,吃起来有安全隐患。于是听从大家建议,买了鸡腿和牛奶。牛奶

第十一章
医护情深:虽无血缘,也浓于水

是我母亲最爱的红枣花生奶,口感比较好,想必老人们会喜欢吧。请麻风老人吃一顿饭,以后成了我每次回去必做的事情之一。

日记:2014年1月26日,星期日。杜永红副市长、残联神俊华理事长来医院慰问麻风老人。

日记:2014年1月28日,星期二。程学军局长带领"如动快运"吴总来单位慰问麻风老人。

日记:2014年3月28日,星期五。今天是麻风老人谢同玲90岁生日,安排病区于洪春主任买来生日蛋糕,由于老人行动不便,医护人员拿着蛋糕来到老人床前,为老人过了一个特别的生日。

日记:2014年6月28日,星期六,天气晴。上午9点,医院三楼会议室举行旅美作家赵美萍向麻风老人捐赠空调仪式,副市长杜永红和宣传部、民政局相关部门领导参加。这次捐赠的26台空调,是赵美萍用自己的新书《谁的奋斗不带伤》的版税购买的。

关于购买空调这件事,有些细节不得不说。

2013年我回去看望老人时,在病区听说有老人中暑之后,就产生了这个心愿。

2014年初,安徽文艺出版社支付给了我第一笔版税稿酬。我当时便想,这笔钱,应该用在更有意义的地方。我便在QQ(一种中文网络即时聊天软件)上和于洪春及刘朱建联系,询问他们病区大约需要多少台空调。他们经过统计告诉我,除了出院回家的30多位老人,目前留住病区的老人还有60多位,目前是2位老人合住一个宿舍,目的是为了互相照应和互相帮助,但有些老人体质十分虚弱,不宜使用空调,实际需要安装空调的宿舍有26间。

当时我身在国外,唯一能够想到的,是在微博上咨询国内的空调商家,我需要他们的帮助和支持。随后,我在网上搜到了"美的"和"格力"空调的官方微博,于是分别在这两家的官方微博上留言:"您好!请问我想个人购买20多台空调,捐赠

隐居者
YINJU ZHE

给江苏如皋市江滨医院的麻风老人,你们在如皋市是否有专卖店?是否能以优惠价卖给我?希望尽快得到答复,万分感谢!"

美国早晨一觉醒来,"美的"官方微博已经在第一时间给了我肯定的答复——当然可以!对您的慈善行为,我们一定尽全力支持!我们会派人与您联系。

那一刻,激动的心情无以复加。

很快,"美的"总部行业拓展部经理何奕汐、"美的"南京分公司行业拓展经理胡瑜斌、如皋家电协会会长薛群、如皋"美的旗舰店"经理李建分别与我取得了联系。不得不说,"美的"真是个良心企业,不仅以最优惠的价格卖给我27台空调(其中1台赠给了如皋脑瘫作家刘逸妹妹),而且如皋"美的旗舰店"经理李建先生组织工人师傅加班加点,终于在6月15日父亲节那天,将26台空调全部安装到位。当李建先生从QQ上将安装好的空调照片发给我看时,我瞬间泪崩。每一个心愿完成的背后,总有一群人在默默付出。

2014年6月下旬,我回到了如皋,来到江滨医院。老人们拉着我的手,指着一台台悬挂于病区宿舍外面的崭新的空调外机告诉我,这个夏天,是他们几十年来度过的最舒服的一个夏天,他们身上没有长痱子,也没有一个人中暑。住在二楼的梁定友,唯恐我不会上楼看望他,他隔着高高的阳台护栏,举着两只残臂,用手肘拍打手肘为我鼓掌。这有形却无声的掌声,比任何声音都能震撼我的心灵。

在当天举行的捐赠空调仪式上,令我牵挂的刘逸,当天也被热心的记者高松妹妹接来,赶到病区与我相见。当如皋家电协会会长薛群先生听说刘逸是一位身残志坚、仅用一根手指敲打出数十万字自传体小说《生命的羽翼》的脑瘫作家时,十分感动,当场自掏腰包,为刘逸捐出了2000元"电费"。并且承诺,刘逸家和麻风病区的空调,全都终身免费保修。

常留慈悲心,人间有温情。对常年缺乏关爱的人来说,一个关切的眼神、一只温暖的手臂、一个嘴角上扬的笑容,足以抵挡病痛带来的沉重的忧伤。

第十一章
医护情深:虽无血缘,也浓于水

拥抱别人,温暖自己。

日记:2016年10月20日,星期四。上午旅美作家赵美萍到麻风病区为老人赠送冬季防护用品,包水饺。下午组织老人去电影院看了专场电影。

这是我当年第二次回国。对我来说,有点破例,以往回国,只是一年一次。彼时,我已经开始为写这本书做准备。这一次,我决定在病区住几天。

第一晚,我在病区马路对面的一个私人小旅馆住下,每晚80元,可80元的旅馆并不物有所值。马桶上尿渍斑斑,晚上10点便没有了热水,蟑螂在床边调情,睡下不到两小时,不知名的"同居者"就在我身上咬出了几个奇痒无比的包,我几乎一夜无眠。

第二天一早,我来到病区,问于洪春主任:"病区还有空置的宿舍吗?"他答:"有,但很简陋,只要你不嫌弃。"我笑着说:"只要有被子、枕头就可以了,如此一来,我还可以省下6天的房费,买几十斤肉,请老人们吃顿饺子啦!"

于是我把行李箱拉到了病区,住进了医生宿舍三楼的一间空房。于洪春拿来他母亲用过的被子和枕头给我使用,是那种老家常见的棉花被,厚实、温暖,带着阳光眷恋过的清香。

那一周,我每天早上7点醒来,晚上9点歇息,早、中餐都在医生食堂解决,晚上则在病区会计家蹭饭。除此之外,便在病区和老人们闲聊。那一周,是我过得最规律、睡眠最充实的几天,没有失眠,没有噩梦,每天早晨在鸡鸣中醒来,在星语中睡去。偶尔会想起父亲,他在几十里外的公墓里安息,我离他如此之近,我也曾去看望过他,告诉他,我要为他的麻风病友们写本书,他不置可否,他也从未来过我的梦中。也许是他早已放下过去,轻装远行至我们连梦都无法抵达的远方了。

老人们在回忆时,除了李凤玲对新疆噩梦耿耿于怀,其他老人几乎都是一副云淡风轻的表情。正如树疤是树身上最坚硬的地方一样,他们结痂的伤口早已坚硬如石。他们笑着讲述曾经哭着经历过的往事,努力与不堪回首的过去诀别。数十

隐居者
YINJU ZHE

年过去,他们全盘接受了上帝不知是有意、还是无心安置在他们身上的毒素,并学会了友好相处。

"既然死不了,就好好活着吧!"记不清是哪位老人对我说的这句话。

一周的采访结束之后,我要离开了,分别之际,我请老人们吃了一顿水饺(我们老家其实叫馄饨),看了一场电影。饺子经常会吃到,而去电影院看电影,是他们有生以来第一次。

包水饺那天一大清早,负责食堂工作的几位叔叔阿姨,早早洗好、切好鲜美的荠菜,剁好肉馅,刘朱建请来了如皋杜鹃义工志愿团队前来帮忙,我们一共包了55斤饺子皮,整个食堂里笑语阵阵。雪白的大馄饨在簸箕里团团围坐,如同一只只雪白的元宝。这样的场景,如此熟悉。一如我在本书开篇序言中写到的,父亲去世十多年后,我第一次前往老江滨医院探望老人们,在四壁漏风的食堂里,我看到麻风病患者们蒸着热气腾腾的包子,准备过年……时隔多年,那一幕依然清晰、温暖、祥和、感人。他们用自己的方式,庆祝活着的喜悦。

那天中午,我和几位老人坐在廊檐下的板凳上吃馄饨,一位老人打着饱嗝说自己实在吃不下了,她的碗里还剩下三个。我说:"吃不完给我吧。"然后拿过她的碗,把她碗里剩下的全都倒进了我的碗里。那位老人惊讶不已,好一会儿才缓过劲来,满脸歉意的表情。我想她的歉意来自她曾经的病,来自她内心的自卑和世俗的偏见。这个小小的举动对我来说不值一提,在她看来,却是非同小可。

下午2点,我们一起去距离医院几公里之遥的长江镇影视城看电影。剧场是提前包下的,特意选了一部喜剧片——刘德华和黄晓明主演的《王牌逗王牌》。剧场经理听说我包场请麻风老人看电影,特意给予了优惠支持。那一天,对老人们来说,比过年还兴奋,除了像梁定友那样行走不便或有视力障碍的老人之外,其余老人纷纷穿上自认为最好的衣服,走出病区,去赴一场迟到数十年的电影之约。

几位有三轮车的老人这一次发挥了巨大作用,当老人们乘坐着电动三轮车,从

第十一章
医护情深：虽无血缘，也浓于水

江桥上突突突呼啸而过时，他们开怀大笑的样子被我抓拍了下来。那天的天气并不晴朗，但他们的笑容，宛若透过云层的阳光。

那是麻风老人有生以来第一次走进影视城，他们东张张西望望，闪烁的霓虹灯令他们眼花缭乱，脚步迟疑，目光好奇。坐在剧场的红色沙发上，老人们看上去拘谨不安。有老人告诉我，这是他们有生以来第一次进电影院看电影。他们上一次的电影记忆，定格在小时候，在大队晒场上看的露天电影。

影片开始后不久，我看到有一位老人神色不安地东张西望，我走过去问他："你想上厕所吗？"他点点头。我带他出去，找到了卫生间，他进去后，我等在门口，但是他并没有走进格子间，站在门口犹豫不决。我只得踏进男卫生间半步，告诉他哪里是小便池。

不久后，好几位老人在杜鹃义工们的搀扶下，走进走出上厕所。那天不是周末，影视城里没有多少观众。我注意到，休息区里坐着几位观众，他们看到麻风老人走向卫生间时，目光里有些许不解与好奇。

在一张海报前，我与几位出来上卫生间的老人拍了一张合影。一位穿粉色上衣的老人拄着拐杖站在前面。我夸她这件衣服非常漂亮，她开心地说，那是她十多年前生日时，女儿亲手给她做的，平时舍不得穿。衣服上的折痕，显示了她的珍惜。

那是一次难忘的电影之约，虽然是喜剧，但是笑声并不多。在电影放到最后时，我注意到有几位老人歪着脑袋靠在沙发上，已经睡着了。我不能确定他们是否看懂了电影，不过，那又有什么关系呢？重要的是，他们不再是一群需要隐居的人。

世界那么大，而他们那么小，天空对他们来说，再也不是无尽的黑暗。双眼穿过漫长的黑夜，双腿迈过地狱的门槛，死神曾在身边游荡，没有人比他们更懂得生命的终极意义。哪怕一点光、一点暖、一个拥抱，都能给他们带来巨大的幸福和轰然的狂喜。

第十二章　走进大凉山：山高水长，爱亦可及

千万支的火把照着你的脸

让我看清楚你的容颜

噢　我最亲我最爱的大凉山

千万年的美丽还是没改变

远走的心依然在流连

噢　我最亲我最爱的大凉山

呷嫫阿牛请你闭上你的眼

别说走后你会很想念

噢　我最亲我最爱的大凉山

拥抱着你对你喊一声再见

你的爱情是我的永远

噢　我最亲我最爱的大凉山

走的时候有一些抱歉

走的日子有一些挂牵

走的心情难免有一些忧伤

走的路上我会装得不孤单

总有一天我会回到家

回到我心爱的大凉山

也许那时的我

第十二章
走进大凉山：山高水长，爱亦可及

还是一无所有的模样

可我会告诉你

支格阿尔就在你面前

——彝族歌曲《大凉山》

【2016年9月6日，刚回国两天的我，时差还未倒顺，便乘坐早晨6:35的国航1497次航班，从北京飞往西昌，开始我的"大凉山麻风村"和"索玛花爱心支教"探访之旅。和我一起踏上旅途的，是我的继子鹏鹏，他在美国出生、长大，能听懂并会说简单的中文。他曾在美国家中多次听我提到过大凉山，看过大凉山的新闻图片，因此，这个"香蕉人"孩子对神秘的大凉山充满了好奇。这一次，他毫不犹豫地跟我来到中国，和我一起探访大凉山。

在我们托运的行李中，有一只纸箱，里面装着从美国带来的巧克力和糖果，还有上海好友、聋人协会副主席洪泽委托我带给大凉山孩子的书包和手套等物品。我的微信红包里，还存着几位美国好友转给我的数千元，请我转赠给索玛花慈善基金会发起的"我想洗个热水澡"的项目。此外，还有我的自传《谁的奋斗不带伤》的数千元售书款，那是我给大凉山孩子准备的助学款。

我对大凉山的关注，来自网络上一度沸沸扬扬的"悬崖上的麻风村"和"铁索上的小学"的图文报道，这使我对这个遥远而神秘的地方，多了一份牵挂。一次机缘巧合，我加入了一个"关注大凉山支教助学爱心群"，群主是一位珠海的爱心人士刘先生，他每年数次带着大量爱心物资，亲自驾车送进大凉山，他是"索玛花爱心支教"的大力支持者。在他持之以恒、以身作则的呼吁和行动下，更多的爱心人士加入对大凉山"索玛花爱心支教"的关注和帮助之中。也是在

隐居者
YINJU ZHE

这个群里，我被无数的爱心人士感染，决定要去一次大凉山，亲自验证扶贫助学的真实性。

我还在美国时，便通过网络与"凉山州疾控中心麻风病综合防治项目办"负责人许显凤女士和"索玛花爱心支教慈善基金会"创始人黄老邪（黄红斌）先生分别取得了联系，如实告知他们我的探访计划，他们不约而同地表示欢迎。

然而，我们到达大凉山的时机不巧。9月正值大凉山的雨季，当地已连续下雨半月之久，山路崎岖，泥泞难行，不时有山石滚落。黄老邪告诉我，他们的慈善组织前几天进山运送物资，已有车辆翻车遇险，而如若步行，一天也难以抵达我要去的目的地，荒山野岭，险情难测，千万不可贸然进山。可我们是多么不甘心，从美国到中国，再到大凉山，眼看近在咫尺，却无法抵达。

考虑良久，在严峻的现实面前，我们也只能既来之则安之，退而求其次，在许显凤的建议下，我们决定先探访距离西昌市两个多小时车程、路况相对安全的喜德县和普格县，这两个县的山中都有麻风康复村。

9月7日一早，我和鹏鹏在"凉山州疾控中心麻风病综合防治项目办"的工作人员、彝族小伙阿吉的陪同下，搭乘中巴车，先去了喜德县。大凉山为彝族聚居地，我不懂彝语，阿吉既当向导也当翻译。巧合的是，阿吉就是个"麻二代"，而他的家乡，就是我心心念念想要去的地方——"悬崖上的麻风村"，位于大凉山布拖县乌依乡金沙江畔、西溪河峡谷中的阿布洛哈村。

阿吉现年21岁，却已是一个半岁女孩的父亲。第一次在麻风病综合防治项目办见面时，只见他穿着橙色长裤，白色T恤，摩登时髦，丝毫不见村土气息。他头发微卷，肤色微黑，性格开朗，谈吐自然，普通话也比较标准，偶尔会冒出一两句令我惊讶的具有哲理的话。阿吉和鹏鹏第一次见面就成了朋友，互加了微信。

在从西昌开往喜德县的中巴车上，阿吉向我们说起"悬崖上的麻风村"的故

第十二章
走进大凉山：山高水长，爱亦可及

事。为便于叙述，我采用了第一人称形式，以下是根据录音整理的阿吉的讲述，文字略有修饰。】

一

大凉山和外界之间，只差一个拥抱的距离了。

我们村的名字叫阿布洛哈村，彝语的意思是"深山里的谷地"。我们的村庄建立在一座高高的悬崖上，海拔 2000 多米，家家户户推门见山，山间就是蜿蜒曲折的金沙江，远远近近的山峦起起伏伏，像水墨画一样。这些对我来说司空见惯的穷山恶水，在城里人眼里却是难得一见的世外桃源。所以近些年来，这里吸引了不少人扛着相机跋山涉水来到这里，因为地理位置的特殊性和居民身份的特殊性，这里一时间成了热心网友们关注的焦点。我也在网上看到过照片上我们的家，一个个低矮的土坯房像火柴盒一样好笑，那是因为我们那里的山实在太高太大了，在大山下面，房子就是火柴盒，我们就是住在火柴盒子里的小蚂蚁。

我们的村庄虽然很美，但是要想到达不容易。从村里到乡里，至少要走 4 个小时的山路，一边是悬崖，另一边是峭壁，有的地方仅容一人通过，如果要从乡里购买生活用品，必须依靠马来运输。从乡里到县里，虽然只有 70 公里，但都是盘山公路，弯弯曲曲，一会儿上山，一会儿下山，汽车至少要开 3 个小时。从布拖县到西昌，还有 120 多公里，路况也不是特别好。

20 世纪五六十年代，我的父母和一些患了麻风病的男男女女，被集中到阿布洛哈这个与世隔绝的深山集中治疗，因为四面环山，进出不便，阿布洛哈渐渐形成了一个村落。我的父母都是 10 多岁就开始患病，又在患病过程中产生了好感，病

隐居者
YINJU ZHE

愈后就生活在了一起,当时很多病人都是这样组成的家庭,所以我们村里的家庭都是麻风之家。我的母亲至今脚上还有溃疡,行走不便。我们那里海拔 2000 多米,紫外线特别厉害,人也特别显老,我的父母现在才 60 多岁,但是满脸皱纹,看起来像七八十岁一样。我们村现在有六七十户人家,200 多人,麻风病康复者只有三四十个,其余都是"麻二代"或"麻三代",现在留在山里的大都是逐渐老去的"麻一代"和幼小的"麻三代",像我们这样的青年都去了外地打工,在外面结婚成家的也很多,也许再过几十年,那山就空了。

我家有三个兄弟,我是老三。大哥现在老家的林川小学做后勤工作,我和二哥都在西昌工作,二哥中专毕业后当过兵,现在在一家单位做保安,有两个孩子。我是去年中专毕业,目前我一边工作,一边准备通过自学考试,拿一个大专文凭。现在这个社会,没有好一点的文凭,根本找不到更好的工作。即使以后我还会回到大山里生活,知识也会帮助我一起改变大山的现有面貌。

我父亲虽然没读过什么书,可是他知道读书对人一生的影响。我的大哥当年为了撑起家庭没有读书,但我和二哥从小就被父亲逼着,每天早晚滑溜索上下学。嗯,就是你们在网络上看到的"铁索上的小学"那样子。我们那里有一条西溪河,它是金沙江的支流,平时水不大,但是到了夏秋雨季,洪水泛滥,江水咆哮,就像有无数暴怒的鳄鱼在溜索下张着大口,等着有生命从溜索上掉下去。在我的记忆中,这样的悲剧经常发生。我们在上学之前,从来没有单独滑过溜索,都是大人带着我们一起滑。要上学了,我们就不得不每天早晚滑溜索过河,然后还要步行一个多小时才能到学校,都是山路,如果不是特别熟悉,很容易迷路。这样一来,我们每天在路上就要花三个多小时,遇到天气不好,时间更长,有时在山路上还会发生有人摔伤或者摔死的事情。

我们那里每家每户都有好几个孩子,最少也有三个,政策允许我们彝族生三个孩子。很多人家都是大孩子带小孩子,不上学的孩子们都在地里帮忙种土豆、栽玉

第十二章
走进大凉山：山高水长，爱亦可及

米或者薅草，衣服和鞋子也是大人穿了孩子穿，大孩子穿了小孩子穿，一个个传下去，一直到把衣服、鞋子穿烂为止。我们"麻风村"像我和二哥这样去读书的孩子没几个，更多的孩子整天在家放牛放羊，或者干农活，一是因为没钱，二是因为父母的眼界太窄，认为在大山里读书没什么用。

还好我们的父亲比较有远见，这一点我非常感激他。后来父亲为了让我们安全地上学，就让我们周一到周五住校。所谓住校，就是所有离家较远的学生挤在一个空教室里打地铺，吃的是从家里带去的土豆，下课后老师帮忙烤熟，每个学生分几个，就着开水啃。衣服也是穿一个星期，都发臭了才能回家换洗。对我来讲，读书最难的不是路远，也不是一个星期都只能啃土豆，而是别人对我们"麻风村"孩子的歧视。学校里的学生来自好几个村庄，其他学生不跟我们"麻风村"的孩子玩耍，就连老师也对我们另眼相看。我们不懂的知识，多问一次老师，老师就会不耐烦，对我们不理不睬，甚至打骂。我们"麻风村"的孩子在学校里都很自卑，不敢惹是生非，别人打骂我们，我们也要忍着。

我小学毕业的时候，面临失学，因为我们当地没有初中。当时正好"凉山州疾控中心麻风病综合防治项目办"的工作人员去我们村搞项目调查，了解我和二哥的读书困难之后，推荐我们去越西县新民中学读书。那是一个叫张平宜的台湾女记者募集资金捐建起来的，学校很漂亮，有小学也有初中，这所学校里的孩子几乎都是附近几个县的"麻二代"。但是如此一来，跨县上学更加路途迢迢，父亲就带我们迁居到距离学校近一些的外婆家。外婆和外公都极力反对我们读书，说我们读书是浪费钱财和时间，不如回家种地放羊，但我的父亲一直坚持，如果我们不好好读书，就要挨打。为此，父亲和外公外婆一直不睦。不过，现在外公外婆看到我和二哥都在西昌找到了工作，他们还是感到很高兴。老一辈的传统思想，有时候必须靠亲眼所见的现实才能改变。

我和二哥能够顺利读书，还要感谢一个人，他是西北大学的一位教授，他从我

隐居者
YINJU ZHE

读小学三年级时开始资助我和二哥,每个学期600元。这位教授的义举,让我感受到了来自外界的关爱,我总想着不能辜负好心人的爱心,以后等我有了能力,也去帮助需要帮助的人。

我在越西县新民中学顺利读完了初中,后来又考上了西昌的中专。我出来读书之后,接触到了电脑和网络,才真正见到了山外的世界是什么样子,全世界好像就近在眼前。然后我就想,我不能读完中专就回山里去,我要继续深造,起码拿个大专文凭。我不想重复父辈的宿命,人总要往高处走,虽然我们那里到处都是高山,但是我们爬得再高,也看不到世界啊!

我们那里的经济收入,就是靠核桃、土豆、玉米和前几年政府大力推荐种植的花椒树。但是山上很容易遭遇旱灾或风灾,收成并不稳定,有时候,辛辛苦苦一整年,收入也就几百块钱。偶尔老天开眼,风调雨顺,好不容易等到核桃、玉米大丰收,但是因为山高路远,交通不便,丰收的果实也会变成垃圾。大凉山的纸皮核桃全国有名,但是很少有人知道,那些新鲜的纸皮核桃摘下来后,如果没有及时处理或者运输出去,就会发霉烂掉。

我们村有些出去打工的年轻人,因为没有读过什么书,普通话都不会说,所以也找不到什么清闲又挣钱的工作,大都是去新疆等偏远的地方卖苦力。有时辛苦工作一两年,带回来的也就几百块钱。如果读过书,可以去内地找个工厂打打工,一年挣个一两千块,就算是巨款了。有时候,我走在西昌街上,偶尔遇到从山里出来的老乡,他们向我打听哪里有厕所,其实厕所明明就在旁边,但是他们看不懂汉字,这就是悲哀。即使在西昌的彝族饭店里打工,人家也要求起码是初中毕业,能讲流利的汉语,能看懂汉字菜谱。所以说,知识和工种还有收入,都是成正比的。

以前,我们村的年轻人出去打工还有一个困难,那就是身份证上印着"麻风村"三个字,很多单位一看这三个字,就毫不犹豫地拒绝了。后来,政府给我们改了行政村名,外面的单位从字面上也看不出什么问题,所以现在出去打工方便了

第十二章
走进大凉山：山高水长，爱亦可及

许多。

我中专还没毕业，就"被"结婚了。我和那个女孩很小的时候，就被双方父母做主，定下了娃娃亲。她也是个彝族"麻二代"，没有读过书，我跟她没什么感情。我也反抗过，但是胳膊拧不过大腿，这样的娃娃亲在彝族比比皆是，反悔方需要赔偿对方一大笔钱。我们那里的年轻人，只要过了十八岁就可以结婚。所以我父母好几次用"家里有急事"骗我回去结婚，我都没有上当。最后一次我回家时，发现那个女孩已经住在我家里了。原来，家人按照当地风俗，算好了一个良辰吉日，把她接到了我家，就算过门了。木已成舟，我只好认命。这样的婚姻很没意思，不过已经是常态了。在大凉山，像我这样的无爱婚姻有很多，我们虽然逃离了大山，但是依然逃不脱祖祖辈辈遗传下来的古老陋习。现在我大部分的时间在西昌工作，过年过节才回去。我的女儿现在半岁多，以后有机会，我会把她接出来读书。她的爷爷被大山困了一辈子，她的爸爸走出了大山，她将来不仅要走出西昌，或许还会走出国门。

麻风病综合防治项目办的工作属于公益性质，收入虽然不高，但对我这个"麻二代"来说非常适合。目前，我和同事吉地史日正在做一个饮水系统的项目，通过铺设管道，把山泉水引入村庄，接入各家各户。这项工程是由香港清风福康计划有限公司提供的资金赞助，再由村里每户人家出一个劳动力参与工程劳动，不收取任何费用。虽然由于自然条件的影响，项目做起来非常困难，但是我们还是一米一米地往前铺着，看到水管里汩汩冒出的清凉的山泉水，真的很开心。

最近几年，媒体对大凉山贫困地区的广泛报道，在社会上引起了很大反响，越来越多的公益组织、慈善基金会以及爱心人士来到大凉山，给大山深处的彝族人带来了不少帮助。他们修建学校，铺设水泥操场，赞助阳光午餐。孩子们穿起了新衣服和运动鞋，背起了新书包，还有学习用品和玩具，和我们小时候相比，简直一个天上，一个地下。大凉山再也不凉了。

隐居者
YINJU ZHE

现在大凉山的彝族人也越来越向往外面的世界了,虽然我的父辈由于自身原因不可能融入现代社会,但我们和我们的下代、下下代,将是大凉山和外界的沟通使者,我们大凉山肯定会越来越好,大凉山和外界之间,只差一个拥抱的距离了。

(说到这里,阿吉有些腼腆地笑了。我记住了他这句话,在两天后我们分别时,我和鹏鹏各自给了他一个大大的拥抱。他垂着双手,面红耳赤,继而又露出憨厚率真的笑容。

后来,我们偶尔在微信上聊天。我在他的朋友圈中看到,有一段时间,他除了和同事跋山涉水架设饮水系统,还兼做本村"麻三代"的辅导老师,他半蹲在一群大凉山孩子中间,比画着剪刀手,笑得像一朵向日葵。最近[2018年7月],他又建了一个微信群,推销大凉山的土蜂蜜,效果不错。在我这本书快要写完的时候[2018年9月],阿吉在微信上告诉我,在阿布洛哈村村民的一致推举下,他回到阿布洛哈村当上了村支书,也是目前布拖县最年轻的村支书。他在微信上告诉我,目前他正率领乡亲们积极修路,争取明年修通,他邀请我待路修通之后,去"悬崖上的村庄"做客,我答应了他。这是个有志向的大凉山青年,他对大凉山、对自己、对后代,真诚友好,满怀信心。)

二

还未到目的地,雨点就打上了车窗。
沿途偶尔可见一块块成熟的玉米地,玉米秆已呈枯黄状态,
饱满的玉米棒斜斜地挺立在瘦削的玉米秆上,在雨中摇摇欲坠。

当我们乘坐的中巴车一路风尘仆仆抵达喜德县城时,一位肤色黝黑的彝族汉

第十二章
走进大凉山：山高水长，爱亦可及

子已经等在车站。阿吉介绍说，他叫阿木，目前是"麻风村"代村主任。麻风病综合防治项目办每次来山里给"麻风村"分发物资，都由他接送，当然是有偿服务，从喜德县城到"麻风村"三四十分钟车程，每次130元人民币。虽然我觉得这趟车费有点贵，却也只能入乡随俗。

我的原计划是，当天去喜德县"麻风村"，当晚回县城住宿，第二天上午回西昌，如果时间赶得及，第二天下午就去普格县。我之所以把计划安排得满满当当，是为了留出时间，等雨停之后再去大凉山更远的地方。

经阿木介绍，我们在车站附近的一家旅馆订了两个房间，准备放下行李后立即上山。可是在帮阿吉订房间时，出了个小插曲——他的身份证信息怎么也录不进电脑系统，似乎查无此人。老板问阿吉有没有其他身份证件，阿吉脸红了，摸摸索索着从上衣口袋里又掏出一张身份证，这回很顺利地录入了进去。这个细节令我颇感惊异。想起他曾说过，他们身份证上的地址，很容易暴露出"麻风村"村民的身份，以至于他们村的村民外出打工时，被四川境内的很多单位拒绝过。

心里不禁有点为他难过。一个从小受到的歧视多于正视的孩子，长大后面对社会，首先想到的是保护自己脆弱的尊严，虽然有时候使用的方式不那么正确。

我们在旅馆餐厅吃了简餐，然后在车站的一家食品店买了四十多份月饼，因为当时临近中秋。阿木告诉我，山上还有三十多个无儿无女、无家可归的"五保户"麻风老人，我的目的就是去看望他们。

阿木开的是一辆旧七座面包车，平时他就靠运输挣外快。通往村里的水泥小路蜿蜒曲折，两侧群山逶迤，宛如山峦中夹着一根香肠。要致富，先修路，这条通往深山里的水泥路，令数十年前与世隔绝的"麻风村"村民们终于有了与外界沟通的机会，也使得更多的公益人士走进了大凉山，走进这个一度被遗忘的角落。

由于连日阴雨，进村路上有两处湍急的山洪哗哗地冲刷着道路，泥浆似的洪水带着一路冲撞而下的怒气，将马路拦腰截断，从山上滑落的一些石头如座山虎一

隐居者
YINJU ZHE

样,一个个岿然不动,挡在路中。我心中忐忑,不知水的深浅,阿木却见怪不怪,沉着稳定地驾车前行,左拐右弯,汽车像在水中扭秧歌。山洪把车子冲得左右摇摆,我们在车中前仰后合,差点把中午吃的面条颠出喉咙,好不容易避过乱石,穿过了山洪,我终于松了一口气。阿木说:"我早上过来的时候,水还没有这么大,现在水势大了许多,不过你们不用担心,这条路我每天都要跑好几趟,闭着眼睛我都能保证你们的安全。"

雨后的山村恬静美丽,"香肠小道"两旁,群山延绵,绿意盎然,云雾缭绕,宛如一群身着绿裙的姑娘,头上披着一方方迎风飞舞的白纱巾,真的是如诗如画。沿途可见幢幢民宅依山而建,错落有致,有白墙红瓦的新房,也有土墙黑瓦的老房,偶尔见到一家屋顶上炊烟袅袅,宛如世外桃源。如果这里不是住着麻风病康复者以及他们的后代,这块风水宝地大概早已成为当地房地产开发商明争暗抢的"大肥肉"了。

阿木一边开车,一边和我们闲聊,他很善谈,不时伴随着丰富的手势。他也是一个"麻二代",他的父母于20世纪六七十年代患病,被赶入深山集中治疗,当时有五六十名患者。父母治愈后结婚成家,有了阿木及两个女儿,阿木读到初中毕业,他的两个妹妹如今在成都读大学。阿木今年只有27岁,但大凉山的强紫外线使他看上去像47岁。他的父亲原是村支书,现在处于半退休状态,周一至周五在喜德县城陪大孙女读书,村里的事务都由阿木管理,颇有点"子承父业"的意味。阿木是目前村里唯一留守的"知识分子",他能者多劳,身兼数职,村里的农业、牧业、医疗、教育、邻里矛盾等杂事都要管。他和妻子已有四个孩子——三个女孩和一个男孩,妻子腹中正怀着他们的第五个孩子,已经7个月,因为他们想要两个儿子。村里大部分人家都是五六个孩子,超生会被罚款,但是比起能生个儿子,他们认为,数千元罚款不算什么。

阿木说,他所在的"麻风村"约有居民140户,人口500名。原名麻风康复村,

第十二章
走进大凉山：山高水长，爱亦可及

这个村名给外出打工、读书的"麻二代"和"麻三代"们带来了不少困扰和歧视。后来，一位凉山州前州长将此地更名为"前进村"，意为此地比较落后，应该大步前进。令人欣慰的是，过去的歧视现象如今已经减少很多，随着现代文明和医疗知识的普及，麻风病正在被更多人理解并接受。比如，阿木经常去县里参加各种会议，有些干部得知他从前进村来，也会和他握手寒暄，这就是文明的进步。

如今村中的大部分青壮年都在外打工，一年或两年回来一次，他和每一个在外打工的村民都保持着电话联络，谁家发生了大事，都由他通知外出打工者。比如谁家妻子要生产了，谁家老人生病了，如果打工者一时回不来，那么阿木就要全权代理村民家的琐事。

还未到目的地，雨点就打上了车窗。沿途偶尔可见一块块成熟的玉米地，玉米秆已呈枯黄状态，饱满的玉米棒斜斜地挺立在瘦削的玉米秆上，在雨中摇摇欲坠。

我问阿木："为什么玉米熟了还没有收？"

"青壮年都出去打工了，家里都是老弱病残，要大家互相帮忙才能收完。最近下雨，不方便收割，收下来如果没有太阳晒，玉米反而会发霉坏掉。"

看着一片片待收的玉米，它们带着希望成长，注定又将带着失望死去，不禁令人惆怅。

"你们村民的主要收入来源是什么呢？"我问阿木。

"一是靠外出打工，一是靠卖核桃和养殖牛羊。以前我们村一年收入核桃只有几千斤。这两年，凉山州政府大力推广种植核桃树，政府还承诺，核桃丰收之后，县里会来人收购核桃，也将会在县城建立核桃加工产业链，激发老百姓种植核桃的积极性。我们村去年也种了不少核桃，政府每亩地补助 300 块钱，一亩地种 20 棵核桃树，不过现在还没有开始挂果，如果全部挂果了，全村应该会有几万斤核桃吧。除了核桃，我们还养牛、绵羊。不过这几年绵羊的价格跌了，比如去年可以卖十五六块钱一斤，今年只能卖 10 块，最多 11 块钱一斤了，因为养殖绵羊的人太多。现在我们也担心,万一两年后大凉山各地的核桃大丰收,可是核桃产业链还没有建好捋顺,老百姓的核桃卖不出去,那时候又该怎么办?"阿木的口气充满忧虑。

我也不禁为他们感到一丝忧虑起来。农业项目一窝蜂大干快上,致使行情暴跌的情况不胜枚举,老百姓资讯有限,一切听从政府调控,而如果乡村经济发展缺乏长远考虑和正确引导,没有未雨绸缪,老百姓跟风种植,盲目生产,最后还是老百姓自己为失败埋单。

三

他们说着我听不懂的彝语,但我看得懂他们的手势和表情,
那一张张黛黑而多皱的面孔上,盛开着一朵朵饱经风霜的莲花。
对他们来说,每个来访者都是一种温暖的安慰。

渐渐看到"麻风村"了,风中传来牛粪的味道。一头嘴角挂着白沫的老黄牛,像个痴呆老人一样站在路边,上下颌像两片旋转的微型磨盘,慢吞吞地反刍着。它的脚下是一大摊墨绿色的粪便沼泽,它安于现状地站在自己臭烘烘的世界里,对我们的呼啸而过视若不见,眼皮都没有眨一下。

进村后,阿木按了两声喇叭,然后左转右转,一路爬坡,经过路边几个摇摇欲坠的猪棚、鸡舍,轻车熟路地冲上了半山腰的"麻风康复者五保户老人之家",最后停在水泥场地中央。"五保户之家"是两排白墙红瓦的平房,每户门口一个自来水槽,看起来十分整洁。房檐边上一条排水沟,白墙的最下面已染上青苔的颜色,新旧岁月在墙壁上互相晕染和兼容。

稍感突兀的是,场地中间建着一个男女有别的厕所,顶上架着一台大功率的太

第十二章
走进大凉山：山高水长，爱亦可及

阳能热水器，想必老人们洗澡都在厕所里进行。

在来喜德县之前，许显凤女士就曾向我介绍过这里：2005年，广东省汉达康复协会、香港清风福康计划有限公司、凉山州疾病预防控制中心三方联合成立了"凉山州疾控中心麻风病综合防治项目办"，这是一个非政府、非宗教、非盈利的社会组织，组织的宗旨是"实现一个没有麻风病歧视的世界"，他们为四川省内的麻风病康复者和所在社区提供生理、心理、教育、卫生等综合康复服务。通过各种项目活动，提高麻风病康复者的自信和自尊，提高他们的生活和生命质量。项目办每个季度都会为老人们送来生活必需品，大到轮椅、义肢、康复器具，小到药品、牙膏、牙刷、肥皂、毛巾、衣服、鞋袜等。

这里的老人原本都散居于山旮旯里，全靠垦荒种地度日，生活近乎原始，极为不便，项目办和当地政府部门通过多次艰难的走访和调查，将这些孤寡老人集中到一起居住。政府给他们在山下修建了宿舍，安装了自来水、太阳能热水器，装了电灯和电视，并且还定期给他们发放生活养老补贴，彻底改善了老人们的生活。

我们的车刚停下，就听到后面传来啪嗒啪嗒的跑步声，回头一看，一支十几个孩子的小队伍从山下尾随奔来，我终于明白刚才阿木那两声喇叭的意义了，那是一种心有灵犀的召唤。他们的小脸蛋儿虽然黝黑发亮，但看上去都很健康，脸上唯一发白的地方是人中，那是长期鼻涕"冲洗"形成的。我暗自懊悔：给老人买点心时，忘记考虑孩子们了。

阿木用彝语喊了几声，立即有几位老人从各自的门廊下探出头来，接着慢慢走出屋门，来到斜风细雨飘飞的场地上。几位老婆婆头上戴着彝族妇女特有的黑色包头，有两位老婆婆还穿着彝族特色民族服饰。他们说着我听不懂的彝语，但我看得懂他们的手势和表情，那一张张黧黑而多皱的面孔上，盛开着一朵朵饱经风霜的莲花。对他们来说，每个来访者都是一种温暖的安慰。

我把月饼分发给孩子和老人，并通过阿吉告诉他们：马上要过中秋节了，祝你

隐居者
YINJU ZHE

们度过一个甜蜜的中秋节。老人们微微笑着,把月饼拿在手里并不马上品尝。孩子们无所顾忌,立即撕开月饼的外包装,随手一扔,捧住月饼大快朵颐起来,鼻涕跟口水在月饼上纠缠,继而和月饼一起卷入腹中。阿吉指着一个男孩子进行现场教育:"说了多少次啦,不可以随地丢垃圾,快捡起来丢进垃圾桶。"那孩子做个鬼脸,捡起垃圾,扔到了旁边的垃圾桶里。阿吉转向我解释:"对麻风村民的卫生教育,也是我们的任务之一。"

阿木告诉我,因为要过教师节了,当地小学放假了,孩子们都待在家。我给他们发月饼时,上过学的孩子都会礼貌而小声地说"谢谢",没有上过学的孩子只会害羞而木讷地一声不吭。每个人都是黝黑的小脸、脏兮兮的小手和破旧的衣衫,唯一闪亮的,是他们天真无邪的眼睛。

鹏鹏虽然不是第一次来到中国,却是第一次来到如此偏远的大山里,第一次接触到这些大山深处的麻风老人和"麻风村"的孩子,他内心的震撼可想而知。他从背包里掏出巧克力分发给"麻风村"的孩子们,毫不掩饰对他们的怜爱。孩子们从来没有见过巧克力,问鹏鹏这是什么。鹏鹏告诉他们,这是一种美国的糖果,很好吃。有个孩子剥开巧克力纸,看着里面黑乎乎的一团,有点迟疑。鹏鹏便剥开一颗巧克力放进嘴里,示意他们可以吃。孩子们高兴起来,飞快地剥掉纸,往嘴巴里填塞,突如其来的巨大甜味让他们的牙齿产生了敏感反应,不禁张开了嘴巴吸气,嘴角便趁机渗出了褐色的涎水,他们又伸出被染成褐色的舌头,愉快地把流出嘴角的涎水追讨回去。鹏鹏对着他们拍照,孩子们笑着配合了他。

我也把巧克力发给老人们,为了人人都能尝到,每人只能分到几颗。我见一位老人坐在门廊下的水泥地上,全身裹在一条黑色的毯子里,一动不动,像块石碑,眼巴巴地看着我们。我拿着月饼和巧克力走向他,他的头上戴着一顶奇怪的黑帽子,有点像改版的唐僧帽,还是皮革的。我尝试跟他聊天。我说:"地上这么潮湿,您坐在地上不冷吗?"

第十二章
走进大凉山：山高水长，爱亦可及

.

他微笑着茫然地看着我，他听不懂汉语。阿吉走过来，告诉我："这位老人双腿残疾，走路基本靠爬或者跪。"

我为自己问了一个愚蠢的问题感到难为情，又没话找话地说："哦，您的帽子很特别啊，好时尚。"

我看向阿吉，希望他帮忙翻译。阿吉又笑了："这个帽子，是他自己做的。我们项目办去年给他们发药时，每人送了一个塑料的椭圆形小药箱，是让他们用来放药品的。结果这个老人别出心裁，把药箱上面的盖子剪掉了，扣到头上就成了个帽子，他又把盖子剪成一个帽檐缝在前面，就成了一个皮帽子。"

"哈哈哈——"我们愉快地笑了起来，为老人的聪明才智开心。老人看我们笑了，也露出黑洞洞的牙床，笑得灿烂。

老人们吃了月饼和巧克力，用彝语连连称赞："真好吃，我们从来没有吃过这么好吃的饼子和糖果。"他们一连串地对我说"卡沙沙"，意为"谢谢你"。

通过阿吉和阿木的翻译，我尝试与老人们交谈。我告诉老人们，我的父亲也和他们一样患了麻风病，不幸的是，他早就去世了。看到他们，我就想起了父亲……提到父亲，依然心痛，不觉哽咽难言。

老人们一个个上来握我的手，用他们的语言安慰我。一位大妈紧紧抓住我的手，说了好长一段话，阿吉翻译给我听："大妈原先也有一个和你差不多大的女儿，很小的时候下了山，去了外面的世界，从此再也没有回来，至今不知道女儿身在何处。每次想到女儿，她就哭，眼睛都快哭瞎了。"大妈的眼泪像雨点一样落在我的手背上。我抱住她，她哭得更厉害，嘴里说着我听不懂的语言，不知是呼唤，还是自责。

他们每个人都有一段长长的故事，却只能用短短的几句话说给我听。有一位老人患病前是昭觉县的一名警察，患病后来到此地，大半辈子未婚。十年前，他与病人中一位失去丈夫的老婆婆生活在一起，相依为命。老婆婆身材矮小，却很壮

隐居者
YINJU ZHE

实,我去她家时,她正在劈柴,像我当年砸石头一样,一斧头下去,干柴应声而开,老人向我粲然一笑,缺失的门牙更添喜感。

老人们保留着祖祖辈辈的彝族生活习惯,他们习惯了在家里烧柴、烤火或做饭,他们没有厨房(尽管建房时为他们在廊檐下留出了厨房的空间,但如今都成了堆放木柴的杂物间),他们习惯了在房间的地上挖个浅坑,放上木柴,上面置锅炖菜,这就是他们的灶台,所以家家户户四壁熏得很黑,他们习惯了席地而坐,席地吃饭。他们的主食是土豆,所以他们的家既住人,也住土豆,几乎家家房间一角都堆着一堆圆滚滚的土豆。家家墙上都挂满杂物,一条条、一串串、一袋袋,也都被熏成了黑色,地上处处滚动着土豆、瓜类、鞋子、油壶、盆子和塑料桶等物,墙角靠着拐杖、扫帚及农具等物。20英寸的彩色电视是房间里唯一的电子产品。

老人们的生活费用,一部分来自政府的补贴,120元至360元不等,视各人的年龄和病残程度而定,每季度发一次,加上老人们平时自己养猪、养鸡、种庄稼,自给自足,生活基本无忧。

他们虽然大半辈子生活在山里,身患为世人排斥的疾病,但他们个个开朗乐观。我也了解到,20世纪六七十年代,这些住在山里的麻风老人,对卫生机构给他们发放的治疗麻风病的药物不太信任,往往等医疗人员一走,就把药品丢弃掉。与西药相比,他们更信任自己在山里采摘的草药,所以过去这里的麻风老人的死亡率挺高。近些年来,老人们得到了政府和公益人士的更多关怀,也看到了西药给他们带来的实质性的帮助,从而慢慢接受了西药。每次看到麻风项目办的人员上山,给他们送来生活必需品和药品时,他们都无比开心和感激。

有一位老人很有趣,他主动带我们去他的"家"参观,他住在后面一排的第一间。他的房间比其他老人的房间都要整洁,墙上贴着一张醒目的画像——竟是习近平总书记和前国家领导人胡锦涛的握手照。他一个劲地用彝语表达:感谢共产党给了他新生活和新生命,没有共产党,就没有他们如今的好日子。

第十二章
走进大凉山：山高水长，爱亦可及

阿吉笑嘻嘻地向我解释，这张画像背后还有一个令人啼笑皆非的故事。大约一年前，凉山州麻风病综合防治项目办组织老人们去西昌检查身体，不料这名老人擅自脱离队伍，不知去向。组织者急坏了，分头寻找，老人从未来过西昌，马路上车水马龙，万一老人家出个意外，后果不堪设想。数小时后，老人依然无影无踪，就在大家准备报警时，老人被警察送了回来——原来，他偷偷溜出去，四处寻找国家领导人的画像去了。在他的记忆中，他所熟悉的国家领导人还停留在20世纪六七十年代，他到处寻找那个年代国家领导人的画像，沿途询问，却遍寻不着，很多人当他精神有问题，不予理睬。外部世界翻天覆地的变化令他吃惊不已，又无所适从，他越走越远。后来总算遇到一个好心人，帮他寻到了如今的国家领导人的画像。可当他喜滋滋地买好画像时，他却又在西昌街头迷了路，差点急哭了。好心人帮他找到一位警察，警察仔细询问他的来历，他总算还记得麻风项目办带他们来西昌体检这回事。警察打了一圈电话后，终于找到了麻风项目办，并将他送了回来。老人这次有惊无险的经历，成了他引以为豪的壮举，也成了项目办令人哭笑不得的笑谈。

老人的墙上还有一张照片，老人家穿戴整齐，笑嘻嘻地站在天安门前。

我诧异地问他："您还去过北京？"

阿吉替我问他，老人随即说了一大段话。末了，阿吉翻译给我听，这张照片是上次老人买画像走失时在一个照相馆拍的，是一张电脑合成的照片。我立刻对这位常年生活在大凉山麻风康复村的77岁老人刮目相看。老人的心中深藏着一个不容置疑的信仰，一如他对生命的热爱。

还有一位老人，是所有老人里面最年轻的，现年57岁，会说汉语，他的家十分干净整洁。最令人震撼的是他家的半间房子都堆放着整齐的木柴，高及屋顶，这都是他从山上捡拾来的枯树，一根根锯断，长短一致。我问他为什么要准备这么多木柴，他说是为了冬天时取暖，老人的未雨绸缪真令人佩服。这位老人家里有电饭锅和电磁炉，所有家具井井有条，一看就知很会过日子。阿吉说他最勤快也最讲卫

隐居者
YINJU ZHE

生,他还会养蜂,每年收入不菲。

在路过一个门前时,我居然听到了一串悠长而响亮的鼾声。我笑着对阿木说:"这家有个老人在睡大觉。"阿木见怪不怪:"他是喝醉了,他没有一天不喝酒,他这里有点问题。"他用手指指头部。我想这个喝醉的老人挺有意思啊,便进去看看。一进里间,只见一个瘦长老人的身躯,用很奇怪的近乎折叠式的姿势睡在床上,被褥像肮脏的泡沫一样堆在床尾,十多个玻璃酒瓶滚落在床底。

我尝试着喊他:"嗨,您好,您好!"

回应我的只有如雷的鼾声。我不想过多打扰他,便把月饼留在他的床头,他醒来就能看到。

无论我们走到哪里,身后总是跟着一支移动的小队伍。在这群孩子中间,有一个腼腆害羞的小女孩格外令我注意,她穿着蓝白相间的校服,面庞清秀。我主动拉起她的手,跟她聊天,她的声音小得像蚊子嗡嗡嗡,反而是她的奶奶替她回答,阿吉再翻译给我听。小女孩叫加巴伍牛,12岁,读六年级,父母远在新疆打工,她还有三个哥哥,二哥在成都读职高,大哥和三哥在家务农,她在山上陪奶奶。听她奶奶介绍,她每天放学回家后要做砍柴、喂猪、做饭等家务活儿。我问她学习如何,她也一声不吭,只是害羞地低着头。

在她奶奶的家里,我看到一个红蓝相间的书包,便拿起来打开,想看看她的作业情况。她的书本都用包装纸小心地包着,字迹工整。我问她最喜欢什么课程,她说喜欢语文。我问她每次考试能考多少分,她又不吭声了。我问:"有80分吗?"她摇摇头。站在一边的阿吉笑了:"这里的孩子能考及格就不错了。在我老家的林川小学,支教老师没有去的时候,小孩考试最好的也只有二三十分。支教老师来了之后,基本上都能考及格。"

(缺师少教,是大凉山小学普遍存在的现象。近些年来,凉山州最大的支教助学公益组织——四川省索玛慈善基金会,为此付出了相当大的努力。)

第十二章
走进大凉山：山高水长，爱亦可及

加巴伍牛的数学比较糟糕，她的数学作业本上有几个红叉。我尝试用她能听得懂的语言，告诉她读书的重要性："如果你想走出大山，去喜德县甚至西昌，你就要好好读书，你现在正是读书的年龄。阿姨原来也在山里，后来靠自学读书，才走出了大山，到了大城市，后来还出了国，只要你好好学习，你也会做到的。"可她只是低垂着脑袋，不时地嗯嗯一声，算是对我苦口婆心的回应。加巴伍牛和村里的很多孩子一样，是麻风村里的第三代。很多孩子并不知道他们的父母去了哪里，由于家中没有电话，父母也不会写信，在父母离家的日子里，他们只能靠思念打发漫长的离别时光。

越来越多的孩子从山下呼啸而来，最大的十四五岁，最小的四五岁，虽然衣着肮脏、破旧，脸上却闪着毛茸茸的光芒，那是孩子特有的纯朴天真和勃勃生机。月饼已经发完了，我只能补偿巧克力给他们。一些老人也把自己未吃的月饼塞给孩子，这细小的举动，让我产生了想哭的感动。我很自责没有带更多的月饼和糖果来。

山里的阴雨天黑得快，一个下午转瞬即逝。阿吉提醒我，最好趁着天亮时分回城比较安全，路上还有两处被山洪冲毁的路面。我想想也是，送完我们，阿木还要回村呢！

我和老人们说再见，和他们每个人拥抱告别，他们在雨中一遍遍向我挥手，不时伴随抹泪的动作。我陪伴他们的时间如此短暂，却给他们留下了如此深刻的依恋。阿吉说，老人们很孤独，最缺的是关怀。山外来一次人，对他们来讲，就像过节一样高兴。我有点自责，来去匆匆，蜻蜓点水，这算什么呢？

快回到县城时，我对阿木说："麻烦你明天早上再来接我们好吗？"

阿木惊讶道："你们明天还要上山？"

"今天时间太短了，村子里还没有去，我想明天上午再去一趟。"

阿木爽快地答应了。

隐居者
YINJU ZHE

就在老人们向我挥泪告别时,我忽然感到深深的内疚,我决定第二天再回去一次,再买一些糕点、糖果和日用品,因为村里还有一些老人和孩子。

第二天一早,我和鹏鹏把行李箱里的巧克力全都带上,又在超市买了几十份松软的蛋糕,昨天我看到多数老人牙齿脱落,蛋糕也许更适合他们。另外又买了几十双老人穿的厚棉袜,山里寒气大,袜子比较实用,本来还想买几十双手套,遗憾的是当时超市无货。

当我们再次出现在老人们面前时,他们的脸上明显惊喜不已。阿木把袜子和糕点按人头一人一份递给老人们。那位喝醉酒的老人今天起床了,蹲在场地边的栏杆处,歪戴着帽子,手里拿着一个烟袋而非酒瓶,两只眼珠像泡在醋里的葡萄,呆滞而浑浊。我拿着袜子和蛋糕递给他,他伸手接过,嘟嘟囔囔地说了好几句话,我却一句听不懂。看他的眼神,好像有诉求。

阿吉走过来对我说:"姐,你别理他,我们项目办每次送物资过来,他也总是絮絮叨叨,跟我们抱怨这不好那不好,抱怨政府给他的生活费不够花。他的身体没有残疾,年龄才60岁多一点,还可以劳动,别的老人都养猪、养羊、养鸡、种菜,但是他很懒,什么都不做,还天天喝酒,喝醉了就怨天尤人。抱怨和喝酒,是他生活中最主要的两件事,当地人都知道,谁都不理他。"

看着老人那双宿醉后充满诉求的眼睛,我有一种无能为力和无可奈何的沮丧。麻风村也是一个小社会,每个人都是独立的个体,他的所思所想、所需所求,是他对社会的索求,也是对命运的叫板。只是他或许没有意识到,不是所有的叫板或索求,都能得到满足。更多的时候,需要自我救赎,才能同命运中的阴影抗衡。

有一位老人抱着孙子从山下上来,凑近正在分发物品的我们,脸上充满期待。我正要把袜子和点心拿给他,阿木小声对我说:"东西不要给他,他不是'五保户'。"

我有点犹豫。在场的所有老人人人有份,唯独他没有,好像有点难为情。

第十二章
走进大凉山：山高水长，爱亦可及

阿木说："如果开了这个口子，山下还有不少老人，就不够发了。"

我想了想，还是把袜子和点心递给了这个老人。我早上特意多买了一些，就是担心会有类似的意外情况出现。虽然一双袜子和一袋点心不值多少钱，但对一个已经面对你伸出手的人来说，给他，就是给了他尊严。果然，老人一迭声对我说"卡沙沙"，怀中的小孙子抱着点心，也口齿不清地对我说"卡沙沙"。

发完物品，我拿着手机跟老人们玩自拍，老人们从手机上看到自己的影像，十分开心，笑得更加灿烂。我抱歉地对老人们说："我还要去山下的村子里走访，所以我要走了。"老人们恋恋不舍，用不熟的汉语对我说："下次再来，下次再来。"我连连点着头。可是我心里明白，下次再来不知是何年何月。也许，我再来时，该见的将见不到了。

这天还是阴雨绵绵，老人们又一次在雨中和我挥手告别。他们一次次地对我说着"卡沙沙"，我也对他们说着"卡沙沙"，我谢谢他们给了我一次走近他们的机会。他们的背后是巍巍青山，站在半山坡的他们，如石碑一样坚毅。大山见证，他们虽然半世艰辛，却对生活始终怀有不灭的热爱。

"那些没有消灭你的东西，会使你变得更强壮。"依稀记得一位西方哲学家说过这句话。

四

这棵核桃树有着数十年历史。

它一定见证了数十年来，当地所有麻风病患者的疼痛与坚忍，

见证了他们命运的纠葛与变迁，也见证了如今的否极泰来。

隐居者
YINJU ZHE

在村里走访时,我看到了更多无所事事的"麻三代"。虽然根据国家政策,对少数民族的孩子义务教育为十二年,但这些孩子大多数读完小学便辍学在家,因为即便初高中不用缴学费,但是住校费、生活费、学杂费加起来,对他们来说也是一笔不小的开支。而彝族家庭的超生问题,早已司空见惯,当地不少家庭都有好几个孩子,如果供每个孩子读书,家庭的压力可想而知。所以当地很多家庭对孩子上学的最低要求就是:会写自己的名字即可。

阿木首先带我去他的家,他家是一个四合院,装有一扇铁门,院内"鸡飞狗跳",他们家屋檐下的一根长绳上,晾着一排厚厚的衣物,还有棉袄,但此刻全都在滴水。我问阿木:"外面在下雨,为什么不把衣服收回家呢?"他答:"家里也没有地方放,反正太阳总要出来,会晒干的。"

阿木的妻子是另一个村的麻风康复者后代,作为麻风后代,他们只能与同病相怜的麻风后代结婚,当地健康家庭的后代绝不会与麻风后代联姻。但也有例外,那就是在外打工的康复者后代,在外面成家,再也不回来。阿木的妻子脸颊瘦削而黝黑,外穿一件花夹袄(城里人也会当作冬天的居家棉袄穿),正叉开双腿,坐在家中的地上,和一位老婆婆还有三个孩子一起吃饭。她的腹部鼓鼓囊囊的,如一口倒扣的锅,那是他们期盼的第二个儿子,但是不是儿子还未可知。地上的几个碗中装着雪白的米饭,一口煨在地灶上的小锅里,是一锅模糊不清、黑乎乎的炖菜,目测应该有土豆、豆类和菜叶子等。阿木的妻子见有客人来,立即不好意思地站起来,客气地招呼我们吃饭。我们说在县城吃过了,让阿木跟他们一起吃饭,阿木却说不饿。三个孩子齐齐地从比他们的头还大的碗里抬起头,目光灼灼地看着我。

我把两袋点心递给阿木的妻子,女人温柔地一笑,收下了。不一会儿,吃完饭的她背起了一个背篓,我问她做什么去,她说去地里掰玉米。天上还在飘着雨丝,而地上又湿又滑,我不禁为她担心。阿木笑笑说:"没事的,她干活儿习惯了,我们这里的女人都很结实,还有的女人在地里就把孩子生了呢。"

第十二章
走进大凉山:山高水长,爱亦可及

这一点我是相信的。山里的女人,本身就是一座山。

在麻风村另一户人家,我看到了一个患有眼疾的中年妇女刚刚生下他们的第六个孩子,男主人因为妻子生产,刚从打工的新疆回来。小婴儿被母亲背在背上的布兜里,露出一个毛茸茸的小脑袋。女人的身边,四个次第排列的孩子围作一团。我把带去的点心递给她,她很客气地推辞一番,收下之后,她对男人说了几句话,男人走进房间,很快出来,手里提着个塑料袋,里面是满满一袋新鲜的纸皮核桃。

这下我有些过意不去了,我说:"路远迢迢,带不回去,我就在这里吃几个吧。"说着,我和鹏鹏各自从塑料袋中抓了几颗核桃,在塑料凳子上坐下,一边剥核桃吃,一边和他们闲聊。此时正值纸皮核桃成熟季节,她家房间的地上堆满了核桃,几只鸡在核桃周围转来转去,屋子里有一股久雨后的霉味。

纸皮核桃真的名不虚传,手指稍微用力,薄薄的核桃壳便应声裂开,白嫩的核桃仁包裹在一层浅黄色的皮里,轻轻撕掉皮,核桃仁便完整地裸露出来,送入口中,居然吃出了水果的味道,脆嫩、甘甜、清香,和超市里买到的加工后的核桃味道截然不同。这是大凉山特有的馈赠。鹏鹏和我一样,从未吃过新鲜核桃,感觉十分新奇,一口气剥了好几个核桃,手指很快被新鲜核桃皮染成了黑色。

话题从核桃的销路上开始。男主人告诉我,纸皮核桃固然好吃,营养价值也高,但卖不出好价钱,如果拿到县城去卖,可以卖到 4 元钱一斤,但是路远迢迢,刨去来回车费,实在得不偿失。偶尔也有山外的农产品商人前来收购,但雨季交通不便,极少有人前来收购,于是只能任由核桃在家中发霉。

我问他在新疆的打工年收入,他憨厚地笑笑说:"一两千块钱吧,不过来回车费还要花去好几百,拿到家的,满打满算一千来块钱。"

"那么你们一家六个孩子两个大人,靠什么生活呢?"我不禁纳闷。

"我的大女儿今年 17 岁,在广东一个电子玩具厂做工,每月工资 2400 元,她到月就给家里寄来 2000 元。"这个中年男人说,口气里听不出心疼,也听不出满足。

隐居者
YINJU ZHE

"她上过学吗?"

"读到小学五年级,就出去打工了。"

我的眼前不禁浮现起那个女孩在工厂里不分昼夜、加班加点赶工的瘦弱身影。那不就是二十多年前的我吗? 不知道,还有多少个这样的"大凉山少女",为了她们众多的弟弟妹妹,过早地中断了学业,被迫套上了生活的枷锁。

在离开他家时,女主人带着强硬的热情,把装满核桃的塑料袋塞到了我的手中。我注意到,她的左眼球上,有一块云翳覆盖了整个眼球,像日食一样。四个孩子站在雨中,目送我们跌跌撞撞地走出他家门口的烂泥路,好几次我差点摔倒。走出她家的院落,后面隐隐传来婴儿的哭声,想必是饿了。

一路走下来,偶遇一个十来岁的小女孩,手里拿着一个南瓜迎面走来,她看到我们,脚步加快了些,几步拐进了路边的一间屋子。我走过去,往门里探头一看,小女孩正拿着一把黑沉沉的菜刀,在一个放在地上的菜板上使劲砍南瓜。她使劲的样子,像在砍一块坚硬的骨头。她的旁边坐着一个白发苍苍的老婆婆。我主动跟她们打招呼:"你们好!"阿木帮我用彝语翻译。小女孩向我们嫣然一笑,继续砍南瓜。我问她几岁了,读几年级了。她细声细语地回答:"我12岁,读六年级了。"我从包里抓了一把巧克力递给她,她丢下菜刀,双手接过去,害羞地连声说谢谢。她告诉我,她家就在隔壁,她有三个弟妹,她每天负责帮独居的奶奶做饭。

我问小女孩:"我可以跟你合个影吗?"她爽快地答应了,走出屋子,站在马路边跟我笑嘻嘻地合了一个影。她长得细眉细目,极像演员周冬雨,性格比加巴伍牛更为开朗一些。我照例嘱咐她好好学习,将来有机会去县城甚至西昌读书。她愉快而响亮地答应我:"好的!"说完笑了,像一朵当地随处可见的索玛花。

走在村路上,我们又遇到了三个背玉米的男孩子,十二三岁的样子,每个孩子的背上,都压着一个装满玉米的竹筐,重负使他们稚嫩的身体习惯性地前倾着,竹筐比他们的背部还要宽大,他们的脸蛋黑红黑红,外衣的衣襟敞开着,大概是为了

第十二章
走进大凉山：山高水长，爱亦可及

散热。天上还下着小雨，他们身上、脸上和头上都是水，分不清是汗水还是雨水。

我叫他们停下来，鹏鹏走上前，从包里掏出巧克力递给他们，他们又惊喜又腼腆，轻声对我们说谢谢。我问他们："你们是三兄弟吗？"其中一个大一点的孩子摇摇头。他指着一个孩子说："我们是兄弟。"又指向另一个孩子说，"他是我同学。"

"哦，你们是互相帮忙摘玉米吗？"

"嗯。是的。"

这时，刚好来了一个牵牛的男孩子，和他们迎面而遇，他们面对面站了片刻，用彝语打了一下招呼，我用手机抓拍下了这个画面。三个背玉米的孩子和一个牵牛的少年，在青山背景的映衬下，像几棵正在茁壮成长的小青松，忧郁而充满希望。

背玉米的孩子和放牛的孩子擦肩而过之后，阿木开始向我介绍："那个背玉米的男孩身世凄凉，父亲去世，母亲改嫁，家里只有他和弟弟两人相依为命，放假时，兄弟俩叫上同学帮忙去地里摘玉米，然后他们再去帮同学家摘玉米，互相帮衬。若家有急事，村里人也会帮帮他们。"

听到这里，我的眼眶蓦然一热，我不知道，有多少个"大凉山少年"过早地成了支撑风雨飘摇之家的栋梁。无论是放牛还是背玉米，这注定是他们无法逃脱的命运，但谁也无法预测他们的未来。也许日后他们走出大山，功成名就，回首往事，今日的苦难，将会是他们身上最闪耀的勋章。

我把这个玉米少年的故事转述给了鹏鹏听，这个在美国从未经受过贫苦、从小到大一帆风顺的男孩，有过一时的沉默。我想，他一定是在思索什么。

路上，我们遇到了村医阿尔，阿尔有一段荡气回肠的浪漫爱情故事。四十五年前，阿尔的女友患了麻风病，被赶到此地隔离治疗，痴情的他追随而来，无论女友和当时的麻风村管理者怎样驱逐，都无法将他赶走。他在麻风村外面的山上搭了个棚子，开荒自种，经常将收获的果实和蔬菜送来给恋人品尝，他的痴情感动了麻风村所有人。当时麻风护理人员奇缺，他又是一个健康人，便向麻风村的管理者毛遂

隐居者
YINJU ZHE

自荐,自告奋勇为麻风病患者发药、打针、做护理,于是他破例成了麻风村的编外人员,从此扎根于麻风村,精心护理女友和其他麻风患者,再未回过家乡。他的女友被治愈后,他终于等来了迟到的幸福。阿尔不识字,但毫不影响他做一个称职的好护理。

2005年,"清风福康计划"在此建立麻风康复村之后,又将他送到县医院进行了专业的医疗护理培训,结束后他获得了护理资格证书。如今方圆数十里地,他是唯一的赤脚医生。村民们若有个脑热腹痛、感冒伤风,基本上他都能药到病除。

阿尔和阿木带我去看村里原先的麻风诊所,就在村小学旁边,这是2001年,由澳门天主教福利会在此修建的麻风村卫生室,如今早已人去室空。我扒着积满灰尘的窗户往室内看,室内堆满凌乱的桌椅板凳和工作台,像谢幕后被弃置不用的道具。不过,这略显凄凉的景象,从另一个角度来说却是一种欣慰——麻风病的烙印,正从历史的舞台上渐渐落幕。

诊所旁边,一棵年代久远的老核桃树丰收在望,累累果实使它枝头下垂,如一位垂首静默的智者。我少见多怪地发现,长在枝头的核桃竟然是一颗颗青果儿,一串串如同青枣。原来,我们常见的皱巴巴的核桃外面,还有一层坚硬的果壳。阿木告诉我,去除果壳是一个极为艰辛的工程,必须用小刀把青皮削开剥离,当地人早已习惯手工剥核桃,不会戴手套,因为也没有手套可戴。一个核桃季过去,村里从老人到小孩,个个手指都是黑的和裂的。所以核桃卖高价,也是理所当然了。

这棵核桃树有着数十年历史,树干上有着不规则的纵裂痕,枝丫粗壮,华阴如盖,几乎覆盖了整个诊所的房子,它一定见证了数十年来,当地所有麻风病患者的疼痛与坚忍,见证了他们命运的纠葛与变迁,也见证了如今的否极泰来。不知夜深人静时,它可曾为他们,长歌当哭过;可曾为自己,默然叹息过。

第十二章
走进大凉山：山高水长，爱亦可及

五

"实现一个没有麻风病歧视的世界"是一个美好而神圣的愿景，实现起来却非常艰难。有些障碍并非来自社会，而是来自康复者自身的不配合。

继走访了大凉山喜德县麻风康复村之后，9月10日，我和鹏鹏再次随着"凉山州疾控中心麻风病综合防治项目办"的几位工作人员，租了一辆面包车，赶往普格县麻风康复村走访和送物资，这次走访约需四天，吃住都在村里。项目办除了一位工作人员留守办公室之外，几乎倾巢而出，由许显风亲自带队。

据不完全统计，目前大凉山的麻风康复者有三四千人，多数居住在康复村之外，项目办直接服务的对象是康复村的"五保户"老人，登记在册的有548人，而项目办目前只有6人，其中3位是女性，可想而知他们的工作任务多么繁重。他们需要定期下乡运送物资、进行项目建设（比如饮水系统、灌溉工程、厕所和浴室的修建、学校食堂修建等），还有麻二代的职业技能培训、助学项目调查、社区卫生检查、营养卫生调查、种植项目调查、康复者生理护理、家庭情况走访、安排康复者眼科手术等，有时人手实在不够，只能招募几名志愿者一起做访村交流工作。他们的服务对象涉及布拖、金阳、会理、甘洛、泸定、盐边、普格、喜德等地。尤其偏远的金阳和布拖，来回要四五天时间，山上无法行车，只能步行或骑马，他们每次从布拖县或金阳县回来，腿和屁股都要疼好几天。他们要做的工作实在太多，由于人手有限，很多项目无法真正开展。最困难的是，很多人不理解他们的工作性质，加上收入不高，工作人员一直漂浮不定。

"实现一个没有麻风病歧视的世界"是一个美好而神圣的愿景，实现起来却非

隐居者
YINJU ZHE

常艰难。有些障碍并非来自社会,而是来自康复者自身的不配合。

自2005年至今,"清风福康计划"与大凉山地方政府共同携手,建立了十多个麻风康复村,配上了水电、太阳能热水器、简单的家具和生活日用品,将原本散居于山中的无儿无女的康复老人集中到一起护理疗养。当地政府根据老人的伤残和年龄情况,每月发放数额不等的生活费。"清风福康计划"还对当地原先的赤脚医生进行了特殊护理培训,每月进行绩效考核,发放工资,好比为康复老人雇了一个专业护理员。谁知,这在很多人看来是"康复老人幸福晚年"的养老模式,却遭到一些顽固老人的抵制。

比如喜德县有两位康复老人,都已70多岁,无儿无女,老两口住在山上,工作人员多次上山劝说他们下山,住进干净卫生的康复院,老人家死活不愿。他们在山上种了一些核桃树,每年靠卖核桃得到一些经济收入。所以对他们来说,住进康复村,尽管政府每月会发一些生活费,但是远不如住在山上、做自己世界的主人来得自由自在。所以,至今还有一些康复老人"赖"在自己生活了几十年的老宅里。尽管没有自来水,没有电灯,但大山和土地给他们的安全感,足以令他们抵挡从未经历过的诱惑。对他们来说,那幢自己亲手搭建的土墙老宅、那些自己亲手种植的核桃树、那块自己开垦出的土地都是他们赖以生存的巨大财富。逼他们下山,好比剥夺了他们对土地的精神依赖和根植于内心的安全感。还有一些老人,根本不信吃药打针能治病,他们偷偷将来自国外的珍贵的药品烧掉或扔掉,他们宁愿相信草药,相信请来毕摩来做一场法事,杀一只鸡或一头羊祭祀,便能带走他们身上所有的病痛和厄运。

还有更让人哭笑不得的事情。许显凤他们下乡走访时,在康复者家里搭伙吃饭,十分不习惯像彝族人那样以地为桌、席地而坐吃饭。后来,他们趁着运送物资进山,便顺带了一些桌椅板凳送给他们搭伙吃饭的彝族家庭。有些人家觉得不错,慢慢习惯了使用,有些人家却觉得累赘。他们过了几个月再去时,发现那些桌椅板

第十二章
走进大凉山：山高水长，爱亦可及

凳要么被扔在杂物堆里，要么板凳腿被截肢了，变成一个个矮矮的侏儒板凳趴在地上。还有更离谱的，有些人家干脆把可怜的桌椅板凳砍成木柴烧饭了，因为放在家里实在占地方，以至于后来，普格县政府给盖新房的村民家赠送新家具时，都是清一色的铁皮桌椅和柜子，上面油漆着漂亮的图腾花纹，放在家里也具有美观作用。

有一次，项目办曾经向一个偏远地区的麻风村免费赠送了几百只小母鸡，原计划母鸡下蛋再孵鸡，带动一方的家禽养殖，不仅能够保证全家人的营养，也能换来一些经济收入。谁料，结果让人非常无奈——当地老百姓为了祭祀活动，把他们送的白色母鸡都做了祭品。至于在项目建设中遇到的各种令人啼笑皆非的遭遇，许显凤他们早已习以为常，见怪不怪。

"习惯是个可怕的东西！很难打败，也很难改变，唯一的办法，就是潜移默化，这需要非常漫长的时间。"许显凤说。面包车在山路上盘旋，她盯着窗外一闪而过的风景，陷入了沉思。

盘旋过一山又一山，我们的车终于进入目的地山区。虽然这天已经雨过天晴，但山路上依旧布满水坑，处处陷阱，一不小心，车辆便会陷入深深的水坑动弹不得。果不其然，在进村的必经山路上，我们遇到了障碍——一辆为当地在建的小学运输建筑材料的大卡车陷在了半路，刚好堵住了唯一的进山渠道。大家的心情瞬间陷入冰点！在多次查看现场，并且确认不见大卡车司机踪影之后，我们只能认命地下车步行，并且还要把带给麻风村民的医疗物品、这几天我们需要的矿泉水和方便面以及行李等物品肩扛手抱，每个人都是负重前行。租来的面包车在卸下所有物品后，原地掉头回城了，剩下我们几个人，像蚂蚁搬家一样，把东西几十米、几十米地往前挪，因为东西太多了，我们只能一趟趟地反复往返，而我们距离要到达的森科洛村，还有十多里山路。太阳像探照灯一样明晃晃地照在头顶上，每个人都汗流浃背，气喘吁吁。

在此过程中，还发生了一个发人深思的小插曲：项目办刚刚招聘了一个身材魁

隐居者
YINJU ZHE

梧的小伙子,当天第一天上班。负责人许显凤在招聘他时,曾明确和他谈过,这份工作十分辛苦,需要经常出差,而且出差没有补助津贴,没有飞机高铁,只有乡下的泥巴路,我们打交道的对象是麻风康复者,有时下乡好几天,我们需要自带干粮吃住在他们家里,让他做好心理准备。

这位应聘者当时豪情万丈地表示:"这也是一种公益行为,自己有信心做好这份有意义的工作。"可是,当我们下车负重前行时,他在扛了一箱矿泉水送到一棵大树下之后,我就再也没有见到他。原来他跟着原地掉头的面包车回城了,没有和任何人说再见。我无意谴责这个小伙子的临阵脱逃,每个人都有选择的自由,公益行为看起来很美很高尚,但若下决心去做,必须尊崇内心真正的信仰和追求。

鹏鹏一个人抵两个人搬运物资,他背后背了一大袋,手里抱着一大箱,美国长大的孩子,几乎每周都会去教会,每个假期都会做各种社会志愿者,心眼就是这么实诚。

我们几个人一步一喘,走在山巅上,山路崎岖,群山沉寂,金沙江在阳光下白练如洗,桉树林立,核桃树肃穆,四野葱郁,不时有彩色蝴蝶翩翩飞过,路上还见到了一只半尺长的蜈蚣王不慌不忙地走在它的世界里。越往山上走,山路越干燥,深深的车辙如一些彝族老人脸上的刻痕。天高云淡,天空仿佛一个无边无际的透明的穹顶,覆盖着芸芸众生。

正当我们几个人气喘吁吁、步履维艰地负重爬山时,从村庄方向突突突传来了三辆摩托车的声音。救星来了!是麻风村的汤医生从许显凤的电话中得知我们陷在半路,从村里叫了三辆摩托车来帮忙运送物品,解了我们负重之围。之后,将物品送到村里的摩托车手又回头来迎接我们。坐在摩托车后面,一路风驰电掣、胆战心惊,头发随风飘舞打在脸上,像山风粗鲁调戏的抚摸,内心却无比轻松愉悦。

第十二章
走进大凉山：山高水长，爱亦可及

六

我不由得看向脚下的路面，粗糙而平坦，坚硬而朴素。这是一个麻风康复老人，跪在地上，用残缺的手掌握着铲子，一寸寸抹平，一米米延伸而来的。

我们在背后看着老人杵着拐棍、蹒跚而行的背影，恰似世上大写的人。

我们首先到达森科洛村的汤医生家，他家就在村口，一栋新盖的两层小洋楼面朝金沙江、背靠青山，是一个醒目的标志。他家的水泥场地上正晒着一片稻谷，一位体格瘦小的彝族老太，头戴黑布帽，背着双手，缓慢地行走在稻谷上，双脚在稻谷上交替划过，代替翻晒稻谷的耙子，随着她双脚规律的划动，稻谷上划出了规律的翻晒印痕。一个2岁左右的小女孩儿蹲在稻谷边上，一手拿着啃了几口的苹果，一手拨弄着稻谷。这个情景，让我顿生"岁月静好，现世安稳"之念。

这位老太是汤医生的老伴儿，也是一位麻风康复者。她不会说汉语，对于我们的问候，只会对我们展开慈祥的微笑。小女孩是他们2岁的孙女儿，尚不太会说话，但她对我们展开的无邪笑容，是世上通用的美丽语言。

汤医生并非真正的医生，他也是一位彝族麻风康复者，本名冗长绕口，是麻风病综合防治办员工便于联络，给他重起了个名"汤医生"，他欣然接受，于是一叫至今。汤医生11岁时身患麻风，躲入深山，13岁接受治疗，16岁治愈，然后自学医疗和护理，帮助其他麻风病患者，在此过程中，他与一位治愈的女康复者结婚成家，拥有一儿一女。

汤医生家原先住在山上，交通不便，后来因为儿子要结婚，便下山买了这块宅基地，盖起了一栋两层小楼，作为儿子的婚房。如今新房二楼的窗户上，喜气洋洋的大红喜字还未褪色。儿子和媳妇在县城打工，女儿也已出嫁。虽然他们的身上

隐居者
YINJU ZHE

还贴着麻风的烙印,但显然苦难已经褪色。

汤医生热情邀请我们晚上就住在他儿子的新房里。二楼有三间房,有床有沙发,我们自己带有睡袋,供我们几个人分睡绰绰有余。外面的水泥场地上,建有装着太阳能沐浴的卫生间,条件堪比三星级宾馆,比我想象中的高级许多,令我惊叹。和两天前我去过的喜德县麻风村相比,天壤之别。

在卫生所放下医疗物品后,我们几个人兵分两路,一队人马随汤医生去给麻风村民送医疗物资,我、鹏鹏和许显风去走访村民。如今村里还有46名康复者,残疾人有20多人,有溃疡者3人,溃疡都在脚上,年龄最大的83岁。

沿路可见挺拔密集的桉树,汤医生介绍说,当地人除了外出打工,以前唯一的经济来源就是种植桉树,桉树的叶子可以烤油,每100斤桉树叶可以烤1.2斤左右的桉树油,桉树油普遍用于医药、牙膏或香精之中,每斤桉树油可带来七八十元的经济效益。所以当地家家户户都种桉树,种两三亩桉树一年就会有七八万元收入。可是由于桉树叶炼油产生的污染特别严重,这两年来,政府开始禁止栽种桉树和炼油,转而大力推广种植核桃树,但核桃挂果至少需要两年。

眺望巍巍大凉山,不由得令人感叹:纵然苦难深重,但它对山民的馈赠也源源不断,只要足够勤劳,就能丰衣足食。

我们首先到达"五保户"钱志昌老人家中,他是此地唯一的汉族人。我们到他家时,他正戴着草帽,绑着护膝,准备去地里干活儿。由于早年患病,没有得到及时医治,如今他的一只脚没有脚板,双手也没有手指,平时全靠跪着走路、做事、种地。看到我们进了院子,他饱经沧桑的脸庞绽放出黑红色的光彩,立即热情地邀请我们进屋坐下。我们坐在板凳上,他就"跪"在我们面前,但比我们坐着还要高大。

老人的书桌上摆满书籍,两本旧版《新华字典》和一本《成语字典》已被翻阅得面目全非,老人从未上过学,却满腹经纶,谈吐不俗。他说他的文化全都靠自学而来,他几十年来一直听收音机,所有发生在外部世界的新闻,他全都了然于胸。虽然往事不

第十二章
走进大凉山：山高水长，爱亦可及

堪回首，但老人谈笑风生，脸上全无半点沮丧和怨天尤人的表情，说到激情处，他挥舞着光秃秃的手掌，颇有点"五岭逶迤腾细浪，乌蒙磅礴走泥丸"的英雄气概。

钱志昌老人现年72岁，原是云南昭通人，11岁患病，12岁被族人赶出村庄，从此浪迹天涯，沿路乞讨来到大凉山，偷偷藏身于一个山洞，靠帮人放牛种地为生。19岁那年，钱志昌在放牛过程中，认识了邻村一个放羊的姑娘。麻风病是个慢性病，当时钱志昌除了手指上的疗疮久久不愈，其他并无任何外疾，那姑娘对一表人才的钱志昌心生爱慕，不顾家人的强烈反对，一意孤行，跑到山洞来陪他。那时候，麻风病还有传染和传代之说，钱志昌对自己的病情直言不讳，怎奈那姑娘唯爱情至上，毫不在意，并表示即使被传染上麻风病，自己也愿意和他同生共死。钱志昌在感动之余，却十分理智，尽管情窦初开的他对美妙的爱情也十分向往，却不愿拖累无辜的姑娘，影响她的一生，虽然两人同居山洞，但他一直保持着"柳下惠"的君子风度。他们做过最浪漫的事情，不过是夜深人静时，坐在山顶上数星星。霜冷雾重的夜晚，钱志昌也只是隔着衣服抱一抱姑娘的肩头，仅此而已。一年后，在山洞里为姑娘过完20岁生日的他，递给姑娘一个包裹，狠心将她赶出了山洞。

后来，那姑娘嫁给了镇上一个男人，生儿育女，数十年过去，儿孙满堂，生活安定。前几年，他们在镇上偶然碰到，那是他们相隔四十多年后的第一次相遇，老太太十分激动地告诉钱志昌，她的老伴前几年去世了，她想跟他回到山里相依为命，度过晚年。钱志昌老人也是百感交集，但还是理性地告诉老太太："我不能带你走，我们应该考虑你子女的感受，他们不会同意你跟我走的。再说，我现在有老伴了，我不能对不起她……"两个年轻时的情侣、如今的老人再次洒泪而别。

钱志昌老人所说的现在的老伴，是一位被儿女遗弃的麻风老太，比他大很多岁，有点精神障碍，十多年前，钱志昌见她可怜，将她带回了家，从此两人相依为命。（他们的故事，和江苏如皋江滨医院的薛怀明和美儿何其相似！）

钱志昌老人很聪明，平时他以跪行代步，膝盖着地摩擦，很痛也很伤衣裤。但

隐居者
YINJU ZHE

他琢磨了一个好办法:用别人废弃的汽车轮胎做了两个护膝,绑在膝盖上,无论下地干活儿还是平日行走,都比较方便。他的手没有手指,不能握住镰刀或耙子,他便在镰刀把和耙子柄上缠上布带,把手掌套进去,利用手腕的力量使用农具,倒也得心应手。几十年来,他一直牢记着年轻时不知从哪本小说上读到的一个情节和一句话:一个盲人母亲会做十分美味的饭菜,她坚定地告诉自己的孩子:一个人要学会在不利环境中生活!这句话鼓励着钱志昌,他也把这句话的力量发挥到了极致。

我们问起老人现在的生活情况,他很自豪:"我种的桉树炼油,每年可以收入一万多块呢!即使现在我因为年纪渐渐大了,不能亲自炼油了,我把桉树转包给别人,每年也能净得几千块,加上一些政府补贴,生活还算过得去。现在,项目办定期给我送护膝和药品,生活跟健康都没什么好发愁了。"

我注意到,在他住房的墙上,醒目地挂着一个红色边框的相框,里面亲人们的照片已经老旧发黄,这是他四壁皆空的墙上最醒目的装饰。

我问老人:"这是您的家人吗?"

老人点点头,神情忽然变得凄楚。

"您回去寻找过亲人吗?"

老人又点点头。我不知道,在老人心头,竟藏着一个一触即痛的寻亲之旅。

老人说,他最大的心愿,是能够叶落归根,回到他的云南昭通巧家县老家,和家人们生活在一起,将来归天之后,能够与父母葬在一处,哪怕飘零半世,最后能够终老故里,也是自己残缺的人生中最后的圆满。说着,老人又从柜子里翻出一个小本子,翻开扉页,上面有几个姓钱的名字,他一个个念出来,那是他亲人们的名字。他的父母早已去世,如今尚在的,是他的几个哥哥嫂子和侄子辈们。

2011年,离家四十多年的老人耐不住强烈的思乡之情,踏上了回家的寻亲之路。亲人是找到了,早年对他有养育之恩的大嫂如今已老迈,侄子侄女们也已各自成家,

第十二章
走进大凉山：山高水长，爱亦可及

有些在云南，有些在广东。当他向侄子们提到自己想迁居回乡、叶落归根的时候，亲人们却谁也不愿意接受。侄子们建议他去县里的养老院，可是当地养老院却由于他是一位麻风康复者而拒绝了他。理由是，必须为其他"五保户"老人着想。

老家还在那里，却已不是他可以回得去的地方。他的家，只能在大凉山，只能在普格县森科洛村。他亲手种的桉树、亲手养的鸡，就是他的亲人。

钱志昌老人用残缺的手掌抹去顺颊而下的泪水，我竟然无言以劝。

我们留下给老人带来的点心等物品，准备离开了，老人却拦着不许我们走。他又打开柜子，翻出一本书，我以为他想找什么信件，谁知，书的夹层里掉出一沓子百元大钞来，他把几百元钱硬塞给我们："家里做饭怕你们吃不惯，你们拿去下馆子，我有钱，我有钱！"老人满脸的真诚和坚毅。

我们自然不会要老人的钱。他又赶紧去捉鸡，说让我们带回城里，我们自然还是拒绝。这时，我忽然嗅到了玉米的香味，我说："您煮了玉米啊，我最爱吃玉米了。"老人这才一边开开心心地带我们去厨房，一边不无骄傲地说："这是我自己种的糯玉米，很甜很香很糯的。"

玉米煮在一个烧水的水壶里，咬上一口，果真甜糯可口，香味扑鼻。

看着我们愉快地啃玉米的样子，老人笑得像棵向日葵。他的老伴正呆坐在厨房里，见我们进去，蹒跚着站起。想起钱志昌老人之前讲述的年轻时的无望之恋，不禁唏嘘。他们的婚姻与爱情无关，却比爱情更高尚。

我们请钱志昌老人为我们带路去村里走访，兼做彝语翻译，老人二话不说，脱下跪行的护膝，穿上鞋子，拄上拐杖就走。

许显风在后面悄悄告诉我：前几年，这一段水泥路坏了，钱叔叔自己掏钱，托人从镇上买来了几包水泥，亲自修路，我们脚下的这段水泥路就是钱叔叔自己花钱修的。我们问他为什么要这么做，这些都是政府应该做的。钱叔叔却说："政府已经为我们做得够多了，这点小事，我们可以做，为什么不自己做呢？"

隐居者
YINJU ZHE

我不由得看向脚下的路面,粗糙而平坦,坚硬而朴素。这是一个麻风康复老人,跪在地上,用残缺的手掌握着铲子,一寸寸抹平,一米米延伸而来的。

我们在背后看着老人杵着拐棍、蹒跚而行的背影,恰似世上大写的人。

七

这里的每个家庭都有一个心酸的故事。

爱读书的少年和不爱读书的少女,他们都是大凉山的未来。

钱志昌老人带我们来到一户留守老少的家中。老大爷正在动手修建猪舍,老太太在地里干活儿,一个小孙女儿趴在她背上的背篓里,另一个大一点的孙女儿在地头玩耍。见我们走进他们家的院落,两位老人先后回到家中。爷爷身体佝偻着,只能双手抱膝,席地而坐。奶奶满脸黝黑,双手布满裂纹。我从包里拿出巧克力递给两个小女孩,孩子怯生生的,不敢接受。她们的眼睛明亮如星,纯净如水,令人莫名心疼。

家里除了几个板凳,几乎空空荡荡。我问:"孩子的爸爸妈妈呢?"

爷爷奶奶面面相觑,他们听不懂汉语。

随着钱志昌老人的介绍,我们才得知这一家令人唏嘘的故事。孩子的爸爸妈妈离婚了,原因是孩子的爸爸考上了大学!原来,这位爸爸现年才22岁,18岁时因当地风俗而早婚,妻子半文盲,但他婚后依然坚持上学,最终考上了成都某大学。妻子坚决反对丈夫继续读书,最终她狠心抛下两个分别才3岁和1岁的孩子,以离婚而告终;并且按照当地风俗,年轻的爸爸赔偿了岳母家一笔钱。他的上学费用是两只猪的卖身钱,家里的十多亩土地和两个女儿的生活,全部成了年迈父母的

第十二章
走进大凉山：山高水长，爱亦可及

负担。

这是一个听来令人心情沉重的故事，却又有着一个令人满怀希望的走向。知识改变命运，大凉山光明的未来，就在更多的"爸爸大学生"和更多热血沸腾的大凉山青年的努力奋斗中！白云深处，大山之巅，"爸爸大学生"一定不是一个孤独的奋斗者。

我们又来到了村主任家，村主任的父母都是麻风病患者，身有残疾。村主任家正在收玉米，妻子在地里掰玉米，他负责用摩托车运输回家，小儿子则负责将玉米剥掉外皮，再倒进谷仓。

村主任家院子里堆满玉米皮，满地鸡粪也挡不住我们坐下来闲聊。村主任告诉我们："他家有两个儿子，大儿子大学毕业后，去了云南做大学生村干部，这是全家人的骄傲，也是全村的骄傲。小儿子学习也很用功，立志向大哥学习。"

村主任说："他们这个村里已经产生了四个大学生，大多数的孩子都热爱学习，大多数的父母也支持孩子读书，见识外面的世界，改变自己的命运。"虽然听上去有点像官腔，但这样的官腔是多么打动人心。

在我们与村主任谈话时，他的小儿子一直在屋内和谷仓之间来回背玉米，瘦瘦的少年，干活儿却毫不含糊。大概是怕下雨，所以玉米都堆放在家里，掰完玉米皮后，他再用背篓将玉米背到谷仓里存放。所谓谷仓，也就是搭在猪圈上面的"阁楼"。

我到他干活儿的堂屋里看了看，堂屋的角落里有一台小电视机，正在播放湖南电视台的一个综艺节目，孩子干一会儿活儿，瞄一眼电视，细细的脊梁弓得像个问号。

"累吗？"我问他。

"习惯了。"他说。

这样的少年，大凉山有很多很多，他们努力为自己插上梦想的翅膀，渴望飞出

隐居者
YINJU ZHE

大山,翱翔四海。

一只猫不知从哪里蹿出来,几个箭步就跃上了谷仓屋顶。蓝天之下,屋顶之上,它像一个藐视我们的君王。

我们随后又来到另一个名叫吉散木甲的男孩家中,他的父母都是麻风病患者,父亲肢体残疾,母亲的面容因病几乎毁容,母亲是二婚,他有一个同母异父的姐姐,姐姐已经结婚生育,当天正带着女儿在家里玩耍。

吉散木甲学习优异,在当年的全县小升初统考中,于800名学生中排名第17名。本来以他的成绩,可以稳读西昌一中,可是他选择了放弃,上了普格县民族中学。

我问他为什么。

"我怕别人得知我来自麻风村而欺负我。我从来没有去过西昌,我爸妈也从来没有去过,我怕……还有,听说去西昌读书的生活费用很高,我们家没有钱。"

我听了不觉眼眶一热。孩子的眼神里,透出倔强而聪慧的光芒。

我只好鼓励他:"是金子,在哪里都会发光,即使在普格县民族中学读书,你将来也一定有机会出人头地。"

他用力点头,有点少年老成的忧郁。

他的妈妈到处翻找,欲向我们展示孩子从小到大获得的奖状,可惜的是,很多奖状都已不知去向,最后只找到了三张。三张奖状都是他的,但名字不太一致,有的写着"吉伞木甲",有的写着"吉散木甲",可见学校老师的汉语水平有些问题。

吉散木甲姐姐的女儿四五岁的样子,看到我把相机对准她拍摄,缠着妈妈说了几句什么话,然后跑进了里间。过了一会儿,小女孩换上了一套脏兮兮的白纱裙出来了,远远地看着我,还害羞地用纱裙的一角遮住了自己的小脸。哦,她刚才是跟妈妈说,要换条漂亮的裙子来拍照呢!爱美是人的天性啊,哪怕一个四五岁的小姑娘。我把小姑娘揽在怀里,往她的口袋里塞满了巧克力,并给了她一个狠狠的

第十二章
走进大凉山：山高水长，爱亦可及

拥抱。

小姑娘的妈妈很年轻，幸运的是，她的老公不是麻二代，而是一个外地人，他们是在外地打工时相识相爱。这几天，她带着孩子回来探亲，过几天便会回到自己外地的小家去。

临走时，我问吉散木甲想对我们说些什么，他想了想，憨厚地说："谢谢你们来看我，我会努力读书，不让你们失望……"

我笑着说他像一个小干部，他不好意思地笑了。

我们在他家门口拍了一张合影，小小少年眼中的光芒，像燃烧的小太阳。他和那位"爸爸大学生"一样，将是大凉山未来的希望。

离开吉散木甲家之后，我和许显凤商量，怎样才能帮助康复村的孩子们解决上学难题。许显凤无奈地告诉我，由于项目办人手有限，他们现在主要的工作还是在康复村老人身上，几乎无暇顾及助学系统，他们能够做到的，就是在走访时，将康复村家庭的实际困难如实记录下来，再向组织汇报，由组织制订规范的助学计划。他们之前也已经帮助一些康复村孩子，选择了合适的学校继续读书，他们不会让一个康复村的孩子失学，只是在帮扶形式方面，尚待完善。

【离开大凉山很久很久，我依然记得这个叫吉散木甲的大凉山少年，记得他眼中燃烧的小太阳，我与许显凤一直保持着联系，关注着他的学习情况。孩子至今依然在普格县民族中学读书，成绩一直名列班级前茅。祝福他！】

八

我莫名地有些心疼这个天真烂漫的孩子，她终将会慢慢长大，

隐居者
YINJU ZHE

但愿她不会像妈妈那样发出"外面坏人多"的感慨,

但愿她会像天上的流云一样,飞出山外,

替她的外公外婆和妈妈去感受世界的精彩和温暖。

中午,我们回到汤医生家,另一队人马也已回来,大家开始准备午餐。许显凤他们很有经验,每次下乡走访,少则两三天,多则五六天,他们为了不给老百姓添麻烦,自带干粮和水。这一次,我们带了米和面,于是中午决定煮面条吃。我们下了一大锅面条,汤医生拿出自家的土鸡蛋,我们就着榨菜、老干妈辣酱和煮鸡蛋,虽然简单,却个个吃得心满意足。

下午,我们继续兵分两路走访村民。这次要去的这户人家住在半山沟,我和许显凤、鹏鹏三人依然为一组,我们顶着骄阳,先走马路,再拐入山坡上的玉米地,沿着玉米地里的羊肠小道下行,小道两侧野草密布,我们兜兜转转,结果在玉米地里迷了路。玉米秆比我们人还高,我们站在其中,根本无法目测身在何处。许显凤只能凭感觉辨认村民家的方向。

我们好不容易穿过玉米地,到了田埂上,许显凤踮脚前后左右张望许久,终于确认那户人家的方位,原来我们围绕着这户藏在山沟中的人家,多走了一个半圆的冤枉路。我们继续在田间穿行,带刺的野草不时划过手背,火辣辣地疼。忽然之间,只听扑哧一声,我一脚踩到了一摊表皮被晒干、状如石块但中间依然稀烂的牛粪上……幸好,我的运动鞋本身就是迷彩的,再添一份大自然的馈赠,更显"精彩"。

在地里捉迷藏一样绕了好几圈,我们终于到了这户藏匿于庄稼地里的人家,我也终于理解为何许显凤会迷路,四周山坡上都是玉米地,这家房子低矮如牛棚,掩映其中,自然极难发现。

我们从屋后转到屋前,只见屋前的篱笆上晾晒着衣裳,篱笆里面懒洋洋地长着一些绿色的蔬菜,几颗熟透的南瓜随地散落着,几只鸡划着爪子在地上刨食,近处

第十二章
走进大凉山:山高水长,爱亦可及

的山坡上绿影婆娑,远处的白云似闲庭信步。如果不是许显凤告诉我,这家的男女主人公都是麻风残疾者,大女儿曾被人贩子拐卖到外地,我会觉得,生活在这样一个几乎与世无争的世外桃源,是多么惬意的事情。

这家男主人五十来岁,坐在地上,一个穿黑白条纹衫的女子和一个两岁左右的小女孩靠着门槛,他们是父亲、女儿和外孙女。女主人在不远处的玉米地里干活儿,只闻其声不见其人。

我们在门口的几块大石头上坐下,男主人让女儿给我们拿来自家刚收获的新鲜纸皮核桃,我们一边剥核桃吃,一边闲聊。

这家的男女主人都因麻风而残疾,脚上有溃疡,夫妻二人是再婚。妻子的第一任丈夫也是麻风病患者,早些年去世之后,带着女儿改嫁本村李家,又生下一女,现年14岁,正在县里读初中。

正在家中的是大女儿,名叫李晓英,现年22岁,刚从外地回来不久,2岁的女儿就是她被拐卖后生下的。

17岁那年,只读到小学二年级便辍学在家的李晓英听信一个普格老乡姐姐所言,跟着去成都打工,说一个月会有3000多元工资。谁知,这个她无比信任的老乡姐姐,竟是人贩拐卖链条上的一环,她们一路汽车—火车—汽车,辗转西昌、成都、武汉再到广东某地,等到了落脚地,李晓英便稀里糊涂成了一个30多岁的病残村民的老婆。这家有三兄弟,李晓英嫁的是老大。被拐卖女孩的经历大都雷同,她们被禁足、被看守,叫天不应,哭地无门,直到怀孕之后,才被从紧锁的房里放出来。

与此同时,与女儿失去联系的家人也四处寻找,可怜她的父母除了在地里和家之间弯腰驼背爬行之外,哪里也去不了,只能委托下乡送物资的项目办工作人员帮忙寻找。许显凤他们不知打过多少电话,甚至报了警,也无济于事。

被拐卖一年多后,李晓英生下了女儿,她想认命算了,只要老公善待她。谁知,造化弄人,生下女儿不到半岁,患有心脏病和甲亢的丈夫,在花了七八万元治疗费

隐居者
YINJU ZHE

之后,年纪轻轻便撒手人寰。她想带着幼女回到大凉山的家,夫家却又不允,因为夫家还有两个尚未娶亲的儿子,他们强留下她,每天派人看守,她只能虚与委蛇。直到一年多后,夫家渐渐放松了警惕,她得以外出赶集,借用一个好心人的手机,给森科洛村村委会打了一个电话,告知自己被拐卖的真相。这是2015年12月。

至此,父母才得知她的下落。她在电话里哭着说要回家,但是没有钱买火车票。父母心急如焚,到处借钱,好不容易凑了600块,打到了她的银行卡上。之后,她又瞅准一个赶集的机会,带着女儿辗转到了广州火车站,买了火车票,坐了三天两夜的火车到达西昌,终于回到了大凉山。

现在孩子没有户口,李晓英十分犯愁,不知孩子的将来会怎样。

"把鞋子穿好,听话,看你那么脏。"李晓英对女儿轻声呵斥着,小姑娘扭捏着不吭声,大大的眼睛如大凉山的天空一样清澈透明。

我问李晓英:"你还会出去打工吗?"

她心有余悸地摇摇头:"不出去了,外面坏人多。"

"你想找什么样的老公呢?汉族还是彝族?"我又问。

"我想找汉族男人,可是方圆数十里,很少有汉族人,附近也没有合适的小伙子了。"

"海螺沟附近有个村,那里有汉族人。"许显凤说。

"可是我的爸爸妈妈都是残疾人,人家一般不会有人喜欢我家这样的情况的。"显然,李晓英有自知之明,言语中有些惆怅。

听完李晓英的故事,我没来由觉得心酸。对她来说,世界上最安全的地方,就是大凉山,就是这个山沟沟,哪怕父母是麻风残疾人,哪怕父母去得最远的地方就是村委会,父母还是她的天。如今他们一家老少五口,只靠着几亩薄地过日子,唯一的经济来源是养猪。

李父坐在地上,把残脚从鞋子里抽出来,晾在地上。

第十二章
走进大凉山：山高水长，爱亦可及

许显凤问："脚上的溃疡还痛吗？"

"还痛，不过今天好像痛得轻一些。"

"上次送来的药用完了吗？"

"药还有，没用完，用完我就去找汤医生取。"

离开他家的时候，我们看到女主人坐在树荫下剥玉米，小外孙女乖巧地跑到外婆身边，与我们挥手再见。我莫名地有些心疼这个天真烂漫的孩子，她终将会慢慢长大，但愿她不会像妈妈那样发出"外面坏人多"的感慨，但愿她会像天上的流云一样，飞出山外，替她的外公外婆和妈妈去感受世界的精彩和温暖。

离开李晓英的家，我们继续攀爬，穿过玉米地，来到一户卫生文明户家庭走访，这是这个村被评为最干净卫生的家庭。许显凤介绍，这家几乎每次都是卫生评比第一名。我们来到他家，只见几个房间都不大，却都很敞亮。床上的被子叠得整整齐齐，几双鞋子整齐地摆放在床前，地上干干净净。即使厨房里，也没有苍蝇横冲直撞。这在当地，真的很难得。

许显凤介绍说，这是他们项目办特地为大凉山麻风村民制订的卫生评选计划，尤其在农村，卫生条件差，最容易感染疾病。为了减少感染机会，讲究卫生十分关键。说起卫生评比也很有意思，许显凤他们特意邀请上学的孩子（如上文提到的吉散木甲）做村里的卫生监督员，每周五放学后，几个孩子组成卫生检查小组，挨家挨户检查卫生，认真地在笔记本上画"√"或打"×"，孩子们铁面无私，干净就是干净，脏就是脏，毫不包庇，效果很不错。另外，让孩子们做卫生监督员，让他们从小养成爱卫生的习惯，习惯从娃娃抓起，这才是从根本上解决卫生问题。难怪我们走在路上，极少看到脏乱差的现象。许显凤极有信心地说："这项卫生检查工作只要持之以恒地做下去，当地的卫生情况一定会有所改观。"

路上，我们遇到几位从乡政府驮回政府免费发放核桃树苗的村民，他们的代步工具也由徒步、马或骡子，变成了现在的摩托车。也许不久之后，大凉山的核桃系

隐居者
YINJU ZHE

列产品,将会成为凉山州的农业经济名片。

我们走在弯弯曲曲的山间小道上,路遇一块小石头或一节断落的树枝,许显凤都会细心地捡起或踢到路边去,为的是让过路的行人或摩托车平安出行,她的细心令我感动。

当夜,我们在汤医生家的院子里吃炖鸡和烤肉,鸡是汤医生为我们杀的,还有他的儿子结婚时未吃完的腊肉和未喝完的啤酒。柴火很快旺起来,炖锅咕嘟嘟冒出香气,铁板上的肉吱吱作响,翻山越岭奔走了一天的几个年轻人,就着啤酒,开怀畅饮、大快朵颐起来。

在美国长大的鹏鹏,对这样的聚餐方式居然毫无违和感,他和大家一样,对着酒瓶喝酒,用筷子在锅中翻腾夹菜。要知道,我们平时在家吃饭,都是用公筷或公勺分菜,每餐之后必会刷牙漱口。但自从来到大凉山,他竟然很快入乡随俗,猪圈里的茅厕,也可以毫无怨言地将就。

疏朗的星空下,四野静寂,距离八月十五中秋节尚有一周,月亮还未丰满,却也明朗妖娆地挂在了汤医生家门楼的一角,慈祥而落寞。

柴火渐渐熄灭,吃饱喝足的年轻人先后去洗漱,院子里的地上丢着几只空了的瓶瓶罐罐。院落一角的鸡笼里,公鸡们不知为何在打架,闹得热火朝天,汤医生用棍子伸进去捅了几下,边捅边吆喝,公鸡们遂逐渐安静。

9月的夜晚,大凉山凉气袭人,我披衣站在汤医生家二楼的阳台上,面对星辰闪烁的夜空,毫无睡意。这两天的走访令我感触颇深,尤其凉山州麻风病项目办工作人员的敬业精神,令我十分动容!他们平均年龄二十七八岁,正是美好年华,却甘愿为人人谈之色变的麻风病康复者们服务,几乎每月出差。别人出差也许有机会乘飞机、坐高铁、睡星级宾馆,而他们却只能坐着租来的旧面包车,一圈又一圈地盘旋在大凉山的崎岖山道上,晚上便歇息在麻风病康复者家中,与他们同吃同住。尤其许显凤,她对大凉山地区的麻风病患者家庭几乎了如指掌,谁的护膝该换了,

第十二章
走进大凉山：山高水长，爱亦可及

谁曾托她带过什么东西，谁家有什么具体困难，她都记在一个随身携带的本子上。每家见到她来，说得最多的话就是："姑娘，你又来啦？你身体好吗？来，坐一坐，歇一歇……"

前面说过的钱志昌老人，每次见到项目办来人，都会捉鸡逮鸭，让他们带回城里。如果他们坚决不带，他下次会委托进城的村民给他们送去。村民们无以为报，这是他们唯一能够表达的心意。

夜幕下的大凉山山脉苍凉如冰，静默如坟。大凉山是一块有毒的圣土，它背负了太多的沉重与苦难，它饱经沧桑，却又生机勃勃，神秘莫测。它怀抱里的任何一棵植物、一个人、一只动物、一寸土地、一条江河，甚至一阵风声，都能谱写成诗，久久传唱，生生不息。

随着一颗流星划过天际，我也返回了房间。许显凤和燕子已经睡下，我冰冷的双脚钻进被子，瞬间被她们温暖的体温包围。

隔壁，钻进睡袋的鹏鹏已经酣然入睡，另一位项目办的男孩也在沙发上发出了轻微的鼾声。院子里的鸡们终于消停，整个大凉山也陷入沉睡，等待明天的新生。

九

阿果，大凉山的干女儿。

"赵老师，我这里有个孩子需要资助，你要不要来看看她的资料？我想她比较适合你的要求。"那天，我刚从普格县回到西昌，就收到"索玛花爱心支教慈善基金会"创始人黄老邪发来的微信。

几天前，我曾和黄老邪说过，我想一对一资助一个麻二代女孩，这个孩子最好

隐居者
YINJU ZHE

品学兼优,请他帮我留意一下。当时黄老邪直接批评我:"你这种想法是不对的,我遇到过太多的资助者,千篇一律要求被捐助的孩子品学兼优,试问,那些不品学兼优的孩子,难道就不值得去资助吗?"

我被他诘问得心虚不已,只好自己找了个台阶下:"好吧,随你帮我找到哪个孩子,我都愿意资助。"

迫不及待地来到索玛花爱心支教办公室,黄老邪递给我一份简单的资料。资料上的这个女孩名叫阿果,15岁,金阳县人,父母都是麻风病患者,阿果有两个姐姐、一个哥哥和一个弟弟,2015年哥哥不幸溺水去世,两个姐姐都已出嫁,对原生家庭再也不管不顾。父母靠种植花椒供阿果和弟弟读书,今年,阿果以优异的成绩考上了高中,可县里的高中离家较远,家中供不起她的住校生活费,她面临着退学。

看着照片上那个皮肤黝黑、脸蛋圆圆、漂亮的丹凤眼弯似月牙的女孩子,我没来由地觉得喜欢。

"就是她了。"我对黄老邪说。

"这个孩子成绩不错,为了能够让她来西昌读中学,我费了老大心思才说服了校长接收她。"黄老邪不无得意地告诉我。

在索玛花爱心支教办公室办好手续,签好字,去银行转了账,我和阿果就成了一对一的"母女"关系。

周五晚上,我在索玛花宿舍里见到了阿果。那时刚开学不久,阿果刚到西昌十多天,一切都在适应当中。阿果比照片上看上去更敦实一些,性格比我想象中的更开朗,留着长发。当时宿舍里住着好几个索玛花资助的孩子,这些孩子都来自大山深处,由于他们就读的学校周末不开伙食,所以他们每个周五晚上都回到索玛花宿舍。索玛花宿舍里除了这些孩子,还有几位正在接受培训的索玛花支教老师和一位生活辅导老师。租来的三室两厅房子里,挤得满满当当,但也整洁有序。

第一次见面,我总觉得应该留下什么给她做个纪念。我翻了翻包,找到一条粉

第十二章
走进大凉山：山高水长，爱亦可及

色四叶草项链。我把它送给阿果，她却懂事地连连摆手，说不能接受。我说，这不是什么昂贵的东西，留着做个纪念吧，她这才收下。我们在拥挤的客厅里拍了一张合影，她微微有些害羞，脸颊黑里泛红。照片的背景是索玛花爱心支教的海量图片墙。

我对阿果说："你把我当你的姐姐、朋友或干妈都可以，只要你愿意，随便你怎么称呼我。"她是个聪明的孩子，后来在给我的留言中，直接喊我"干妈"。那时她还没有手机，只有等每周回到索玛花宿舍，用宿舍里的公用电脑上一会儿QQ，给我留言。

在离开西昌之前的那天傍晚，我在许显凤的陪同下，从商场买了被子、毛巾、洗发水，甚至卫生巾等生活用品给阿果送去。阿果在学校门口等着，看到我们后，她像兔子一样蹦过来，一把挽住我的胳膊，毫无矫情之色，我们像一对真实的母女。

在她的宿舍楼门口，我们请她的同学帮忙拍了一张合影，路灯在我们头顶上洒下一圈晕黄的光。由于她晚上还要上晚自习，我们没有久留，我让她经常在QQ上给我留言，她答应了。

离开大凉山之后，我又去了其他好几个城市，但时不时会从QQ上收到阿果的问候。而无论我走到哪里，心里也隐隐约约多了一份牵挂。

有一次，阿果在QQ上向我倾诉学习压力大，除了她喜欢的英语，数理化令她学习起来十分吃力。我只能用自己的经历安慰和鼓励她，但是与她的心理压力相比，我的鼓励又是多么轻飘无力。对阿果来说，从大山深处来到都市，短暂的新鲜感过去之后，压力和挑战便接踵而来，就像当年的我从安徽山区来到上海一样。

那一年春节前夕，我惦记阿果，从网上买了一件棉衣和一双棉鞋给她寄去，她收到后立即穿上，拍了照片发给我看。她剪掉了长发，留了齐额刘海，站在索玛花宿舍的照片墙前，笑得像一朵盛开的索玛花。

后来阿果有了一部二手手机，周末回到索玛花宿舍后，用宿舍的Wi-Fi(无线网

隐居者
YINJU ZHE

络)给我留言,偶尔会向我倾诉心事。说得最多的,还是学习。她说自己很惶恐,担心考不上大学,担心辜负我的期望。

我不愿给她更大的心理压力,安慰她:"不要紧张,能学到哪一步是哪一步,学到的知识和技术,会跟随你一辈子,其他一切顺其自然就好,努力了便不会后悔,即便不能考上心仪的大学,人生还有很多条路可以抵达理想的彼岸。"

她很快回复我说:"嗯,是的,干妈,我会尽力的,等到从考场出来的时候,我会给自己足够的资本,告诉自己,这一年我尽力了,就算哭,我也要没有遗憾地哭。"

我给她接连发了几个竖大拇指的表情。她这个年龄,最需要的是鼓励和肯定。我仿佛看到了一个倔强的小女孩,正含泪奔跑在逐梦之旅上。

去年暑假,阿果回家帮忙种地,家中没有网络,待她假期结束回到西昌后,才与我联系。她在微信上问我:"干妈,我爸爸特意上山采了一些野生土蜂蜜,想寄到美国给你,你那里能够收到吗?"

我心中一热,因为阿果的关系,我和大凉山这个普通的麻风家庭,莫名地有了联系。虽然大凉山的野生土蜂蜜不能寄到美国,但阿果一家的心意,却跨越千山万水,甜到了我的心里。

当我这本书写到大凉山这一章节时,我发微信给阿果:"我正在写有关麻风病患者一书,你愿意讲讲你家和你们村的一些故事吗?"

"嗯……干妈,我没有让我的同学知道我的家庭背景,如果同学知道了,我就没有朋友了,但我瞒得很累。"她发过来一行字。

我瞬间心疼起她来,她还是个孩子,还没有足够的勇气来抵挡世间铺天盖地的舆论压力。对她来说,麻风病不是一个商标,轻易就能撕掉。我又想起阿吉和他随身携带的两张身份证。也许,对大多数麻风患者家属来说,命运应该赐予他们两张脸,在不同的境遇中,使用不同的面目,使得他们在生活中行走自如。

良久,我回复阿果:"不要有顾虑,现在越来越多的人能够理解了。"

第十二章
走进大凉山:山高水长,爱亦可及

"干妈,我是不是很懦弱?"她又发来一句。

"不是懦弱,这是正常的,也许到了我这个年龄,你才会什么都不在乎。"我回复她。可是扪心自问,我真的什么都不在乎吗?这似乎只是一种经不起推敲的自我标榜。人人都有在乎的东西,我所在乎的,是比麻风病烙印更重要的东西而已。

2018年12月底的一个周末,阿果又给我发微信。

阿果:"干妈你好吗?"

我:"我挺好的。你呢?"

阿果:"我同学说她的理想是考上政法学校,她想学法律。"

我:"那就努力一把,无论怎样,努力了才不会后悔。"

阿果:"我在尽力,但在看到成绩的时候,感觉挺累的。"

我:"你看过印度电影《摔跤吧!爸爸》和《神秘巨星》吗?"

阿果:"看过。"

我:"人最怕的不是无法实现梦想,而是根本没有梦想。"

阿果:"我现在感觉有点迷茫了。"

我:"现在的你不该迷茫,应该清醒,想好自己未来的路,努力奔跑。哪怕最终不能到达终点,但你将来也不至于因为年轻时的碌碌无为而后悔。"

阿果:"嗯,好的,我会好好调整自己的。"

我:"心态很重要!暂时的迷茫不要紧,就怕一直迷茫下去,终生碌碌无为。"

阿果:"我会调整心态的,干妈你放心。"

今年是阿果的高考之年,我知道她压力巨大,平时不敢打扰她,只等她主动和我联系。

2019年1月中旬的某个周末,我和阿果又在微信上相遇。她突然告诉我,如果自己今年高考失利,只怕会被父母逼着和从小定下娃娃亲的同村男孩结婚了。如

隐居者
YINJU ZHE

果考好了,还有筹码和父母谈判退掉这门亲事。她的命,就押在今年 6 月的高考上了。

我闻言大惊。大凉山定娃娃亲的习俗由来已久,想不到阿果也有此遭遇。她告诉我,那家人在她父母还没有完全同意之前,就先下手为强,将定亲的东西搬进了她家,算是敲定了她这个准儿媳。那个男孩和她同龄,由于学习不好,数次留级,现在还在读初中。她也曾以死相逼让父母退亲,但她的抗争,如同螳臂挡车。

我的心沉甸甸起来,阿果不过是无数个难逃娃娃亲厄运的大凉山少女中的一个。山在那里,人在那里,可打破命运桎梏的力量在哪里?谁能拯救大凉山的"阿果们"?

> 走吧,人间的孩子!
> 与一个精灵手拉着手,
> 走向荒野和河流,
> 这个世界哭声太多了,你不懂。

这是一百多年前的爱尔兰诗人叶芝写的一首小诗,名为《失窃的孩子》。一百年后,另一位爱尔兰作家凯斯·唐纳胡,根据此诗写了一本同名小说,由中国翻译家柏栎翻译。诗中传说,仙灵将孩子从温暖的壁炉边诱惑拐走,带到史留斯森林高地,那里有花有水,远离尘嚣,孩子和仙灵吃着浆果和樱桃,寻找鳟鱼,在沙砾上跳起古老的舞蹈,彻底忘记了那个充满烦恼的人类世界……唐纳胡小说中的孩子和仙灵,长大后都懂得了这些"哭声",他们理解、宽宥彼此,立足自己的生活,为身边的人们付出热忱,这原本就是生命中最大的勇气。

我愿阿果,可以换回自己美好的人生。

第十二章
走进大凉山：山高水长，爱亦可及

尾声：

这次大凉山之行，给我印象最深的，不是山区的落后贫穷，而是村民的乐观质朴、政府的大力扶持、公益人士的无私奉献，以及大凉山的山清水秀。

对我而言，走进大凉山麻风村，不是为了猎奇或怜悯，而是对这个被人遗忘的角落的关怀和尊重。他们因为身患被人歧视的疾病，半世坎坷，历经磨难，几乎九死一生，却从未失去对生活的希望和热爱。他们渴望被世人理解和尊重，渴望得到关怀和帮助。他们的病并不会传染或传代，否则，他们的二代或三代不会健康地生存下来。长久以来的固执偏见和愚昧歧视，将他们烙上了可怕的魔鬼印记。而事实上，他们和我们一样，是真实可敬、有血有肉、有灵魂有信仰的人！

2018年2月11日，习近平总书记也去了大凉山，虽然我们去的不是同一个地方，看到的不是同一个景象，但大凉山情怀已经深入人心。相信以前在网络上看到的令人揪心的大凉山穷山恶水的印象，终将随着政府和社会公益人士的关注和关心，逐渐变得美好。

鹏鹏回到美国之后，和他的美国朋友们分享了大凉山见闻，他的朋友们和他相约，以后有机会一起去中国，去大凉山，去看那里的孩子，去支教，去学习，去和孩子们手拉手，一起走向更远更广的世界。

祝福大凉山！山高水长，爱亦可及！

后记

漫长的麻风抗争史 江澄

作为从业五六十年的麻风医生,我一向关注有关麻风的事物。2006年初偶见赵美萍的自传《我的苦难,我的大学》片段,觉得它出自麻风罹患者子女之手,是一部多年来难得始见的纪实性佳作,于是,我写了一篇向业内人士推荐的短文,对这位在逆境和苦难中崛起的女性,自强、自信、自尊地面对"麻风"的无畏精神表示赞赏!冀望能有更多的人(尤其是麻风患者、康复者和他们的亲人)来撰写该领域的纪实性作品。之后,我和赵美萍辗转往来过两三封信,却从未谋面。后来得知她定居国外,一度失去联络。

2014年11月,我造访江苏如皋江滨医院时,麻风休养员们提及赵美萍伉俪上个月刚来过,提到她的父亲在该院住过三年,1978年因故离世。时隔三四十年,她仍不时从大洋彼岸回来看望父辈的病友们。这次还用《谁的奋斗不带伤》的所有版税,为休养员们的居室捐赠了26台空调,特意在父亲节那天装上。她对麻风病人的关心关爱之情,令人动容。

后记
漫长的麻风抗争史

麻风病影响了人类数千年,医学领域称为汉森病或汉森氏病(英语:Hansen's Disease),该名称起源于挪威内科医师格哈德·阿玛尔·汉森(1841－1912)。汉森是一位挪威医生,是麻风杆菌的发现者,对麻风病的研究与防治做出了巨大贡献。19世纪中叶,挪威麻风病肆虐,当时卑尔根麻风病院是欧洲的麻风病研究中心。院长D.C.丹尼尔森与C.D.博克合作,于1847年出版了《论麻风病》,认为麻风病有遗传性,但不传染。汉森通过大量的流行学调查和统计学研究,认为麻风病是一种特异病原所致的疾病。他用原始的染色方法观察麻风病患者的活体组织,发现了麻风杆菌(一度称为汉森氏杆菌),从而最早证明慢性病可由微生物引起。他任医官期间,主张开展城市卫生建设,根据他的论点,1877年挪威颁布《挪威麻风法案》,规定卫生当局有权命令麻风病患者迁入特设的预防隔离区,这使挪威的麻风病患者自1875年的1752人减至1900年的577人。

麻风病是人类古老的疾病之一,最早的麻风病例可追溯到四五千年之前。据资料记载,十多年前从印度拉贾斯坦邦出土的具有四千多年历史的人骨化石的变化上,鉴定出了麻风病的病理印记。古埃及四千五百年前的纸草医书上,也有关于麻风病的描述。中世纪的欧洲,麻风病也大肆横行,仅仅在法国就有两千余家麻风病院。

该病主要侵犯皮肤和周围神经,导致手、足和面部神经病变,延至晚期外貌受损、四肢畸残,病状可怖,给人们的身心健康带来严重危害。在自古不谙科学的时代,因搞不清麻风的原因,又缺乏有效的防治办法,受传统礼法、宗教迷信及民间习俗的影响,坊间对麻风的误解、迷信与谬说纷纭,莫衷一是,常把它归于污祖辱宗、蛇鬼缠身、瘴气蛊毒、因果报应、淫孽作恶或祖上遗传诸因。人们从而常以鄙夷的目光,给麻风贴上极度负面道德成分的标签。古今中外对麻风的歧视及偏见,正如世界卫生组织所说:"没有任何疾病能在社会上引起这样的不良反应,并且对病人及其家庭造成如此多的痛苦和不幸。这种烦恼可能伴随麻风病人及其亲属终生,

隐居者
YINJU ZHE

并且给他们的家庭、职业与社会活动投上永久的阴影。"

麻风有着一部人类与疾病的漫长奋争史,是一部科学战胜愚昧的历史,更是公共卫生运动成功实践的历史。人们在与未经治疗的麻风病患者密切和频繁接触时,该病可能通过口鼻的飞沫传播。麻风菌繁殖较慢,疾病的潜伏期平均两至五年,症状可在数月内,也可在二十多年后才出现。麻风病常见的初期症状为皮肤上出现麻木区或浅色、淡红色的斑疹或斑块等皮损,局部常伴有麻木及不出汗。有的眉毛稀疏脱落,还可产生手指弯曲、垂足面瘫等,如不进行治疗,可对皮肤、神经、四肢和眼睛造成渐进性永久损害。此病曾在世界范围广泛流行,多发生在北纬38度以南的地区,我国以华南及东南沿海诸省尤然。20世纪上半叶,国际上也认为我国麻风患者不计其数。这种疾病主要分布在农村,那时候老百姓对麻风都害怕,尤其是边远山区及民族地区,只要发现一个病人,不是驱逐,就是烧死或者打死。几千年来,人类对麻风的治疗进行了多种尝试。七百多年来,大风子制剂是唯一可用于治疗麻风的药物,但仅有部分疗效。20世纪40年代,药物氨苯砜问世,这是对长期缺乏有效药物局面的首次突破,麻风病进入了化学治疗划时代的新阶段。氨苯砜多年来成为主要的抗麻风药,但治疗期限长,有些往往是终生。鉴于20世纪60至70年代,麻风菌开始对氨苯砜产生抗药性,1981年世界卫生组织提出在全球推广把新药利福平和氯法齐明加到治疗方案之中,后被称为联合化疗。通过使用联合化疗,麻风可以治愈。同时,为便于现场实施,疗期已可缩短至一年左右。

中华人民共和国成立之初,我国现存的麻风医院及诊疗所绝大多数为西方教会经办,经费供给及管理难以跟上。旧社会延续下来的将麻风病人逐出家、驱上山,甚至无端地活埋、火烧或枪杀等事件,在各地仍未绝迹。1950年卫生部发出《关于管理麻风应行注意事项的通报》,1951年的全国防疫会议对麻风问题又作了专题讨论,1956年颁布的《全国农业发展纲要(修正草案)》要求对麻风病进行积极防治。1957年制订的《全国麻风病防治工作规划》,提出了"积极防治、控制传染"

后记
漫长的麻风抗争史

的原则和"边调查、边隔离、边治疗"的综合防治措施。1981年,卫生部提出力争全国在20世纪末实现基本消灭麻风的目标;2011年,卫生部等11个部门联合印发《全国消除麻风病危害规划(2011—2020年)》,提出了规划目标和措施。所以,从20世纪下半叶起,我国麻风防治历经控制传染、基本消灭和消除危害三个历史阶段。

经近七十年来的积极防治,全国累计发现并治疗患者50余万例,治愈45余万例。20世纪50年代初,全国85%的县市曾有麻风流行;目前主要分布在云、贵、川等省份,少数地区仍有局部流行,每年全国新发病人数已不足千人,现症病人不足3000人,有效地遏制了麻风病的传播。通过几代人的艰苦努力,我国履行向国际社会的承诺,如期实现基本消灭麻风的目标,创造了中国公共卫生事业的奇迹。然而,对麻风的歧视、偏见及社会影响,远没有消除。为终止传播、预防残疾、促进融合,还得有更多的人能够认识麻风、关爱麻风患者和休养员,积极参与麻风防治行列中,为加快实现消除麻风危害这一宏伟目标,"创造一个没有麻风的世界"!

赵美萍的老家江苏省如皋市,地处长江之中北部("江北"),属于地势低洼的沿海江滩湖洼平原。这里土地贫瘠,处处湿地,人们文化落后、经济水平不高,是我国麻风的重灾区之一,如皋又属"江北"诸县中的麻风中心流行地区。随着西学东渐,西医伴随传教士的足迹遍布沿海沿江及内地。为了站稳脚跟,传教士想方设法对贫苦民众施医赠药,同时开办医院、诊所,开展麻风救治事业,以争取民众入教。如荷裔美国归正会传教医师海深德,曾创立如皋圣教医院并任院长,救治了近千名麻风病患者。

中华人民共和国成立之初,鉴于当时特殊的历史原因,麻风防治工作极难开展。一是患者数量不明确;二是没有相应的医疗设施、卫技人员和药物,因此,只得因地制宜设立了麻风村。麻风村多由地方各级政府兴建或改建,是麻风病人治疗、生产与生活相结合的行政村。最多时,全国有规模大小不一的麻风村近千处。在

隐居者
YINJU ZHE

计划经济的时代,因为麻风村里国家拨有土地、山林、农具、耕畜和副业等生产资料,初建时患者大多年轻力壮,各种人才都有,活力及自给能力较好。国家免征农业税又免缴公粮,地方政府还定期给予补贴及发放救济。除有些定量供给外,自己还生产有粮食及瓜果蔬菜。相较于村外老百姓的生活水准来说,他们往往还要强一些。即使在20世纪60年代初的三年困难时期,麻风村里也很少有饿着人的事情发生!

建麻风村可是件难事,当时既缺钱又少人,群众因恐惧思想导致的事故时常发生。麻风村虽多建在高山、江滨、海岛、湖畔,甚至在三县交界偏僻之处,但建村工作中由于未能依靠群众、采取群众路线的方法,结果会把好事办坏,遭到周围群众阻止、反对,建时或建后推墙、拆屋、烧房,不是个例。

麻风是一种慢性病,住村治疗时间长。麻风村是个小社会,它不仅有着外界社会同样的人间事务和悲喜剧,还伴有歧视与偏见带来的管理上的种种困难与问题。有人说小小的麻风村主任,比乡长还难当。建村初期,有些地方的麻风村还是由县长来兼任的呢。

就江苏来说,如皋的麻风防治则属起步较早的。1956年开始在磨头筹建县麻风防治所,派员参加省里专业培训。当年,开设起麻风专科门诊,接受门诊诊疗业务,又进行了第一次较专业的线索调查。1957年县麻风防治所建成,1965年在何庄建麻风村,1966年正式收治病人。1971年起在长江边五七农场筹建"如皋县江滨麻风病医院";1973年建成并收治病人;1975年最多入住1081人,工作人员96人,另派6名医生去院外送药和随访在家治疗的病人。至1996年,累计发现患者2111人,累计治愈1675人,仅剩有现症病人13人。1956年前,全县有少年儿童(14岁以下)发病144人;1990年起,没有少年儿童病例,说明传染已得到有效控制。1996年底,如皋达到了麻风基本消灭的指标;1998年通过卫生部组织的国家级达标验收。

后记
漫长的麻风抗争史

1986年起,各地对麻风病人实施社会防治、在家治疗;麻风村(又称康复村)则安置残老、无家可归的康复者留院养老。依据《全国麻风病院村改造建设规划》,2007年9月如皋江滨医院迁建工程破土,2009年12月竣工。新麻风村投资660万元,建筑面积5774.72平方米,设置床位300张。2014年,安置麻风愈后康复居留者141人,其中年龄最大的90岁,最小的60岁。康复居留者有了一个舒适的生活环境,病房为公寓式结构,内有卫生间、数字电视、太阳能热水器等设施。新村设有食堂、餐厅、文化娱乐室及健身器材,空地上栽种了银杏、玉兰、紫薇等植物,草坪间铺设了鹅卵石按摩道,安装了路灯和庭院灯。

书中提及的凉山这类内地的贫困山区,那里的麻风村与沿海的不同,社会问题往往更多一些,后来的遗留问题也更复杂。不仅有大部分治好回家,遗留少部分年老残障、无家可归或有家难回的康复养老问题,还有第二代、第三代的教育及医疗、就业、婚姻之类种种问题。不时有境外同行及朋友来参访康复村(原先的麻风村),交谈时会与我谈起"人权",说不应让他们再孤立在村里,要让他们回归社会!他们孰知从麻风村治愈回家的康复存活者有10多万,现在安置的仅是少数年老、残疾、无家可归或有家难回的康复者。他们已住在这里几十年,老家已无房无地,又无亲少故。老人就怕挪窝,硬把他们撵回去,不是把他们往死路上逼,就是他们自己仍会再回来。不如把愿意留村的主动安排他们养老,安置好后半生。看看现在居留在康复村里的老人,健康状况及平均寿命比社会上的高一截,就会明白了。我国麻风村在改革开放的四十多年中,经过初期的阵痛洗礼,近年来中央财政加大了投入,社会关怀力度日益加强,麻风村调整、改造后发生了正能量的变化。

回想在1985年全国麻风病宣传工作会议上,著名诗人、作家丁芒先生曾呼吁过:"在麻风领域人们交叉复杂的关系线谱中,颤动着更为多彩的音符。除了悲壮的贝斯、昂扬的小号,还有舒缓的风笛、缠绵的提琴。凡是正常人社会生活中出现的问题,这儿都有,却又都带有特殊的印记。这些主题,有待于我们去开掘、去提

隐居者
YINJU ZHE

炼、去表达。社会不应该把这一部分人摒弃,文艺作品也应该填补这一块空白。"

麻风病人也好,治愈后的康复者也好,他们首先是"人",是我们社会的组成部分,又是社会上的人们毫不知情或不屑触及的。触及病患最真实的内心存在与情感,倾听他们羞于启齿的故事,赵美萍为社会揭开了这一神秘的面纱,展现了一个温暖、温情的"麻风世界"。

她多次带着一份牵肠挂肚的痛,进入这一被历史遗忘的角落,她充满激情和颇有兴趣地去接近他们,探索隐藏在他们心底不堪回首的苦难。正如被林肯誉为"美国的孔子"爱默生所说,"旁观者眼里的悲剧未必是受难者心中的悲剧","即使断了一条弦,其余的三条弦还是要继续演奏,这就是人生"。

欣喜的是,麻风的烙印正悄然地从历史舞台上缓缓磨平,必将会直至消逝!英国诗人拜伦说过:"一切喜剧皆因婚姻而告终。"而在麻风的题材中,除流传过"麻风女""卖疯"之类传奇外,真正描述相关爱情的不多。难道他们在与麻风的奋争过程中,男女之间会丝毫没有爱情吗?本书所展现的顾国美、岑百坤四十多年相互守望,欠其三生承诺;薛怀明与美儿,一个麻风病人与一个精神病患者,把苦难人生过成一部美丽传奇……都应验了英国思想家培根所说的"爱情无孔不入"这句名言,让我们分享到这一桩桩故事,升华自己的精神世界。

作者所讲述的一件件故事,对于侧身其间近六十年的我来说,也能算是司空见惯,见多不奇。而她时刻注重"人"的尊严,这是只有亲自承受过尊严丧失、经历过抗争体验的人才会如此。她表达的生活气息浓郁,语言朴实无华,情感细腻自然,字里行间那些撼人的呼喊,总让我感到心潮澎湃,激动不已!

虽已年届八旬,但作为一名麻风医生,我很难推却为她——"一个麻风病人的女儿"——写点什么之托。值此美萍新著即将面世之际,仅撰拙文祝贺她的成功。

江澄简介:1940年出生,中国麻风病防治领域著名专家,从事麻风病研究五十

后记
漫长的麻风抗争史

多年。曾任卫生部麻风病专家咨询委员会秘书、委员；中国麻风防治协会理事；中国医学科学院皮肤病研究所教授；中国疾控中心性病麻风病防治技术指导中心主任医师。《中国社会医学》及《中国麻风皮肤病杂志》等编委。发表有麻风医学著作50余篇。曾荣获全国科学大会奖、国家科技成果奖、卫生部医药卫生科技进步三等奖、国家科技进步一等奖、二等奖,第二届马海德奖。

隐居者
YINJU ZHE

努力创造一个没有麻风的世界　张连华

自1954年起,每年1月份的最后一个星期日,是一个全球性节日——"世界防治麻风病日",又称作"国际麻风节",它是由法国大慈善家佛勒豪(Raoul Follereau)大律师倡导发起,旨在唤起人们宽容对待麻风病人,尊重他们的人格和自由,鼓励和帮助他们得到与其他病人一样的治疗和生活。

该节日至今已得到全球150多个国家和地区的响应。在节日的当天,各国和地区政府都会举行形式多样的慰问和庆祝活动。中国麻风防治协会决定,自1988年起,"国际麻风节"也作为"中国麻风节"。每年的节日,都会有个主题。2017、2018、2019年连续三年,"中国麻风节"都以中国国家主席习近平于2016年给在北京召开的第十九届国际麻风大会的贺信中提出的全球控制麻风的终极目标"创造一个没有麻风的世界"为主题。"麻风节"的设立,是人类社会文明的一大进步。

麻风,它到底是一个什么样的疾病呢?科学的定义为:麻风是由麻风分枝杆菌(简称麻风菌)感染易感个体后,以侵犯其周围神经与皮肤为症状特征的慢性传染病。当然,能充当疾病的病原微生物种类很多,如病毒、细菌、真菌、衣原体、支原体、螺旋体等等。但是麻风的病原体并不是以往我们在网络或小说中看到是由病毒引起的,麻风菌是麻风的病原体,它是属于细菌的一种。

麻风是个非常古老的疾病,科学证实,它伴随人类进化而来。据可查的记载表明,麻风流行至少有三千多年的历史,它是人类文明史上极早留有记录的疫病之一。它流行范围广,曾在世界五大洲流行,人类文明的发源地之一古巴比伦王国,在其尼尼微城的亚述巴尼拔皇宫(建于公元前7世纪)遗址出土的具有楔形文字的

后记
努力创造一个没有麻风的世界

瓦片上,记载其中有令麻风病人远离城市的条文,表明麻风在当时西亚的幼发拉底河和底格里斯河的两河流域已有流行。公元前2400年埃及莎草纸书中的"Set"(指溃烂);公元前1000年至前200年《圣经·旧约》中的"Zaraath"(指不洁和不可接触);中国《战国策》中,记述范雎说秦王时,引用殷商时期(公元前1066年)的箕子曾"漆身为疠"以避杀身之祸的故事,记述刺客豫让曾化装成麻风病人刺杀赵襄王的故事;《论语》中记述孔子弟子冉伯牛(公元前544—477)患麻风,都说明这个疾病的古老。

麻风,为什么在所有传染病中显得那么特殊呢?是因为这个疾病在历史的长河中,融入了太多与百姓生活休戚相关的法律、宗教、民俗、医学元素,其流行程度甚至体现了一个国家的社会文明治理程度,为此,麻风也被一些学者称为"社会文明的晴雨表"。

说到麻风与法律,除前述的古巴比伦法律条文外,1975年中国湖北省云梦县睡虎地秦墓中出土的秦朝法律竹简记述:疠者(麻风病人)有罪处之,当迁疠所,定杀或生埋!意思是麻风病人犯罪,应当将其关进麻风隔离所,进行溺死或活埋。基督教天主教会1179年第三次拉特兰会议下令,将麻风病患者和社会上的其他人隔离开来。1907年日本的《麻风预防法》涉及"隔离、绝育、堕胎"等以及2001年以前的《中华人民共和国婚姻法》将麻风现症病人列为禁止结婚对象,体现了国家政权对这个疾病的意志。

谈及麻风与宗教,在基督教中有"耶稣洁净十个麻风病人的故事",定性了麻风病人所被世人的责难,使其成为不同宗教特别关注的救赎对象,以至于早期的麻风病院成为传教、救赎和彰显慈善的场所;在佛教中,我国在北齐天宝年间,由印度来华僧人在河南一寺庙中设立疠人坊,是我国最早的收治场所。隋唐以后,各代都有悲田院、养病坊等;唐时,江苏省南京石头城设"疠人坊",扬州有"悲田院"存在。

涉及麻风与民俗,《大戴礼记·本命》说休妻:妇有"七去"之一,其中"有恶疾

隐居者
YINJU ZHE

(麻风),去";还说,女有"五不取(娶)",其中"世有恶疾不取(娶)"。麻风患者禁止参加祭祀。流行于闽、粤的习俗有"过癞(让麻风女与健康男子结婚,而将麻风转移给男子)",中国三大麻风专著中的明·沈之问的《解围元薮》和清·肖晓亭《疯门全书》均支持"过癞"观点。

述及麻风与文学,英国的维多利亚·希斯洛普(Victoria Hislop)著的《岛》(*The Island*),描述隔离麻风病人的爱琴海的布拉卡,其悲凉哀婉的故事和感人肺腑的情节,令全球千百万读者为之唏嘘落泪。2012年诺贝尔文学奖获得者莫言创作的《红高粱》以及其发表在2004年《收获》杂志上的《麻风女的情人》、日本电影《砂器》、美国历史大片《天朝王国》(*Kingdom of Heaven*)、越南与美国联合拍摄的电影《恋恋三季》(*Three Seasons*)等等,无不把麻风作为一个线索穿插其中,把麻风融入百姓的平常生活中,增添了麻风的神秘和大众对麻风的恐惧心理。

为何中国称该病为麻风呢?事实上,麻风在中国的春秋战国时,被称为疠、厉、厉风;秦、汉时,被称为大风、恶疾;晋代时,被称癞;唐以后,"恶疾"一般专指麻风。"麻风"一词首次出现于宋代王怀隐的《太平圣惠方》,元代朱震亨的《丹溪心法》对麻风作了解释:"麻"为"麻木不仁",指的是人体皮肤感觉的减退或缺失症状;"风"是中医对疾病病因的看法,中医认为自然中的六种外感病邪(又称六淫)"风、寒、暑、湿、燥、火"可以使人致病,其中"风邪"为六淫之首,麻风是"风邪"所致,为此,不能将麻风的"风"换成"疯"字。明代有人称麻风为天刑(老天的惩罚)。麻风英文为"leprosy",指道德败坏但可被神宽恕而能痊愈的病人。

新中国麻风防治工作取得了哪些卓越成效?体现在:一是各级政府十分重视麻风防治工作。中央及各省发布麻风病防治规划,建立健全麻风防治队伍;1972年,周恩来褒扬麻风防治工作者说:"敢于为麻风病人治病,是集中了为人民献身的精神。"中国国家主席习近平2016年9月17日给在北京召开的第十九届国际麻风大会发了贺信,体现国家领导人对麻风防治工作的重视。二是经过近七十年的不

后记
努力创造一个没有麻风的世界

懈努力,中国麻风流行范围明显缩小,麻风新发病人及儿童麻风病人显著下降,麻风病人明显减少。三是麻风病人的权益得到提升。1986年取消麻风病人隔离措施,给予生活保障;1995年将麻风残疾者纳入残疾者范围,享受同等待遇;2001年《中华人民共和国婚姻法》取消禁止麻风病人结婚;2008年国家质检总局允许国外麻风病人入境,2010年法规取消入境限制。

如何科学防治麻风?首先要理解麻风的发生与两个因素有关。其一是必须有麻风菌的存在,其二是个体要携带麻风易感基因。如果说人不携带麻风易感基因,即使是感染了麻风菌,麻风菌也会被机体清除掉,而不发病;如果个体携带了麻风易感基因,感染的麻风菌就会在机体内驻扎下来,开始繁殖,当繁殖到一定数量时,机体就会产生以皮肤和周围神经为主的症状,最终的症状是偏向结核样型或瘤型麻风,还是由携带的易感基因决定的。绝大多数人都不携带易感基因,所以说绝大多数人对麻风菌具有免疫力。其次,麻风不只在人类发生,还会在一些动物中发生,麻风因此又可称为人畜共患病。

麻风菌有何特点?麻风菌为革兰氏阳性菌,为严格的细胞内寄生菌,其感染力和致病力都很低。人的皮肤分为表皮、真皮和皮下组织,麻风菌主要分布在真皮和皮下组织以及周围神经里。麻风菌繁殖速度很慢,繁殖一个对数代,平均需要12天的时间,所以麻风又被称为慢性传染病。麻风菌喜欢比较潮湿、温度比较低的地方,它在鼠足垫上最适宜的生长温度为27℃~30℃,所以决定了麻风病人身上的皮疹主要分布在人体体表温度比较低的部位,如四肢(手掌、足底除外)、躯干、耳郭、臀部等。麻风菌离开人体以后,可以在自然界中存活一段时间,比如说在0℃的环境里可以存活3~4周,在室温的土壤里可以存活49天等等。但麻风菌怕热、怕紫外线、怕阳光,如果艳阳照晒两三个小时,紫外线照射30分钟,它基本上丧失活力。化学药物利福平对它有特别强的杀灭作用,即使病人的体内有几十亿条的麻风菌,只要给他口服一次600毫克的利福平,这些麻风菌几乎全部被杀死。当然死掉的

隐居者
YINJU ZHE

麻风菌仍然会在病人的体内保持较长的时间,需要肌体慢慢地把死菌清除出去。

麻风的主要症状有哪些？麻风的表现主要为皮肤和周围神经症状。轻的皮肤症状为病人身上只有一块麻木的红斑（浅色斑），重的则全身出现红斑、斑块、结节,晚期面部可呈狮面样。最早期的麻风被称为未定类麻风,比较轻的叫结核样型麻风,重的为瘤型麻风。一个未经治疗的瘤型麻风病人身上有 70～100 亿条麻风菌,这么多的细菌实际上不会危及病人的生命,主要与麻风菌不产生毒素有关。

除了皮肤症状外,最重要的就是周围神经受损的症状。一是周围神经形态上的改变,表现为周围神经的局部粗大。一般来说,正常人周围神经粗细比较均匀,如果周围神经局部异常增粗,这是麻风的一个特征。比如颈部耳大神经,通常情况下摸不到,如果在颈部发现有个条束状的粗大神经,就要考虑麻风了。除此以外,还有眼眶上的眶上神经、尺神经沟里的尺神经、腕部屈侧的正中神经、桡神经沟里的桡神经、腓骨小头后上方的腓总神经都会出现粗大。二是周围神经的功能发生改变,麻风的一系列畸残症状,基本上都是与周围神经的功能受损有关。周围神经实际上发挥了一个传递信息的通道作用,在通道里有三种纤维成分,一是把外面的信息传进大脑的感觉神经纤维；二是把大脑发出的运动指令传到肌肉的运动神经纤维；三是调节汗腺、皮脂腺以及小血管舒缩的自主神经纤维。麻风菌破坏的就是通道里的三种纤维成分。当人去端一个很烫的锅时,正常人会觉得很烫,但是麻木的病人会感觉不到烫,他可能就会被烫伤。如果病人眼睛的角膜也没有了感觉,病人就失去了眨眼功能,角膜会因长时间暴露在空气中而出现干燥损伤,导致角膜溃疡,溃疡愈合后会形成疤痕而导致视力受损,这是周围神经的感觉神经纤维受损所致。冬天到了,人们都会在洗完手后涂点油脂,使得皮肤保持水分、柔润。如果皮肤皮脂腺和汗腺不工作了,皮肤就会干燥,就会产生龟裂。麻风的龟裂要大且深,一旦皮肤开裂,外界的细菌、真菌这些病原体就会乘机进入,使局部感染,这是由周围神经的自主神经纤维受损所致。此外,病人四肢小关节会因肌肉瘫痪而出现畸

后记
努力创造一个没有麻风的世界

形、挛缩,甚至关节强直。如尺神经受损后出现的爪形手、桡神经受损引起的垂腕、正中神经受损引起的猿手、腓总神经受损引起的垂足、面神经受损引起的兔眼等,这是由周围神经的运动神经纤维受损所致。综上所述,麻风会给个体造成非常严重的危害,因病致残、因残致贫、因贫再致残的恶性循环在麻风病人的身上体现得尤为强烈。

麻风流行病学有哪三个重要环节?控制传染病的普遍原则,是控制其流行病学上的三个环节,即控制传染源、切断传播途径和保护易感人群。

第一个环节:麻风的传染源。从大的方面讲,虽然麻风是人畜共患病,且科学已经证实,动物能够把麻风传播给人,这就为人类彻底征服麻风留下一个隐患,因我们还不能确切地得知究竟有多少动物携带麻风菌。但因兽有不同的地域分布的局限性,所以人类仍是麻风最重要的传染源。从小的方面讲,不是所有的麻风病人都是传染源,只有没有经过治疗且能够向外界排菌的麻风病人才是麻风真正的传染源。例如结核样型麻风,病人身上可能只有一块斑,对他的皮疹进行切刮液体涂片查菌为阴性,说明他不能够向外排菌,显然他不是传染源,所以麻风真正的传染源是从鼻腔或者破溃的结节向外排菌的瘤型和偏瘤型麻风。

第二个环节:麻风的传播途径。麻风与结核号称难兄难弟,这两个病都是由分枝杆菌引起,病原体上非常相似。结核是通过呼吸道的飞沫进行传播的,科学也已证实,麻风也会通过呼吸道进行飞沫传播,而且越来越多地被世界麻风病学家认为是麻风传播的主要途径。有的人会因此害怕,瘤型麻风病人每昼夜可向外界排出1000万条细菌,他打一个喷嚏,也可能向周围的空气中排出上百万条的细菌,这样大的细菌量,会不会被感染上而发病呢?

这里涉及第三个环节:麻风的易感人群。我们绝大多数人不携带易感基因,因此不是麻风的易感人群。比如我已从事了近三十年的麻风防治工作,工作中接触了大量的麻风病人,我至今也没有发病,为什么呢?因为我没有携带易感基因。如

隐居者
YINJU ZHE

果有人携带了易感基因,要发病还要有两个细节,一是密切接触的程度,如果他跟排菌的病人长期密切接触,那么他发病的概率要比那些不跟病人接触的人大得多。麻风是一个慢性传染病,它的潜伏期比较长,平均两至五年,长的可达十年。密切接触者特别是与患者有血缘关系的密切接触者是麻风防控的重点人群。

防控麻风有何策略?防控麻风要做到"预防要精准,病人发现要早,治疗管理要好,关爱工作要到位"。如何预防麻风,最有效的方法就是一级预防,即给人群注射疫苗或者口服疫苗,但是麻风疫苗到目前为止,没有研发成功,所以在一级预防上我们缺乏效果好且可靠的手段。没有好的一级预防措施,就需要开展二级预防,即病人刚刚有一点点症状的时候,就把他发现出来,及时给予治疗,让他的症状不再发展和加重,不走向畸残。为此,防控麻风特别强调麻风的"早发现、早诊断、早治疗、早防残"四项工作,尤其是"早发现"工作对于防控麻风最为关键。而要做好这些工作,政策与经费支持、培训和知识普及、科研工作是重要的行政与技术支撑。

如何早发现麻风?最好的策略就是开展麻风症状监测,同时对麻风疫点做些麻风线索调查。比如,疫点哪些有麻风疑似症状的人,可以通过麻风线索调查,把他们发现出来。但是日常最重要的工作还是开展麻风症状监测。换句话说,就是让群众,尤其是医务工作者保持对麻风的警觉性,同时了解麻风的症状。这样的结果是,老百姓他发现自己或他人身上有麻风的可疑症状而自动就医或报病;医生发现就诊的病人身上有麻风症状,他会通过一定的渠道报病、转诊。麻风病的皮疹通常具备三个特点:一是病程长;二是常规治疗效果不好,甚至无效;三是皮疹通常不痛不痒,甚至表面感觉减退或丧失。麻风的早期症状是麻木的斑,当有以下症状时就要高度怀疑麻风:一是酒醉样面容,伴有球结膜充血,眉毛脱落,患者诉说面部有蚁行感;二是面部皮肤肥厚、凹凸不平、眉毛脱落,治疗效果不好;三是肢体上有大面积不规则且麻木的红斑或斑块;四是带有"空心"的红斑或斑块,空心部位麻木;五是肢体上的斑块,大块周围有小块的,表面有麻木的;六是肢体出现久治不愈、数

后记
努力创造一个没有麻风的世界

目增多、有变厚变高倾向的红斑;七是肢体有不疼不痒的疙瘩(结节),有的还会破溃,无法用其他疾病解释;八是原本肢体上的皮疹不疼不痒,但在劳累或生病或酗酒或精神受到打击后,原有皮疹突然红肿、疼痛瘙痒,有时病人发烧、肢体肿胀,这时病人可能是发生了Ⅰ型麻风反应;再者,病人反复发生疼痛性的结节、发烧(低烧或者高烧)、血象增高,这时病人可能发生了Ⅱ型麻风反应;九是肢端莫名地反复发生不易愈合、不痛不痒的水疱,同时发生水疱的肢体夜里常伴有抽搐样、针刺样、触电样感觉;十是病人已经发生残疾,如出现肢体麻木、兔眼、面瘫、爪形手等等,这时候也要怀疑会不会是麻风引起的。

怀疑得了麻风,去哪里诊治?怀疑得了麻风,就要到正规的机构去就诊或咨询,这些机构有当地疾控中心、皮肤病防治所(院)、麻风的定点诊治机构。麻风不再是不治之症,现在麻风治疗非常简单、全程免费,且能完全治愈。使用的治疗方案是WHO(世界卫生组织)推荐的联合化疗方案。药物包括利福平、氯法齐明、氨苯砜,疗程多菌型为一年,少菌型为半年。

与麻风病人接触,应该采取哪些防范措施呢?麻风菌的感染力和致病力都很低,为此一般的医疗防护即可(工作服、口罩、手套),无须穿隔离服或采取其他特殊措施。接触病人后,"自来水+肥皂"洗手即可。

对麻风累及者,要落实社会关爱。授人玫瑰,手有余香。麻风累及者,特别是麻风致残者,他们因肢体残疾,不仅丧失了劳动能力,甚至失去生活自理能力,而且他们心灵上也承受着来自社会的偏见和歧视,使他们成为社会上弱势群体中的弱势。扶贫助弱是社会公德,更是一种美德。对这些曾遭受病痛折磨的苦难之人,每一位公民能做到的首先是不再歧视他们,其次是伸出友爱之手,让他们重新获得做人的尊严,重新回到社会的怀抱。

控制麻风仍面临着诸多挑战,创造一个没有麻风的世界仍须不懈努力!迄今为止,麻风菌体外培养和疫苗研制仍未成功,发现感染麻风菌的动物种群也时有报道。同时,由于流行程度下降带来的政府重视程度的弱化,以及流动人口中麻风控制等问题,都给人类彻底征服麻风带来新的挑战。一旦放松了对这个疾病的警惕,麻风有可能会缓慢地增加而出现疫情的反复。像美国这样一个高度发达的社会,每年也会发现新发麻风病人,发现率与目前中国的水平差不多,提醒我们在当今社会科技、经济那么发达,卫生、医疗社会条件那么好转的情况下,麻风发病人数减少到一定的程度就不再继续减少了,这是个不容忽视的现象,值得我们思考。所以在彻底消灭麻风的征程上,人类应该只是刚刚开始了一场马拉松,到达终点仍须全社会携手并肩,奋力前行!

张连华简介:公共卫生硕士,三级主任医师,教授。现任江苏省疾控中心慢传所副所长,江苏省麻风防治协会理事长及中国麻风防治协会副会长。受聘为国家卫健委疾病预防控制专家委员会委员,中国麻风防治协会专家委员会委员,江苏省预防医学会麻风学专业委员会主任委员,南京医科大学公共卫生学院兼职教授。1990年起从事麻风防治工作近三十年,具有丰富和创新性的麻风临床、康复、管理等理论与实践工作经验,省级以上刊物发表论文30余篇,荣获2007年国家麻风防治最高奖"马海德奖"、2012年中国科协"全国优秀科技工作者"、2018年第二届中国麻风防治"突出贡献奖"等多个终身荣誉称号。